GINA L. MAXWELL

**Fighting for Love**

Heimliche Verführung

GINA L. MAXWELL

# FIGHTING FOR LOVE

## Heimliche Verführung

Roman

*Ins Deutsche übertragen*
*von Michaela Link*

LYX
EGMONT

Die Originalausgabe erschien 2012 unter dem Titel
*Seducing Cinderella* bei Entangled Publishing, LLC.

Deutschsprachige Erstausgabe März 2016 bei LYX
verlegt durch EGMONT Verlagsgesellschaften mbH,
Gertrudenstraße 30–36, 50667 Köln


1. Auflage
Redaktion: Stefanie Kruschandl
Satz: Greiner & Reichel, Köln
Printed in Germany (670421)
ISBN 978-3-7363-0034-7

www.egmont-lyx.de

MIX
Papier
FSC FSC® C083411

*Für meinen Ehemann, der es jahrelang ertragen hat,*
*wie ich einer fixen Idee nach der anderen verfallen bin,*
*bis ich endlich, endlich fand, wofür ich gemacht war.*
*Danke, Babe, dass du meinem Irrenhaus nicht*
*entsprungen bist!*

# 1

Lucie Miller machte sich nicht die Mühe aufzuschauen, als es an ihrer Bürotür klopfte. Ihr nächster Patient war ziemlich früh dran für seine Physiotherapie. Ärgerlich, denn sie hatte noch nicht einmal den Papierkram für den letzten Patienten erledigt. Sollte er sich ruhig noch zehn Minuten im Flur gedulden, bis sie in Ruhe ihre …

Es klopfte wieder, ein wenig eindringlicher diesmal, und ihre Entschlossenheit, sich nicht den Wünschen anderer zu fügen, schmolz wie gewöhnlich dahin. Sie ließ ihren Stift fallen und rief: »Herein.«

Ein perfekt gestylter dunkler Haarschopf tauchte im Türspalt auf. »Ich hoffe, ich störe Sie nicht.«

Bevor sie ihrem Herzen befehlen konnte, sich zu benehmen, setzte es einen Schlag aus beim Klang der vollen, weichen Stimme von Dr. Stephen Mann, dem Direktor der sportmedizinischen Abteilung und heißestem männlichen Wesen am Northern Nevada Medical Center. Mit Blitzgeschwindigkeit überprüfte Lucies Hirn ihre äußere Erscheinung und spuckte die gewohnte Diagnose aus: reizlos und schlampig. Sie unterdrückte einen enttäuschten Seufzer, widerstand dem Drang, mit der Hand die Haarsträhnen zu glätten, die ihrem Pferdeschwanz entkommen waren, und schenkte Stephen ihr schönstes Lächeln. »Ganz und gar nicht. Ich hab doch nicht wieder ein Meeting verpasst, oder?«

Zwillingsgrübchen zwinkerten ihr zu. »Nein, heute nicht.«

Er wandte sich um und schloss die Tür. Lucies Puls fing an zu rasen. Als Facharzt für spezielle orthopädische Chirurgie war Stephen schon oft in ihr schlichtes Büro gekommen, um über gemeinsame Patienten zu sprechen. Aber noch nie hatte er dabei die Tür geschlossen.

Sie gab sich alle Mühe, keine voreiligen Schlüsse zu ziehen, und deutete vage in den Raum. »Bitte, nehmen Sie doch Platz.«

»Ähm …«

Natürlich, auf dem einzigen Besucherstuhl türmten sich Aktenordner, alte Zeitungen und Forschungsartikel. Sie spürte förmlich, wie ihre Wangen sich röteten, als sie um ihren Tisch herumschoss. »Ach du meine Güte, es tut mir so leid. Hier, lassen Sie mich nur …«

»Ist schon gut, Sie brauchen nicht …«

»Nein, ich bestehe darauf.« Sie raffte den wild wuchernden Papierberg mit beiden Händen zusammen. Nicht zum ersten Mal wünschte sie sich, besser organisiert zu sein. Fieberhaft begann sie nach einem Platz zu suchen, um den Haufen abzulegen. Aber ähnliche Stapel säumten bereits den Boden entlang der Wände und bedeckten jeden Quadratzentimeter der Schreibtischplatte. Schließlich gab sie es auf und warf den Stapel einfach auf ihren Stuhl, um sich dann wieder ihrem Gast zuzuwenden. Gott, warum konnte sie nicht so gewandt und elegant gestylt sein wie andere Frauen? Die Art von Frauen, mit denen Stephen ausging. »Also, was führt Sie heute Nachmittag in die Eingeweide des Krankenhauses?«

Er räusperte sich und rutschte auf seinem Sitz hin und her. Normalerweise war der attraktive Arzt der Inbegriff von Selbstbewusstsein. Das war der Grund, warum Frauen buchstäblich aufseufzten, wenn sie nur in seine Nähe kamen. Na ja, dazu kamen auch noch sein unbefangener Charme und sein gutes Aussehen, abgerundet durch ein umwerfendes Lächeln.

»Das jährliche Wohltätigkeitsdinner des Krankenhauses ist schon in zwei Monaten, und während Männer nur einen Smoking auszuleihen und aufzutauchen brauchen, benötigen Frauen meiner Erfahrung nach jede Menge Zeit, um ein Kleid zu kaufen, alle möglichen Haar- und Kosmetiktermine zu vereinbaren, und was immer ihr sonst noch tut, um euch schön zu machen.«

Lucie schnürte es die Kehle zu, und sie begann, nervös mit ihrer Kette zu spielen. Nun war es so weit. Sie hatten jahrelang zusammengearbeitet und so manche Nacht mit gemeinsamen Überstunden verbracht. Wenn ihre Hirne dann heiß gelaufen waren und ihre Mägen wie verrückt knurrten, hatten sie sich ein schlechtes chinesisches Essen bestellt und es geteilt. In intellektueller Hinsicht passten Stephen und sie perfekt zusammen, und ihre beiderseitige Besessenheit, den Patienten zu helfen, sich schneller und besser zu erholen, verband sie enger als alles andere. Sie liebte ihn seit Jahren, aber er hatte sie nie gefragt, ob sie mit ihm ausgehen wolle. Hatte nie den ersten Schritt getan, sondern war lieber mit eleganten Geschäftsfrauen ausgegangen, die er während der Happy Hour im piekfeinen *Club Caliente* ein paar Häuser weiter kennenlernte.

Aber jetzt war er hier. In ihrem Büro. Redete über den Krankenhausball. *Lieber Gott, bitte, mach, dass ich nicht ohnmächtig werde.* Lucie atmete tief durch und probierte es betont locker: »Versuchen Sie, mich etwas zu fragen, Stephen?« Und scheiterte kläglich. *Verdammt.*

Er rieb sich mit seiner kräftigen Hand den Nacken und warf ihr den süßesten verlegenen Blick aller Zeiten zu. »Äh, ja. Ich mache das nicht sehr gut, wie?«

»Nein, Sie machen das großartig!« *Zu überschwänglich. Zweimal verdammt!*

»Ich weiß, ich hätte das schon früher zur Sprache bringen sollen. Und ich wollte wirklich an dem Abend fragen, als ich Sie im *Club Caliente* gesehen habe, aber ich hab gezögert, und dann sind Sie gegangen. Ich hatte gehofft, dass ich Sie dort wiedersehen würde, weil es mir nicht recht passend erscheint, hier im Büro nach einem Date zu fragen, verstehen Sie?«

Im Geiste kehrte sie zu dem einzigen Abend zurück, an dem sie je einen Fuß in den überteuerten und überfüllten Club gesetzt hatte. Ihre beste Freundin, Vanessa MacGregor, hatte gerade einen besonders schwierigen Fall vor Gericht gewonnen und wollte mit einigen Drinks und ein bisschen Tanzen feiern. Statt sich wie üblich im *Fritz's* zu treffen, hatte Vanessa Lucie davon überzeugt, mit ihr in diesen Fleischmarkt von einem Club zu gehen. Sie waren höchstens eine Stunde dort gewesen und dann schnell vor all den Country-Club-Typen mit Testosteronüberschuss geflohen. Den Rest des Abends hatten sie vernünftig gefeiert, Bier vom Fass getrunken und irgendwelche Männer beim Dartspielen abgezockt.

»Oh, machen Sie sich keine Sorgen«, versicherte sie ihm. »Ich meine, nicht hier unten. Die einzige Person, die uns hören könnte, ist Mr Kramer auf dem Laufband da draußen, aber die Tür ist geschlossen, und selbst wenn sie es nicht wäre, wird er nicht allzu oft daran denken, sein Hörgerät einzuschalten, also sind die Chancen, dass er uns bei dem Lärm, den die Masch …«

»Lucie.«

»Tut mir leid.« *Oh mein Gott, halt endlich die Klappe! Du stammelst wie ein Vollidiot!* »Was wollten Sie sagen?«

Er holte tief Luft und stieß den Atem aus, als bereite er sich auf einen Basejump vom Dach des Krankenhauses vor, statt sie lediglich um ein Date zu bitten. »Ich versuche gerade, die Nummer Ihrer Freundin zu bekommen.«

»Meiner … *was?*«

»Das Mädchen, mit dem Sie an dem Abend im Club waren. Ist sie mit jemandem zusammen?«

»Vanessa?« Lucies Verstand geriet bei dem Versuch, der seltsamen Abzweigung zu folgen, die das Gespräch genommen hatte, ins Stolpern. Vielleicht war ihre Unterhaltung schon die ganze Zeit in diese Richtung gegangen und sie hatte es einfach nicht kapiert? Sie war so ein Idiot. »Ähm, nein, sie ist mit niemandem zusammen …«

Er entspannte sich sichtlich und stand auf. Sein unbeschwertes Lächeln kehrte zurück und traf sie mitten zwischen die Augen. »Das ist wunderbar! Kann ich ihre Nummer haben? Ich will sie lieber nicht erst in letzter Minute fragen. Vermutlich ist es besser, schon vor dem großen Ereignis ein paar Mal mit ihr auszugehen, damit wir uns in Ruhe kennenlernen. Man kann ja bei diesem Wohltätigkeitsdinner weiß Gott kein normales Gespräch führen, ohne dass irgendjemand einen mit Fachgequatsche unterbricht. Lucie? Hören Sie mir zu?«

»Was? Nein. Ich meine, ja, ich höre zu. Ja, Sie haben recht. Das ist definitiv nicht förderlich für die Gespräche, die man bei einem ersten Date so führt.« Lucie senkte den Blick auf das Desaster auf ihrem Schreibtisch. Wenn Vanessa das sehen würde, bekäme sie einen Anfall. Ihre Freundin war extrem ordentlich, immer gut organisiert, innerlich wie äußerlich, niemals eine verirrte Haarsträhne oder eine unangebrachte Gefühlsregung. Dazu kam dann noch ihr perfektes Aussehen, und peng, schon hatte man die Art von Frau, zu der Stephen Mann sich hingezogen fühlte. Die Art von Frau, die sie selbst nie sein würde.

»Aaaalso … kann ich ihre Nummer haben? Oder spielen Sie etwa die Rolle der beschützenden Freundin und würden es vorziehen, mich zuerst wegen meiner Absichten zu befragen?«, neckte er sie. »Vielleicht wollen Sie von mir hören, warum ich glaube, dass ich gut genug für Vanessa bin, oder etwas in der Art.«

Sie konnte ein kleines Zucken ihres Mundwinkels nicht unterdrücken. »Als könnten Sie für irgendjemanden nicht gut genug sein. Sie sind charmant, klug, erfolgreich und sehen gut aus. Wie könnte das irgendjemand ›nicht gut genug‹ finden?«

Er zwinkerte. »Ich bin kein schlechter Fang, nicht wahr? Sagen Sie das unbedingt Vanessa, wenn sie Ihnen von meinem Anruf erzählt. Das heißt, falls Sie mir jemals ihre Nummer geben.«

»Oh! Richtig, Entschuldigung. Äh …« Hektisch sah Lucie sich nach einem Post-it oder einem anderen Notizzettel um. Sie wusste, dass sie so etwas hatte, und wenn sie nur eine Minute lang innehalten und nachdenken könnte, würde ihr garantiert einfallen, wo das Ding war, aber irgendwann in den letzten fünf Minuten hatte man sie offenbar einer Frontallappenlobotomie unterzogen, und jetzt funktionierte nichts mehr richtig.

Sie gab auf, schnappte sich ihren Stift und Stephens Hand, um ihm Vanessas Handynummer kurz entschlossen darauf zu kritzeln. Sie musste sich zwingen, ihn wieder loszulassen, bevor sie noch etwas so Dummes tat wie ein Ausrufezeichen hinzuzufügen oder ›versehentlich‹ zu viel Kraft auf den Punkt zu verwenden und seine Haut mit der Spitze ihres Kugelschreibers zu durchbohren. »Bitte schön. Fertig. Jetzt müssen Sie mich entschuldigen. Ich, äh, habe einen Patienten, der jeden Moment hier sein sollte.«

»Dann will ich Ihre Zeit nicht weiter beanspruchen. Danke, Lucie.« Mit seiner unbeschriebenen Hand ergriff er den Knauf und öffnete die Tür, dann schaute er zurück und fügte hinzu: »Ich stehe in Ihrer Schuld.«

Sie setzte ein ziemlich falsches Lächeln auf und hoffte, dass es für ein echtes durchging. »Ich werde das im Kopf behalten, Herr Doktor.«

Sobald er draußen war, sank sie auf ihren Stuhl und machte sich nicht einmal die Mühe, vorher den Stapel Papiere wegzuräumen. Das hier war nichts Neues. Tatsächlich war es typisch für sie, wegen einer anderen Person übersehen zu werden. Inzwischen sollte sie immun gegen die Verletzung sein, die damit einherging. Wie war noch gleich der Ausdruck? Alter Hut, ja, genau. Inzwischen war es ein alter Hut, und es war auch nicht das erste Mal, dass ein Mann, den sie mochte, sich für ihre Freundin interessierte. Aber es tat trotzdem weh. Sehr.

Sie konnte sich nicht länger etwas vormachen. Dr. Stephen Mann würde in ihr nie das Objekt seiner Begierde sehen. Und obwohl die Realistin in ihr behauptete, dass es keine Rolle spielte – dass sie nur jemand anderen finden musste, der besser zu ihr passte –, sah das die Träumerin in ihr ganz anders. Plötzlich nahm ihre Zukunft als ewiger Single so scharfe Konturen an, dass Lucie sich ein paar Tränen gestattete, in denen die Welt vor ihr verschwamm.

# 2

»Können Sie mir sagen, wo es zur Physiotherapie geht?« *Wo irgendein arrogantes Arschloch mit mir Übungen für Kleinkinder machen und mich dabei quasi entmündigen wird …*

Reid Andrews' Stimmung war rabenschwarz, aber das hieß nicht, dass die Empfangsdame des Krankenhauses seinen Zorn verdiente. Er hörte also zu, als sie ihm den Weg beschrieb, und dankte ihr, ehe er losging.

Je näher er seinem Ziel kam, desto mehr übertrugen sich Anspannung und Ärger auf seinen Körper. Er sollte eigentlich nicht hier sein. Er sollte in Vegas sein, nicht in Sparks, Nevada – was praktisch Reno war, und für sein Empfinden viel zu nah an seiner Heimatstadt Sun Valley lag. Statt mit seinem Trainer und dem Teamarzt würde er jetzt mit jemandem arbeiten müssen, der keine Ahnung von seinem Sport hatte. Oder davon, wie wichtig es für ihn war, so bald wie möglich in den Käfig zurückzukehren, um sich für seine Revanche fit zu machen.

Seit er sich erinnern konnte, hatte er gefightet, hatte in dem Sport gekämpft, den er über alles liebte – gemischte Kampfkünste, Mixed Martial Arts oder kurz MMA. Er hatte alles gegeben, um bis ganz nach oben zu kommen, und als er dort endlich angelangt war, hatte er sich den Arsch aufgerissen, um da auch zu bleiben. Nach fünfzehn Jahren Kampf war er einer der reichsten Halbschwergewichtskämpfer in der UFC, mit einer Gewinnstatistik von vierunddreißig zu drei und einer riesigen Fangemeinde. Natürlich spielte jetzt nichts von alledem eine Rolle, denn wenn er nicht rechtzeitig zur Revanche wieder gesund würde, wäre seine Karriere beendet.

Ein Arzt, der gerade mit dem Handy telefonierte und zugleich seinen Pager kontrollierte, kam um die Ecke und stieß mit ihm zusammen. Der Mann schaute sich nicht einmal um, als er ohne Entschuldigung weiter den Flur entlangeilte. Reid biss die Zähne zusammen, hielt sich die rechte Schulter und wartete darauf, dass der Schmerz verebbte. Selbst ein so kleiner Stoß wie dieser tat beschissen weh.

Er hatte sich eine der übelsten Verletzungen zugezogen, die es für einen Kämpfer gab: einen Riss der Rotatorenmanschette. Und das nicht einmal bei einem Kampf, sondern beim Training für seinen Titelkampf. Mit vierunddreißig war er schon uralt für einen Kämpfer, vor allem, da er schon so lange dabei war, und sein Körper das nun mit einer gottverdammten Verletzung nach der anderen quittierte.

Reid wich einer alten Dame aus, die sich im Schneckentempo fortbewegte, und verfluchte Butch, seinen Trainer, der ihn hierher geschickt hatte.

Kurz nachdem Reid an der rechten Schulter operiert worden war, hatte ihr Sportmediziner das Trainingslager verlassen, um sich zu Hause um seinen kranken Vater zu kümmern. Scotty wurde erst in zwei Monaten zurückerwartet, und da Reid der einzige Verletzte im Camp war, hatte sein Trainer einen Termin bei einem örtlichen Physiotherapeuten für ihn ausgemacht. Doch mithilfe dieses Burschen würde es wahrscheinlich fünfzig Jahre dauern, bis er wieder kampfbereit war. Also hatte Reid seine Therapie nun selbst in die Hand genommen.

Unglücklicherweise hatte Butch Wind davon bekommen. Prompt hatte sein Trainer ihm Vorhaltungen gemacht, dass er nicht auf Scottys Vertretung gehört und sich ruhig verhalten hatte. Aber Reid war kein Freund davon, die Dinge ruhig anzugehen. Seine Leitsätze waren mehr als nur die üblichen Motivationsmantras. Er lebte nach ihnen. Sie lauteten in etwa: »Gib alles, sonst endest du als Nichts«, und: »Wenn du nicht siegen willst, dann tritt erst gar nicht an.« Dieser Mist war ihm eingetrichtert worden, seit er alt genug gewesen war, um auf Befehl seines alten Herrn den ersten Boxhieb zu landen.

Er musste seinen Titel zurückgewinnen. Und deshalb würde er sich ganz bestimmt nicht damit abfinden, in den nächsten zwei Monaten nicht trainieren zu können. Jedes Jahr brachte der Sport jüngere und bessere Kämpfer hervor, und für die älteren wurde es zunehmend schwieriger mitzuhalten. Deshalb trainierte Reid so hart. Es würde immer irgendeinen Burschen geben, der seinen Gürtel haben wollte und alles tat, um ihn zu bekommen. Also musste er noch härter trainieren, um zu bestehen. Er war stinksauer, dass Butch ihm ein Ultimatum gestellt hatte: Entweder er verließ das Trainingslager und machte vernünftig Physiotherapie oder Butch würde den Kampf absagen.

*Scheiß. Drauf.*

Na schön, egal. Er würde seinen Trainer glücklich machen und diesen lahmen Physiotherapiekack über sich ergehen lassen. Aber er würde es nicht anders angehen als sein normales Training. Er hatte keine Zeit herumzupfuschen. Er musste *pronto* nach Las Vegas zurück, um sich das zurückzuholen, was ihm rechtmäßig zustand.

Reid stieß die Doppeltüren auf und durchquerte einen großen Raum, der dem Inneren eines CVJM ähnelte. Laufbänder, Crosstrainer, Gewichte und Medizinbälle. Kein Sparring-

Käfig. Keine Matten. Keine Boxsäcke. Nur ein alter Mann von mindestens achtzig Jahren war da, der so langsam auf einem Laufband ging, dass er praktisch stillstand.

»So ein Mist«, murmelte Reid, als er sich dem kleinen Büro näherte, auf dessen halb geöffneter Tür der Name seiner Physiotherapeutin stand, Lucinda Miller. Er hob die Hand, um kurz anzuklopfen, hielt aber inne, als er ein leises Schniefen hörte, das von dem gesenkten Kopf einer Brünetten kam, die hinter dem Schreibtisch saß. Zumindest nahm er an, dass es ein Schreibtisch war. Es war schwer zu erkennen, was sich unter den Stapeln von Akten und Papieren befand. Statt anzuklopfen, räusperte er sich. »Verzeihung, störe ich?«

Die Frau drehte sich blitzartig mit ihrem Stuhl zur rückwärtigen Wand, stieß sich dabei das Knie an einem Aktenschrank und murmelte einen Kraftausdruck, bei dem er gewettet hätte, dass sie ihn nicht sehr oft in der Öffentlichkeit benutzte. Obwohl er ihr Gesicht noch nicht gesehen hatte, konnte er nicht anders: Er fand ihre Unbeholfenheit irgendwie süß. Als sie ein Taschentuch hervorangelte und sich die Nase putzte, fiel ihm wieder ein, dass sie vielleicht gerade allein sein wollte. »Ich kann auch ein andermal wiederkommen.«

»Nein, nein.« Sie putzte sich noch einmal die Nase und deutete dann hinter sich, ohne sich umzudrehen. »Wenn Sie einfach nebenan Platz nehmen könnten, ich bin dann gleich bei Ihnen.«

Klang gut. Er hasste es, Frauen weinen zu sehen, und fand es schon schlimm genug, jemanden trösten zu müssen, den er kannte. Aber eine Frau zu trösten, die er nicht kannte, war noch schlimmer. Reid ging in den Nebenraum, lehnte sich an eine Massageliege und ließ geistesabwesend die Knöchel knacken. Kaum eine Minute später kam sie hereingerauscht, den

Blick auf seine Akte gesenkt, und ging schnurstracks zu dem kleinen Schreibtisch an der Wand.

»Ich bitte nochmals um Entschuldigung«, sagte sie. »Lassen Sie mich das kurz ansehen, und dann kommen wir gleich zur Sache.«

»Alles klar. Kein Stress.« Etwas an ihrer Stimme stupste seine grauen Zellen an. Es kam ihm vor, als hätte er sie schon einmal gehört.

»Okay, Mr Johnson, werfen wir einen Blick auf …«

Sie erstarrten, als sie einander erkannten.

»Luce?«

»Reid?«

Es war etliche Jahre her – verdammt, sechs, vielleicht sogar sieben oder noch mehr, er konnte sich nicht erinnern –, seit er die kleine Schwester seines besten Freundes das letzte Mal gesehen hatte. Ihr Gesicht war fleckig und ihre Augen waren rot vom Weinen, daher hätte er sie beinahe nicht erkannt. Aber die fast herzförmige Sommersprosse neben ihrem linken Auge verriet sie. Lucies Markenzeichen war hinter der rechteckigen, dunkel umrahmten Brille gerade noch sichtbar.

»Ach du meine Güte«, sagte sie und schlang die Arme um ihn – irgendwo auf Taillenhöhe. Es war so lange her, seit er jemanden aus seiner Heimatstadt getroffen hatte, und außer ihrem Bruder war Lucie die einzige Person, bei der er sich freute, sie zu sehen. Er erwiderte die Umarmung und neigte seinen Kopf. Ihr Haar roch nach einer Mischung aus Blumen und Sommer, so anders als die schweren Parfüms, die er sonst bei Frauen gewöhnt war.

Sie ließ ihn los und nahm auf dem Drehstuhl vor dem Schreibtisch Platz, dabei strich sie sich eine lose Haarsträhne hinters Ohr. »Ich kann nicht glauben, dass du es bist. Moment mal, warum steht auf meiner Karte Randy Johnson? – Ehrlich? ›Der scharfe Johnson‹?«

Reid lachte leise über den lächerlichen Namen, den er aus Gründen der Anonymität benutzte. »Das ist ein Alias.« Um ihren gequälten Gesichtsausdruck zu verscheuchen, der offenbar durch irgendetwas vor seiner Ankunft entstanden war, bedachte er sie mit einem frechen Lächeln und fügte hinzu: »Und manchmal auch ein Zustand.«

Sie runzelte ein paar Sekunden lang die Stirn, um das zu verarbeiten, dann röteten sich ihre Wangen und ihre Augen weiteten sich. »Reid!«

Er hatte sich diesen Witz unmöglich verkneifen können. Allein ihr schockierter Gesichtsausdruck war es wert. »Komm schon, Lu-Lu, du kannst nach all diesen Jahren nicht immer noch so unschuldig sein.«

»Meine Unschuld oder deren Abwesenheit gehen dich nichts an, Andrews. Und ich warne dich, wenn du mich noch einmal so nennst, steche ich dir mit meinem Stift in die Vena jugularis.«

Er hob die Hände in gespielter Kapitulation. »In Ordnung, Lubert.« Sie verdrehte die Augen, aber er unterbrach sie, noch bevor sie richtig wütend werden konnte. »Da wir gerade von Namen sprechen, was ist mit Lucinda Miller passiert? Ich sehe keinen Ring. Bist du im Zeugenschutzprogramm oder so was?«

Sie wandte den Blick ab und kümmerte sich plötzlich intensiv darum, ihr Namensschild wieder festzustecken. »Nein. Ich *war* im College kurz verheiratet. Jackson hat dir wahrscheinlich nichts davon erzählt, weil es sowieso nicht sehr lange gehalten hat.« Sie räusperte sich und lächelte ihn an, aber das Lächeln erreichte kaum ihre Wangen, geschweige denn ihre Augen. »Du weißt ja, wie es ist. Verrückte Jugend und all das.

Ich habe mir einfach nie die Mühe gemacht, meinen Namen wieder zu ändern. Aber zumindest sind meine Initialen immer noch dieselben, nicht?«

Der Versuch, ihre wahren Gefühle zu verbergen, erinnerte ihn daran, in welcher Verfassung er sie vorhin angetroffen hatte. Irgendjemand oder irgendetwas hatte sie verletzt, und das rief sofort seinen Beschützerinstinkt auf den Plan. Schließlich war Lucie nicht irgendeine Frau. Er war damit aufgewachsen, dass sie immer hinter ihm und ihrem Bruder, Jackson Maris, hergezockelt war. Und da Jax, ebenfalls ein USC-Fighter, im Trainingslager auf Hawaii war und seiner kleinen Schwester nicht helfen konnte, sprang Reid gerne für ihn ein.

»Warum hast du geweint, Lu?«

»Ach, das …« Sie winkte ab. »Wegen gar nichts. Ich habe schreckliche Allergien um diese Jahreszeit, und manchmal werden sie so schlimm, dass ich wie ein heulendes, jämmerliches Wrack klinge, das ist alles.«

Er lachte spöttisch. »Das ist der Grund, warum Jax und ich dir nie erlaubt haben, bei unseren eher krummen ›Abenteuern‹ dabei zu sein. Du bist eine schrecklich schlechte Lügnerin und hättest einem Eltern-Verhör keine fünf Sekunden standgehalten.«

Sie erhob sich und stemmte die Hände in die Hüften. »Nun, deinem Trainer zufolge bist du ein schrecklicher Patient, also haben wir wohl beide unsere Fehler. Also, wenn du nicht deine ganze Stunde mit sinnlosem Geplapper vergeuden willst, schlage ich vor, dass du mich mal deine Verletzung begutachten lässt.«

Reid erkannte eine Mauer, wenn er in eine hineinlief. Lucie wollte nicht darüber reden … noch nicht. Aber auf die eine oder andere Weise würde er es schon herausbekommen.

»Schön. Dann begutachte mal drauf los, Luey.« Er griff mit dem linken Arm zwischen seine Schulterblätter, zog sich sein T-Shirt über den Kopf und passte auf, dass er seinen rechten Arm dabei möglichst wenig bewegte. Das Shirt warf er auf den Stuhl in der Ecke.

»Wie viel Physiotherapie hast du seit der Operation gehabt?«

»Keine Ahnung, das Übliche, schätze ich. Eine Sitzung am Tag. Aber es war nicht genug, daher habe ich nebenbei noch ein bisschen trainiert.«

Sie hielt inne und sah ihn mit einer hochgezogenen Augenbraue an. »Mit anderen Worten, du hast es übertrieben, was kontraproduktiv für deine Genesung ist.«

»›Es übertreiben‹ ist ziemlich subjektiv.«

»Nein, ist es nicht, Reid. Alles, was über die Anweisung von deinem Arzt oder Therapeuten hinausgeht, ist zu viel. Wenn ich dir helfen soll, musst du *genau* das tun, was ich dir sage. Wenn du das schaffst, habe ich dich in ungefähr vier Monaten so weit, dass du wieder fit bist.«

»Was? Hat Butch dir nicht erzählt, dass meine Revanche in zwei Monaten ist? Ich stehe auf der Fightcard und muss kämpfen, Luce. Diaz hat meinen Gürtel, und ich werde ihn mir zurückholen.«

Lucie schüttelte den Kopf. »Reid, das ist Wahnsinn. Selbst wenn ich dir den größten Teil meiner Zeit widme, kann ich nicht garantieren, dass du so bald wieder in Form bist.«

»Quatsch. Das ist so ein typischer Quacksalberspruch. Aber überleg dir mal, um wen es hier geht. Ich bin nicht wie die anderen Leute, mit denen du arbeitest. Du kannst mich nicht mit einem Durchschnittspatienten vergleichen, der einfach irgendwann wieder den Normalzustand erreichen will. Ich bin ein durchtrainierter Sportler, der sich in den letzten fünfzehn Jahren von mehr Verletzungen erholen musste als hundert Durchschnittspatienten zusammen.«

Sie seufzte. »Lass uns zuerst schauen, womit wir es hier zu tun haben, okay, du Teufelskerl? Setz dich.«

Reid schwang sich auf die Liege und versuchte, sich beim Gedanken daran, dass sein Arm bewegt werden würde, nicht zu verkrampfen. Er konnte einiges an Schmerzen aushalten, trotzdem musste er bei solchen Untersuchungen ganz schön die Zähne zusammenbeißen.

»Streck den Arm zur Seite und versuch, ihn da zu halten, während ich nach unten drücke.«

Er schaffte es nur wenige Sekunden, ehe er mit einem leisen Fluch aufgeben musste. Lucie tat so, als bemerke sie es nicht, und ließ ihn zwei weitere Krafttests machen, bei denen es ihm gerade noch gelang, seine Schimpftiraden für sich zu behalten. Na toll.

»Okay, ein letzter Test, Reid. Leg die Hand auf deinen Bauch und versuche, sie dort zu halten, während ich sie von deinem Körper wegziehe.«

Reid biss die Zähne zusammen, ballte seine linke Faust und versuchte, an etwas anderes zu denken als das messerscharfe Stechen in seiner Schulter. Ja, der Schmerz war schlimm. Aber noch schlimmer wäre es, wenn er ihn nicht mal mehr verbergen könnte.

»In Ordnung, du kannst dich jetzt entspannen.« Lucie machte einige Notizen in seine Akte, dann drehte sie sich zu ihm um und fragte: »Auf einer Schmerzskala von eins bis zehn, wobei die Zehn der schlimmste Schmerz ist, den du dir vorstellen kannst, wie fühlst du dich im Moment?«

»Eine Vier. Vielleicht sogar eine Drei.«

Sie zog die Augenbrauen hoch und verschränkte die Arme vor der Brust. »Erspar mir den Macho-Quatsch, Andrews. Ich bin nicht hier, um deine Männlichkeit infrage zu stellen. Wenn du willst, dass ich meinen Job mache, dann musst du hundertprozentig ehrlich zu mir sein.«

Er bedachte sie mit einem Blick, der Männer, die doppelt so groß waren wie sie, veranlasst hatte, sich noch einmal gut zu überlegen, ob sie wirklich zu ihm in den Ring steigen wollten. Doch Lucie zuckte nicht mal mit der Wimper. Er hätte ihr gratuliert, wäre er nicht so verärgert über die ganze Situation gewesen. »Na schön. Eine Sechs«, murmelte er. »Aber manche Tage sind besser als andere.«

»Keine Sorge, das ist normal. Jetzt leg dich mit dem Gesicht nach unten auf die Liege. Ich will noch ein paar andere Sachen ausprobieren.«

»Du bist auf deine alten Tage schrecklich herrisch geworden, weißt du das?« Er war ein bisschen enttäuscht, als sie den Köder nicht schluckte, sondern stattdessen ein sarkastisches *M-hm* brummte, während er sich auf der Liege ausstreckte. Den Kopf auf seinen linken Arm gestützt, ließ er die Augen zufallen, während Lucie an ihm zu arbeiten begann.

Ihre zarten Fingerspitzen erkundeten die Muskeln rund um seine Schulter. Er hatte keine Ahnung, wonach sie suchte, aber er hoffte, dass sie noch eine Weile damit beschäftigt sein würde. Ihre Berührung fühlte sich so viel besser an als das, was er sonst gewohnt war. Natürlich hatte Scotty keine derart zarten Frauenhände, aber es war mehr als das. Der Unterschied lag in der Technik, die sie benutzte: Als sei er nicht nur ein Kämpfer, der auch die ruppigste Behandlung vertrug, sondern vielmehr ein Mann, der nach einem langen Tag um eine sanfte Massage gebeten hatte.

Er hörte ein leises Schniefen und überlegte, was Lucie wohl so mitgenommen hatte. Da er in ihr lange eine Art kleine Schwester gesehen hatte, störte es ihn, dass irgendetwas nicht stimmte.

Was immer es war, sie tat ihr Bestes, um nicht …

»Ah, Scheiße!«

»Entschuldige.«

»Ja, klar«, sagte er trocken. »Das war wahrscheinlich die Vergeltung dafür, dass ich damals im Garten dein Stoffhäschen als Dartscheibe benutzt habe.«

Er konnte ihr Gesicht nicht sehen, aber er hörte das Lächeln, als sie sprach. »Das hatte ich völlig vergessen. Jackson hat drei Tage Hausarrest bekommen, und meine Mutter musste all die kleinen Löcher zunähen. Sie hat mir erklärt, der Hase sei ein Kriegsheld, der nach seiner OP einen Orden vom Präsidenten bekommen würde.«

»Deine Mutter konnte tolle Geschichten erzählen. Jax und ich haben uns immer darauf verlassen, dass sie uns die passenden Hintergrundinformationen für unsere Abenteuer lieferte.«

»Mom war tatsächlich etwas ganz Besonderes. Ich vermisse ihre Gutenachtgeschichten noch immer.«

Lucies Eltern waren in dem Sommer, als er und Jackson den Highschool-Abschluss gemacht hatten, bei einem Autounfall ums Leben gekommen. Damals war Lucie gerade erst dreizehn gewesen. Ihr Bruder hatte sich dafür entschieden, sie großzuziehen, statt sie an irgendwelche Verwandte weiterzureichen. Eine bewundernswerte Entscheidung. Jackson war seine Schwester nicht nur wichtiger als die perfekte MMA-Karriere gewesen. Er hatte seine Sache offenbar auch verdammt gut gemacht.

Genau in dem Moment dämmerte es Reid. »Ein Mann steckt dahinter, nicht wahr?«

Ihre Hände verharrten nur einen Moment lang, aber das war lang genug, um ihm die Antwort zu geben, nach der er suchte. »Ist es unangenehm, wenn ich hier drücke?«, fragte sie mit einem leichten Zittern in der Stimme.

Brennende Wut stieg in ihm auf, ein unbändiger Zorn, der sich auf die gesamte männliche Spezies richtete. Zumindest, bis er den wahren Übeltäter endlich zwischen die Finger bekam. Er stemmte sich mit dem linken Arm hoch und drehte sich zu ihr um.

»Was machst du da? Ich bin noch nicht fertig.«

»Doch, bist du. Wir machen erst weiter, wenn du mir erzählt hast, wer er ist und was zum Teufel er getan hat«, knurrte er.

»Reid …«

»Quid pro quo, Lu. Du erzählst mir, wer dich zum Weinen gebracht hat und warum. Dafür verspreche ich dir, es nicht selbst herauszufinden, ihn zur Strecke zu bringen und ihm die Zähne dafür einzuschlagen, dass er dich so traurig gemacht hat.«

Er bedauerte die harsche Drohung beinahe, als sie erbleichte, aber wenn das die einzige Möglichkeit war, sie zum Reden zu bringen, dann war es eben so. »Hier, hüpf auf die Bank. Wir tauschen die Plätze«, sagte er und stand auf. Als sie den Mund öffnete, um zu widersprechen, sah er sie mit zusammengekniffenen Augen an, um ihr zu zeigen, dass er es ernst meinte. Mit einem resignierten Seufzer tat sie ihm den Gefallen, auch wenn sie offensichtlich nicht glücklich darüber war.

»So, jetzt bist du der Patient.« Trotz des stechenden Schmerzes in seiner Schulter, legte er beide Hände an ihre Hüften. Sicher war sicher. Nicht, dass Lucie noch einen Fluchtversuch unternahm. »Also, Miss Miller«, sagte er und schaute in ihre sanften, grauen Augen, »erzählen Sie mir, wo es wehtut.«

Lucie konnte immer noch nicht glauben, dass Reid in ihrem Behandlungszimmer stand. Sie hatte ihre Jugend damit verbracht, hinter ihrem älteren Bruder herzutrippeln, nur um seinem besten Freund nahe zu sein. Aber da Reid, sehr zum Kummer ihres jungen Herzens, immer nur eine Art kleine Schwester in ihr gesehen hatte, war ihr nichts übrig geblieben, als aus der Ferne zu ihm aufzuschauen.

Jetzt hatte sie alle Mühe, von ihm *weg*zuschauen.

Er war in der Highschool schon sehr durchtrainiert gewesen, aber das war nichts im Vergleich zu heute. Der Mann definierte Michelangelos Vorstellung von Perfektion neu und ließ die David-Statue aussehen wie ein Weichei. Sein dunkelblondes Haar war kurz geschoren, bis auf den kleinen Iro, der dem perfekten Model-Look eine leichte Schärfe gab. Dann waren da die Tätowierungen … gütiger Gott, die Tätowierungen.

Schwarze Tribalornamente woben ein kunstvolles Muster um den rechten Oberarm und die Schulter, um sich dann von der Brust bis hinauf zum Hals zu schlängeln. Rechts unten auf Reids Brustkorb standen in Schreibschrift die Worte *Fight To Win*, die an dem Muskel, der diagonal über sein –

»Lu?«

Sie schaute in seine wachen haselnussbraunen Augen. »Hm?«

»Fängst du jetzt an zu reden, oder muss ich Kitzelfolter einsetzen?«

*Prima, Lucie, wirklich elegant. Reiß dich zusammen, ja? Es ist nur Reid.*

Sie verdrehte die Augen und schaute woanders hin, in der Hoffnung, dass er die Tränen nicht sah, die sie nur mit Mühe zurückhalten konnte. Hastig zwang sie sich zu einem Lächeln; das Gespräch sollte unbeschwert bleiben. Er sollte sie *nicht* wegen dieser Sache in die Mangel nehmen. »Ich bin kein achtjähriges Mädchen mehr, Reid. Wenn du so was versuchst, dann hänge ich dir einen Prozess wegen sexueller Nötigung an.«

Sanft nahm er ihr Kinn und hob ihren Kopf an, damit sie ihm in die Augen sehen musste. Dann sagte er ihren Namen, »Lucie …«, und das allein genügte, um die Deiche zum Brechen zu bringen. Die ersten Tränen flossen.

»Gott, das ist so dumm. Wirklich, es ist nichts«, murmelte sie und wischte die Tränen wütend mit den Fingern weg.

»Wenn ein Mann eine Frau zum Weinen bringt, ist es nicht nichts.«

»Er hat es nicht mit Absicht gemacht; er weiß nicht mal, was er getan hat. Es ist einfach …« Sie holte tief Luft und stieß bebend den Atem aus. »Ich bin seit Jahren in ihn verliebt, und er hat mich nie wahrgenommen. Jedenfalls nicht so. Und eben, bevor du aufgetaucht bist, hat er mich um die Telefonnummer meiner besten Freundin gebeten. Er will mit ihr zum Wohltätigkeitsball des Krankenhauses gehen.«

»Wird sie mitgehen?«

»Nein, so etwas würde Vanessa mir nie antun. Aber das ändert nichts daran, dass er sie nur *einmal* gesehen hat und seitdem mit ihr ausgehen will. Wir haben unzählige Stunden zusammen gearbeitet, aber er *sieht* mich einfach nicht.«

»Dann ist er offensichtlich ein blindes Arschloch.«

Lucie schnaubte und schüttelte den Kopf. »Du kennst Stephen nicht. Der Mann hat mehr Charme in seinem kleinen

Finger als halb Reno. Er ist ein großartiger Chirurg, der sich für seine Patienten immer mächtig ins Zeug legt. Er ist klug, erfolgreich und unglaublich attraktiv. Wir passen total gut zusammen. Ich weiß, ich könnte ihn glücklich machen, wenn er mir nur eine Chance geben würde.«

»Also, wenn er zu begriffsstutzig ist, um etwas zu unternehmen, warum hast du dann nichts getan?«

Sofort wurden ihre Wangen heiß, und sie senkte den Blick, um ihre auf dem Schoß verschränkten Finger zu inspizieren. »Ich kann nicht. Ich wüsste nicht, was ich sagen soll. Und selbst wenn ich es täte, und er durch irgendein Wunder interessiert wäre, würde ich …«

»Würdest du was?«

»Ich würde nicht wissen, was ich tun soll«, flüsterte sie.

»Tun?« Er versuchte, sich vorzustellen, was sie meinen könnte, aber ihm fiel nichts ein. Es sei denn … »Lucie, nach deiner Scheidung hattest du ein paar Dates, oder?«

»Das ist doch blöd, Reid, lass mich runter.«

Er ließ nicht locker. »Du machst Witze. Keinen festen Freund?«

»Ich muss dir mitteilen, Andrews, dass deine Verwunderung mir nicht gerade das Gefühl gibt, ich könnte mich dir anvertrauen. Also lass mich aufstehen, und wir vereinbaren einen neuen Termin für nächste Woche.«

»Okay, okay, tut mir leid«, sagte er und legte die Hände auf ihre Oberarme. Unwillkürlich zuckte er zusammen, als der Schmerz wie Feuer durch seine Schulter brannte. Es war nicht seine Absicht gewesen, Lucie noch trauriger zu machen, als sie es ohnehin schon war. Er blinzelte gegen den Schmerz an. »Moment mal, was meinst du mit ›nächste Woche‹? Haben wir nicht jeden Tag Termine?«

»Meistens schon. Da aber heute Freitag ist, werden wir nächste Woche anfangen. Außerdem bist du nicht mein einziger Patient. Ich habe einen vollen Terminkalender.«

*Scheiße, was jetzt?* Er brauchte viel mehr Zuwendung als nur zwei verdammte Tage pro Woche.

»Vielleicht solltest du einen ganz engagierten Physiotherapeuten anstellen. Du weißt schon, jemand, der rund um die Uhr bei dir sein kann, mit dir arbeitet und dich daran hindert, es mit dem Training zu übertreiben. Wenn du immer noch so bist, wie früher, dann kennst du das Wort Mäßigung gar nicht.«

»Perfekt. Genau das brauche ich. Jemand, der sich nonstop um mich kümmert, damit ich bis zur Revanche wieder fit bin.« Mit einem zufriedenen Lächeln trat er einen Schritt zurück und verschränkte die Arme vor der Brust. »Alles klar. Ich schicke dann jemanden vorbei, der dich und deine Sachen abholt.«

Sie war bereits von der Liege gesprungen und zum Schreibtisch geeilt, und jetzt fuhr ihr Kopf so schnell herum, dass er Sorge hatte, sie würde selbst Therapie brauchen, um das entstandene Schleudertrauma zu beheben. *»Was?«*

»Es ist nur vernünftig, wenn du bei mir einziehst, bis ich geheilt bin, Lu. Komm schon, ich habe doch damals praktisch bei euch gewohnt. Das ist ja nichts Neues. Und vor allem ist es die beste Lösung. Dann können wir öfter an meiner Schulter arbeiten, und du kannst dafür sorgen, dass ich keine Dummheiten mache. Du weißt doch, ich neige zu Dummheiten.«

Er sah ihr dabei zu, wie sie den kleinen Raum durchquerte, um sein Shirt zu holen. »Selbst wenn die Vorstellung, für zwei Monate zu dir zu ziehen, mich nicht stören würde, gäbe es da noch die ein oder andere Kleinigkeit zu bedenken. Zum Beispiel, dass ich einen Job habe.«

»Ich werde dich natürlich für deine Zeit bezahlen. Das Doppelte, wenn du willst – Geld ist kein Problem.«

Sie gab das universelle *Zieh-dich-an-Signal*, indem sie ihm das Shirt kommentarlos an die Brust schmiss. »Du hast recht. Geld ist nicht das Problem. Außerdem habe ich noch mindestens acht Wochen Urlaub, die ich dringend mal nehmen sollte. Das *Problem* besteht darin, dass diese Idee einfach nur völlig haarsträubend ist!«

Reid musste schnell nachdenken, wenn er diesen Kampf nicht verlieren wollte. Und etwas tief in seinem Inneren sagte ihm, dass er ihn nicht verlieren *durfte*. Er brauchte Lucie, um sich dahin zu bringen, wo er in zwei Monaten sein wollte. Er wusste das so sicher wie seinen eigenen Namen. Doch wie sollte er sie dazu überreden? Plötzlich schoss ihm eine Idee durch den Kopf, und er holte tief Luft. Das war verrückt. Aber vielleicht einen Versuch wert.

»Ich würde dir dafür beibringen, wie du deinen Arzt bekommst.«

Lucie war schon auf dem Weg zur Tür und hatte das Angebot, seine Mitbewohnerin zu werden, offenbar bereits abgehakt. Aber dieser einfache Satz ließ ihre Füße kurz vor der Türschwelle Wurzeln schlagen. Sie hing am Haken, jetzt brauchte er die Leine nur noch vorsichtig einzuholen, um seine Chance auf eine Revanche nicht zu verlieren. Er ging langsam auf sie zu, während er sprach.

»Ich zeige dir, wie du dich benehmen musst, was du sagen musst … alles, was du wissen musst, damit er auf dich aufmerksam wird. Wenn es etwas gibt, womit ich mich auskenne, dann sind es Frauen und die Tricks, mit denen sie Männer völlig scharf machen.« Sie drehte den Kopf ein wenig in seine Richtung. Nicht viel, aber genug, um ihn wissen zu lassen, dass er ihre Aufmerksamkeit geweckt hatte. »Du wirst ihn dazu bringen, dir in null Komma nichts aus der Hand zu fressen. Das garantiere ich dir.«

Mehrere Augenblicke verstrichen in Zeitlupe. Er hörte seinen Puls rasen und wartete darauf, dass sie ihn einen Idioten nannte oder empört davonstürmte. Jackson würde ihn bei lebendigem Leib häuten, wenn er Lucie irgendetwas beibrachte, das mit Verführung zu tun hatte. Allein aus diesem Grund hätte er sein Angebot schleunigst zurückziehen sollen. Aber er konnte sich nicht dazu durchringen. Die Sache war einfach zu wichtig.

Sie schüttelte den Kopf. »Tut mir leid, aber …«

Bevor sie ihm die Absage erteilen konnte, streckte ein dunkelhaariger Mann den Kopf durch die Tür. »Lucie, es tut mir total leid zu stören, aber die, äh, Patientennummer«, der Mann sah Reid an und räusperte sich, »die Sie mir vorhin gegeben haben, ist bereits wieder abgegangen. Da ich auf dem Weg raus war, dachte ich, Sie könnten sie mir ganz schnell noch mal geben. Diesmal hab ich Papier mitgebracht.«

*Was. Für. Ein. Depp.* Es kostete Reid all seine Selbstbeherrschung, den Burschen nicht an Ort und Stelle zu vermöbeln. Denn dass es sich um Lucies großen Schwarm handelte, war mehr als deutlich. Sie brauchte ihn gar nicht erst als Dr. Ahnungsloser Blödmann vorzustellen.

Reid beobachtete, wie sie den Arzt anstarrte, beinahe so, als stecke sie in irgendeinem inneren Monolog fest und hätte vergessen, dass die Uhr hier draußen in der realen Welt immer noch weitertickte. Die Frage nach der Nummer schien sie ziemlich aus dem Konzept gebracht zu haben. Erst als der Mann sich abermals räusperte und ihr ein kleines Stück Papier hinhielt, wurde sie plötzlich wieder aktiv.

»Natürlich, Dr. Mann.« Nachdem sie eine Telefonnummer auf das Papier gekritzelt hatte, sagte sie: »Bitte schön.«

»Wunderbar, vielen Dank. Ich sehe Sie dann später.«

Reid wartete. Drei Sekunden vergingen … sieben … zwölf. Dann richtete Lucie sich auf, drehte sich jäh herum und sagte: »Abgemacht.«

# 3

Lucie kuschelte sich in die Ecke ihres Sofas, die Knie an die Brust gezogen. Sie hielt ein Buch in Händen, aber obwohl ihre Augen über die Zeilen flogen, nahm ihr Verstand kein einziges Wort auf.

Ihr war übel. Sie hatte nichts zu Abend gegessen, so nervös war sie gewesen. Was glattweg lächerlich war, denn es handelte sich doch nur um Reid. Den besten Freund ihres Bruders. Ein Mann, der mit ihr zusammen aufgewachsen war und damals praktisch bei ihrer Familie gewohnt hatte. Ein Mann, für den sie als kleines Mädchen geschwärmt hatte … Ein Mann, der womöglich der erotischste Typ war, den sie je gesehen hatte. Sein halbnackter Anblick musste sich in ihr Gedächtnis eingebrannt haben, denn wann immer sie die Augen schloss, war dieses Bild sofort wieder da. Und jetzt wohnte dieser Mann also in ihrer Wohnung …

*Puh! Atmen, Mädchen, atmen.* Sie sog die Luft tief ein, hielt sie an und stieß sie dann langsam wieder aus, wodurch es ihr eine Spur besser ging.

Ein paar Stunden zuvor hatte sie darauf bestanden, dass Reid in ihr Apartment zog, und nicht sie in seine Hotelsuite. Es machte keinen Sinn, dass sie beide aus Koffern lebten, und auf diese Weise war es unwahrscheinlicher, dass er von verrückten Fans belagert wurde. Er war vor einer halben Stunde aufgetaucht, sie hatte ihn ins Gästezimmer geführt und ihn dann allein gelassen, damit er sich einrichten konnte.

Plötzlich unterbrach eine blecherne Wiedergabe von »The Piña Colada Song« ihre stillen Überlegungen. Sie griff nach dem Handy, das auf dem Couchtisch lag. »Hey, Nessie, was gibt es?«

»Hast du Dr. Arschgesicht im Ernst meine Nummer gegeben? Er behauptet, er hätte sie von dir, aber das habe ich ihm natürlich nicht geglaubt. Ich meine, wenn eine Frau um die Nummer ihrer besten Freundin gebeten wird – und zwar ausgerechnet von ihrem großen Schwarm –, dann würde sie ihm ja wohl sagen, dass er sich auf etwas gefasst machen kann.«

»Ness …«

»Oder sie hätte ihm *wenigstens* eine Ausrede aufgetischt, warum er mich nicht um ein Date bitten kann.«

Lucie kniff die Augen zusammen und legte den Kopf auf die Knie. Bei all dem Wahnsinn um Reids Einzug hatte sie das vollkommen vergessen. »Was ist passiert?«

»Ich habe ihm gesagt, dass ich mit jemandem zusammen bin, dass du aber noch nichts davon weißt, weil es noch so frisch ist.«

Lucie stieß einen Seufzer der Erleichterung aus. »Danke. Es tut mir leid, aber er hat mich überrumpelt, und ich wusste nicht, was ich tun soll.«

»So kann das doch nicht weitergehen. Du musst ihm entweder sagen, was du für ihn empfindest. Oder du hakst ihn endlich ab.«

»Vanessa …«

»Ich weiß, es gefällt dir nicht, wenn ich das Thema anspreche, aber komm schon. Du kannst nicht dein ganzes Leben lang abwarten, ob dieser Mann sich vielleicht eines Tages überlegt, dass er dich doch mag.«

»Ja, ich weiß, es ist nur …« Lucie hörte Reid hinten im Flur seine Schlafzimmertür öffnen. »Hey, ich muss Schluss machen, aber ich rufe dich morgen an, okay?« Bevor ihre Freundin noch irgendwelche Einwände erheben konnte, klappte sie das Telefon zu, schaltete den Klingelton aus und legte es auf den Tisch.

»Was liest du da?«

Seine tiefe Stimme, die in ihrem für gewöhnlich stillen und sehr männerfreien Zuhause widerhallte, klang fehl am Platz. Sie beobachtete, wie er an ihr vorbeiging, nur mit Shorts bekleidet, die tief – beinahe *unanständig* tief – auf seinen Hüften hingen. Irgendwann hatte er sich wohl auf das andere Sofaende gesetzt, aber das hatte sie gar nicht mitgekriegt, weil sie von seinem nackten Oberkörper viel zu sehr abgelenkt war.

»Wenn du weiter den Mund so offen stehen lässt, Lu, fängst du noch Fliegen«, sagte er mit einem schiefen Grinsen.

Wie peinlich! Hastig presste sie die Lippen zusammen und schaute wieder auf das Buch vor sich. Der Text hätte genauso gut auf Hebräisch geschrieben sein können, so viel wie sie davon mitbekam. Sie klemmte sich ihr vom Duschen feuchtes Haar hinters Ohr und räusperte sich. »Du solltest ein Hemd anziehen, wenn du nicht gerade Therapie hast.«

»Warum? Je weniger ich anhabe, desto wohler fühle ich mich. Die Shorts habe ich nur als Zugeständnis an deine Tugend angezogen.«

Sie schnappte nach Luft. Als er lachte, begriff sie, dass das genau die Reaktion war, die er hatte erzielen wollen. Sie kniff die Augen zusammen, schmiss das Buch in seine Richtung, aber er wehrte es mühelos mit einer Handbewegung ab.

»Entspann dich, Luce. Es ist nicht verkehrt, die körperlichen Reize einer Person zu würdigen. Tatsächlich ist das Lektion Nummer eins.«

Sie schnaubte. »Wie man jemanden richtig anstarrt?«

»Nein. Wie man jemanden richtig dazu bringt, *dich* anzustarren.«

Lucie brauchte plötzlich ganz dringend einen Drink und rannte in die Küche. Irgendwo hier musste doch noch eine Flasche Wein sein … *Aha!* Sie schnappte sich den Korkenzieher aus einer Schublade, öffnete schnell die Flasche und schenkte sich ein großes Glas von dem Moscato-Wein ein, das sie dann fast genauso schnell leerte. Und dann wieder nachfüllte.

»Trinkst du oft Wein?«

Sie zuckte zusammen – schon wieder – und drehte sich ruckartig zu ihm herum, das Glas in einer Hand, die Flasche in der anderen. »Würdest du bitte aufhören, dich ständig so anzuschleichen? Und nein, ich trinke für gewöhnlich keinen Wein. Die Flasche war ein Weihnachtsgeschenk von einem Patienten.«

»Ich schleiche mich nicht an. Du bist nervös. Vielleicht ist der Wein gar keine so schlechte Idee.« Er ließ den Blick suchend durch ihre Wohnung wandern. Lucie nutzte den unbeobachteten Moment, um hastig den Großteil ihres zweiten Glases hinunterzustürzen. »Hast du einen Ganzkörperspiegel hier?«, fuhr Reid fort.

»In meinem Schlafzimmer, aber …«

»Perfekt. Komm mit.« Er nahm ihr die Flasche ab und führte sie in ihr Zimmer.

»Was hast du vor?«

»Hab ich doch gesagt. Lektion Nummer eins: Zieh dich so an, dass du ihn beeindruckst.«

Lucie beschloss, dass es sicherer war, nicht um eine Erklärung zu bitten. Stattdessen nahm sie einfach noch einen großen Schluck Wein. Nachdem Reid sie auf ihr Bett gedrückt hatte, ging er zum Schrank hinüber und begann ihre Kleider durchzugehen. Sie überlegte, ob sie protestieren sollte, ihm sagen, dass er die Finger gefälligst von ihren Sachen zu lassen hatte. Aber der Alkohol löste bereits die Anspannung in ihren Schultern, und sie beschloss abzuwarten, was er vorhatte.

»Also, Lucie, was ist denn so besonders an diesem Mann? Warum ist gerade er unser Angriffsziel und kein anderer?«

»Wieso ist das wichtig?«, fragte sie und verschränkte die Hände ineinander. »Reicht es nicht, wenn ich sage, dass ich ihn mag?«

Während Reid Kleiderbügel von einer Seite zur anderen schob und gelegentlich ein Teil herauszog, nur um es mit einer gemurmelten Beleidigung wieder zurückzuhängen, studierte sie seine Rückansicht. Sie hatte Stephen schon in engen T-Shirts gesehen, wenn er gelegentlich den Physiotherapieraum für ein schnelles Workout benutzte, aber das war kein Vergleich. Der Arzt hatte den Körper eines Läufers, schmal und sehnig. Reid dagegen war zwar nicht so groß wie diese unechten Wrestler im Fernsehen, aber er besaß eine Menge wohltrainierter Muskeln, und an seinem Körper fand sich kein Gramm überflüssiges Fett. Um es mal so zu sagen: Es gab definitiv Schlimmeres, als ihm in seinem hemdlosen Zustand bei irgendeiner Tätigkeit zuzusehen.

»Nein«, riss seine Stimme sie aus ihren Gedanken. »Das reicht nicht. Du bist bereit, etwas ziemlich Unkonventionelles zu tun, um diesen Mann zu bekommen. Also will ich wissen, warum gerade er. Ich muss verstehen, womit ich es hier zu tun habe, damit das funktionieren kann.«

Sie biss sich auf die Unterlippe und fragte sich, ob sie sich trauen würde, es ihm zu erzählen. Nicht einmal Vanessa wusste es, aber wenn sie das irgendjemandem sagen konnte, dann am ehesten Reid. Schließlich war er hier, um ihr zu helfen. Mit seiner Unterstützung würde sie Stephen endlich zeigen, dass sie eine sehr begehrenswerte Frau war. Und sowieso war Reid spätestens in zwei Monaten wieder weg. Selbst wenn er ihr unglaublich jämmerliches Geheimnis erfuhr, würde er nicht bis ans Ende aller Tage etwas gegen sie in der Hand haben.

Sie zog ihre Nachttischschublade auf und nahm eine zerknitterte Zeitschriftenseite heraus. Es war die ganzseitige Anzeige einer Immobilienfirma; ein malerisches Haus im Kolonialstil, vor dem eine Familie abgebildet war. Der Ehemann stand stolz neben seiner Frau, einen Arm um ihre Taille gelegt, die andere Hand auf der Schulter seines Sohnes. Die jüngere Schwester stand vor der Mutter, die ein Baby in den Armen hielt. Der Inbegriff des amerikanischen Ehepaars mit zwei Komma fünf Kindern und dem treuen tibetanischen Shih-Tzu-Hund zu ihren Füßen.

»Hier«, sagte sie und hielt ihm die Anzeige hin. »Die bewahre ich seit drei Jahren auf. Genau das will ich.«

Reid drehte sich um, nahm das Blatt entgegen und studierte es mit einem Stirnrunzeln. »Das kapiere ich nicht. Lebt er in so einem Haus oder was? Wenn es dir darum geht, muss ich dir sagen, dass es nicht …«

»Nein, nicht das Haus. Die ganze *Sache.* Das perfekte Leben. Oder beinahe perfekt, weil jeder weiß, dass nichts perfekt ist. Aber ich würde der Perfektion gern so nahe wie möglich kommen, und diese Anzeige schreit geradezu b*einahe perfekt*.«

Reid rieb sich mit der Hand die Bartstoppeln an seinem Kinn. »Okay, ich verstehe, worauf du hinauswillst, aber wie passt dieser Dr. Mann da hinein?«

»Stephen und ich sind einfach in jeder Hinsicht das perfekte Paar. Wir mögen die gleiche Musik, haben den gleichen Geschmack, was Filme und Essen angeht. Wir arbeiten auf dem gleichen Gebiet, wissen also, wie es ist, wenn man manchmal bis spät in die Nacht arbeiten muss. Und das ist wichtig, wenn man anderen Menschen dabei helfen will, sich von ihren körperlichen Verletzungen zu erholen.«

Reid unterbrach den Vortrag und gab ihr das Papier zurück. »In Ordnung, ich hab's kapiert. Also, ihr passt gut zusammen. Aber eine Beziehung ist mehr als nur die Tatsache, dass man die gleichen Brettspiele mag. Was ist mit der Chemie? Leidenschaft? Liebe?«

Was sollte damit sein? Das war doch alles bedeutungslos. Den Weg hatte sie bereits beschritten, und dabei war sie glatt abgestürzt.

Ihr Ex hatte sie gebrochen zurückgelassen. Sie hatte geglaubt, dass er sie liebte und trotz aller Unterschiede wirklich mit ihr zusammen sein wollte. Liebe überwindet alles, waren seine Worte gewesen. Und dann hatte er noch hinzugefügt, dass gelegentliche Meinungsverschiedenheiten einer Ehe eben Würze verleihen würden.

Offenbar hatte er auch geglaubt, dass es diese Würze noch steigern würde, wenn er wenige Monate nach ihrer Hochzeit mit einer anderen Frau schlief.

Sie hatte sich noch nie so verletzt gefühlt – so *dumm* –, wie an jenem Tag, als sie ihn bei einer Art Hippie-Tantra-Spektakel mit einer Frau erwischte, deren Dreadlocks selbst Bob Marley in den Schatten stellten. Er hatte nicht einmal den Anstand besessen, schuldbewusst auszusehen, sondern im Gegenteil sogar noch einladend die Hand ausgestreckt und Lucie aufgefordert, sich zu ihnen zu gesellen. Sie hätte sich fast übergeben, bevor sie aus dem Raum und zu guter Letzt aus dieser Ehe geflohen war.

In diesem Moment hatte sie beschlossen, nie wieder darauf zu vertrauen, dass Liebe alles war, was eine Beziehung brauchte. Der Ausdruck »Gegensätze ziehen sich an« wurde aus ihrem Vokabular gestrichen, und Lucie hatte sich geschworen, nur noch Männer in ihr Leben zu lassen, die wirklich zu ihr passten. Sollte dann noch Liebe dazukommen, schön und gut. Aber das war ein Bonus. Was wirklich zählte, waren ganz andere Werte.

Doch wie sollte sie all das jetzt Reid erzählen? Er würde sie für verrückt halten.

Sie schaute auf das Bild und zeichnete mit einer Fingerspitze den dunkelhaarigen Mann nach, der für sie Stephen repräsentierte. Sogar seine Gesichtszüge waren ihm ähnlich. »Wir hatten noch keine Gelegenheit, das mit der Chemie herauszufinden.« Sie legte das Bild wieder in die Schublade und schob sie zu, bevor sie Reid mit einem selbstbewussten Blick bedachte. »Aber ich weiß, wenn ich ihn nur dazu bringen kann, mich zu *sehen* … mir eine Chance zu geben … dass es so sehr zwischen uns funken wird, dass wir gar nicht wissen, wie uns geschieht.«

Reid verschränkte die Arme vor seiner muskulösen Brust und hielt ihren Blick ein oder zwei Sekunden lang fest. Wartete er darauf, dass sie einknicken und zugeben würde, dass das alles nur Blödsinn war? Tja, da konnte er lange warten. Weil sie es nämlich glaubte. Voll und ganz. Da konnte er sie so lange anstarren, wie er wollte.

Schließlich brach er das peinliche Schweigen. »Luce, nichts für ungut«, sagte er und zeigte auf ihren Schrank, »aber deine Kleider taugen nichts.«

Sie war kurz davor, ihre Garderobe zu verteidigen, doch in der letzten Sekunde seufzte sie nur, und ihre Schultern sackten herunter. »Ich weiß. Das tun sie wohl nicht.«

Er musterte ihre Pyjamas derart lange, dass sie schon dachte, irgendetwas stimme nicht mit ihnen. »Was ist los?«

»Trägst du im Bett immer Flanellhosen und ausgebeulte Tanktops?«

»Nicht, dass *dich* das irgendetwas angeht, …« Oh, vielleicht sollte sie ihn lieber nicht beleidigen. Sie holte tief Luft, »… aber ja. Tue ich.«

Ein Lächeln breitete sich auf seinen Zügen aus und zeigte eine Reihe gerader, weißer Zähne. »Du siehst hübsch aus, wenn du lächelst«, murmelte sie.

»Hübsch? Ich glaube, ich bin gerade entmannt worden. Okay, lass uns loslegen«, sagte er und nahm ihr das Weinglas aus der Hand.

»Hey!«

»Warte, ich will dir was zeigen. Danach darfst du gerne die Flasche austrinken. Wenn ich Glück habe, gehörst du zu den Mädchen, die unter dem Einfluss von Alkohol auf dem Tisch tanzen.«

Diese Bemerkung lenkte sie derart ab, dass sie sich nicht dagegen wehrte, als er sie an der Hand nahm und durch den Raum führte. Als sie sich vorstellte, sie würde auf einem Tisch völlig sorglos die Hüften kreisen lassen, brach sie in Gelächter aus. »Nein«, stieß sie kichernd hervor. »Ich glaube, ich werde eher müde, als was Verrücktes zu machen, wenn ich Wein trinke. Tut mir leid, dich zu enttäuschen.«

Reid trat mit ihr vor den großen Spiegel in der Ecke und kippte ihn leicht, sodass ihr Körper von Kopf bis Fuß zu sehen war. Dann stellte er sich hinter sie. Die Unbeschwertheit des letzten Augenblicks verflog, als Lucie seinem durchdringenden Blick im Spiegel begegnete. Sie fühlte sich wie erstarrt, außerstande, auch nur einen einzigen Muskel zu bewegen. Hilflos verfolgte sie, wie seine großen Hände seitlich im Spiegel erschienen und sich dann nach vorne bewegten.

Bei der ersten Berührung schnappte sie scharf nach Luft. Reid zog die dünne Baumwolle des lose sitzenden Tanktops glatt, und die Hitze seiner Handflächen drang durch ihre Haut und strahlte bis tief in ihr Inneres hinein. Langsam glitten seine Hände von ihrem Bauch zu ihrer Taille, sodass die Daumen nur knapp die untere Wölbung ihrer Brüste verfehlten. Er griff nach den Stofffalten, raffte sie im Rücken zusammen, und plötzlich hatte sich Lucies harmloses Tanktop in ein hautenges Oberteil verwandelt.

»Da«, sagte er mit einem schwachen Nicken. »Was siehst du?«

Sie sog die Unterlippe zwischen die Zähne. Es gefiel ihr nicht, ihren Körper so zur Schau zu stellen. Sie besaß nicht die Kurven, die Männer anzogen. Oder etwa doch? Völlig verwirrt von Reids Berührung, die zusammen mit dem Wein eine Art Kurzschluss in ihrem Gehirn verursacht hatte, konnte sie nur stumm den Kopf schütteln.

»Badeanzug.«

Sie brauchte eine volle Minute, um auf diese seltsame Feststellung zu reagieren. Wenn das überhaupt als Feststellung durchgehen konnte. Moment, was hatte er gesagt? »Was?«

»Wo ist dein Badeanzug? Ich will, dass du ihn anziehst, damit wir deinen Körper sehen können und nicht die Kleidung, hinter der du ihn versteckst.«

»Ich ziehe keinen Badeanzug an.«

»Das ist okay«, antwortete er und verschränkte die Arme vor der Brust. »BH und Slip gehen auch.«

Ihr klappte der Unterkiefer hinunter. Meinte er das ernst? Sie betrachtete das harte Glitzern in seinen haselnussbraunen Augen. *Verdammt.* »Ich, ähm, hole dann mal meinen Badeanzug«, murmelte sie auf dem Weg zu der großen Kommode an der Wand.

»Ausgezeichnete Idee. Ich warte im Flur, während du dich umziehst. Aber Luce …« Sie hörte kurz auf, in der obersten Schublade zu wühlen, und schaute ihn über die Schulter hinweg an. »Wenn du länger brauchst als drei Minuten, gehe ich davon aus, dass du kneifst. Und dann komm ich rein.«

Sie warf ihm einen wütenden Blick zu. »Ist das deine Art, mit Frauen umzugehen? Du bedrohst sie, bis sie sich jeder deiner Launen fügen?«

»Natürlich nicht. Normalerweise muss ich bei Frauen nie zu Drohungen greifen«, sagte er mit einem modelreifen Lächeln. »Also los. Die Zeit läuft.«

Sie griff sich eine Handvoll zusammengerollter Socken aus der Schublade und warf sie ihm an den Kopf. Bedauerlicherweise wich er so geschickt aus – während er seine verletzte Schulter hielt und gleichzeitig *lachte* –, dass er es schaffte, allen drei Baumwollgeschossen zu entgehen, kurz bevor er die Tür hinter sich zuzog.

# 4

Lucie hätte sich gerne über ihren neuen Mitbewohner geärgert. Doch stattdessen ertappte sie sich bei einem breiten Grinsen. »Eingebildeter Idiot.« Der gute, alte Reid. Sie schüttelte den Kopf und wandte sich wieder ihrer Suche nach dem verschollenen Badeanzug zu. »Aha! Hab ich dich gefunden, du kleines Miststück.« Sie hielt den Badeanzug hoch, zu dessen Kauf Vanessa sie vor dem letzten gemeinsamen Urlaub gezwungen hatte, und zuckte zusammen. *War da nicht mal mehr dran gewesen?*

Das Blaugrau mit dem strudelartigen Wassermuster gefiel ihr sehr, aber sie wünschte, der Badeanzug wäre an den Beinen nicht so hoch ausgeschnitten. Vanessa behauptete, das würde ihre Taille betonen, und der tiefe Ausschnitt erzeugte angeblich die Illusion eines größeren Busens. Lucie hatte zu den Modetipps ihrer besten Freundin pflichtschuldig genickt, sich aber im Stillen gedacht, dass man aus nichts auch nicht viel machen konnte. Der Urlaub war in letzter Minute abgeblasen worden, als einer von Vanessas Fällen plötzlich vor Gericht ging, daher hatte sie den Badeanzug glücklicherweise nie tragen müssen.

Sie seufzte und zog sich um. Zumindest war es ein Einteiler, und damit mehr als das, was Vanessa an Pools oder am Strand trug. Eine Minute später stand sie vor ihrem Spiegel, schloss die Augen und versuchte, das Rauschen in ihren Ohren zu ignorieren, als sie nach Reid rief.

Die Tür öffnete sich mit einem leisen *Klick*, aber er gab keinen Laut von sich, als er durch den Raum kam. Das vollkommene Schweigen ließ ihren Mund trocken werden und die Finger nervös zucken. Wo war er? Musste er sich gerade das Lachen verkneifen? Oh Gott, warum um alles in der Welt hatte sie sich von ihm hierzu überreden lassen?

Plötzlich spürte sie seine Körperwärme in ihrem Rücken. Er war nah. Sehr nah. Sein Atem strich über die noch leicht feuchten Haarsträhnen, die sie sich hinters Ohr geschoben hatte. Als er sprach, konnte Lucie die Schwingungen seiner Stimme an ihrem Hals spüren. »Mach die Augen auf, Schätzchen.«

Bewusst langsam öffnete sie die Lider und starrte wieder auf ihr Spiegelbild, mit Reid hinter sich. Seine Gestalt ließ sie vergleichsweise schmal wirken. Lucie kannte seine genauen Körpermaße, weil sie die Kämpfe im Fernsehen verfolgt hatte: ein Meter siebenundachtzig, zweihundertfünf Pfund, Reichweite hundertdreiundneunzig Zentimeter. Ihre Schultern waren gerade mal in Höhe seiner Achseln, und wenn sie den Kopf zurückfallen ließ, würde er behaglich in der Kuhle unter seinem Hals liegen.

»Also«, sagte er und holte sie aus ihren träumerischen Betrachtungen. »Sag mir, was du siehst.«

»Starke Schultern. Solide Brust. Muskulöse Unterarme mit genau der richtigen Menge an Adern, um sie super sexy aussehen zu …«

Er grinste sie im Spiegel an, und seine Stimme wurde zu einem leisen Knurren, das ihr direkt in die Brustwarzen schoss. »Du findest meine Unterarme sexy, Lu?«

»M-hm.« Warum benahm er sich so, als hätte sie ein dämliches Grinsen auf dem Gesicht? Sie sah doch sicher nicht wirklich so aus. Oder?

»Danke. Ich kann ehrlich sagen, dass mir das noch nie jemand gesagt hat.«

Das war allerdings eine verdammte Schande. Sie wollte ihm das gerade verkünden, als er ihren Gedankengang rüde unterbrach. »Ich meinte, du sollst mir sagen, was du bei dir selbst siehst.«

»Oh.« Als sie ihr Spiegelbild musterte, sah sie nur eine Frau im Körper eines Mädchens. Eine Frau, die sich höllische Mühe gab, ein Aussehen zustande zu bringen, das sie einfach nicht besaß. »Ähm. Ich sehe …« Was wollte er von ihr hören? »Das ist doch blöd, Reid. Ich habe keine Lust mehr auf dieses merkwürdige Spiel.«

Als sie sich umdrehte, um wegzugehen, fasste er sie bei den Hüften und hielt sie fest. »Ich sage dir, was ich sehe. Ich sehe eine wunderschöne Frau, die sich hinter Unsicherheiten versteckt, die in ihrem Kopf nichts zu suchen haben.« Sie ließ den Blick zu Boden sinken, aber starke Finger drückten ihr Kinn wieder hoch. »Ich sehe einen Körper mit makelloser olivfarbener Haut und subtilen Kurven, die einen Mann in Versuchung führen, die Augen zu schließen und jeder von ihnen nachzuspüren. So, wie ein Bildhauer der Figur seines Modells nachspürt.«

»Wirklich?«, kiekste sie.

»Absolut.« Reid schloss die Augen, legte seine Hände auf ihre Oberschenkel und ließ sie dann quälend langsam nach oben wandern. Die Schwielen auf seinen Handflächen schürften sachte über ihre Haut und bescherten jeder kleinsten Nervenfaser einen winzigen Stromschlag. »Das Gedächtnis eines Bildhauers sitzt in den Fingerspitzen. Er muss die Eleganz seines Modells fühlen, wenn er sie richtig wiedergeben will.«

Lucies Lippen teilten sich, während ihre Atmung sich beschleunigte und ihr Herz doppelt so schnell schlug. Vielleicht sogar noch schneller. Reids Hände setzten ihren Erkundungsgang fort, legten sich um ihre Taille und wanderten an ihren Seiten hinauf. Die Berührung war gleichzeitig sanft, aber fest. Ja, dachte Lucie. Das hier war ein Mann, der die volle Kontrolle hatte. Ein Mann, der wusste, was er wollte, und es sich ohne zu zögern nahm.

»Während die Hände des Bildhauers sich über jede Kurve, jedes Tal bewegen … formt sich der Körper der Frau in seinem Geist und brennt sich in sein Gedächtnis ein, sodass er sie nachbilden kann, selbst wenn er irgendwann erblinden sollte.«

Oh verflixt! Wie hatte sie nur so dumm sein können? Sie hatte angenommen, ihr Badeanzug würde als Barriere dienen. Schließlich war sie quasi angezogen. Aber schon schoben sich Reids Hände über ihren Bauch, und jedes Gefühl von Sicherheit verschwand augenblicklich. Seine großen Hände umspannten mühelos ihre Taille, und plötzlich kam sie sich sehr klein und verletzlich vor.

Sie war sich nicht sicher, ob es am Wein lag oder an der Tatsache, dass Reid Andrews, der superheiße Freund ihres Bruders, sie so intim berührte. Doch mit einem Schlag verwandelte sich die ganze Angelegenheit in eine völlig surreale Erfahrung. Wie aus weiter Ferne beobachtete Lucie Reids kleinen Finger, der über ihren Venushügel wanderte – gerade hoch genug, um noch als unschuldig gelten zu können, aber tief genug, um ein heftiges Ziehen in ihrem Schoß zu verursachen, das sie dazu brachte, die Schenkel fest zusammenzupressen und sich auf die Lippe zu beißen. Und als sei das noch nicht genug, fuhr nun auch Reids rechter Daumen liebkosend zwischen ihren Brüsten hinab.

Er vergrub das Gesicht in ihrem Haar, atmete tief ein und stieß eine Mischung aus Stöhnen und Knurren aus, was wahrscheinlich das erotischste Geräusch war, das sie je gehört hatte. »Gott verdammt, du riechst gut.«

Ihre Knie zitterten. Sie konnte sich kaum noch auf den Beinen halten. Ein dichter Nebel legte sich über ihren Geist und machte es unmöglich, einen klaren Gedanken zu fassen. Sie ließ den letzten Rest ihrer Hemmungen fahren und warf den Kopf zurück, während Reids heißer Atem über ihre Ohrmuschel strich.

Seine Hände griffen fester zu, und seine Finger gruben sich in ihren Körper. Sie stöhnte seinen Namen …

Und dann kam alles abrupt zum Stillstand.

Mit einem gemurmelten Fluch trat Reid einen Schritt zurück und fasste sie dann hastig an den Armen. Sobald er sich davon überzeugt hatte, dass sie nicht kopfüber in den Spiegel fallen würde, ließ er sie los und rieb sich das Gesicht. Im nächsten Moment zuckte er zusammen und hielt sich seine verletzte Schulter. »Es tut mir wirklich leid, Lucie. Ich … Scheiße, ich weiß nicht, was über mich gekommen ist. Ich wollte nicht, dass so was passiert.«

*Peng!* Na toll. Sie war wieder in der Realität gelandet. Lucie holte tief Luft und wedelte dann mit der Hand umher, während sie gleichzeitig ein sorgloses »Pfhh« ausstieß. Leider glückte ihr dieser Laut nicht wirklich, und sie klang wie ein uraltes Pferd, das durch schlaffe Lippen schnaufte. »Mach dir keine Gedanken. Ich bin ziemlich beschwipst, und du hattest die Augen geschlossen, also kann man dir keinen Vorwurf machen, wenn deine Libido dir vorgegaukelt hat, ich sei jemand anders.« Entschlossen, nicht hinzufallen und sich damit noch mehr zu blamieren, durchquerte sie den Raum, um ihren Pyjama zu holen, den sie auf dem Boden liegen gelassen hatte.

»Lu …«

Sie setzte ein Lächeln auf und wandte sich dann langsam wieder um. Eine Sekunde lang befürchtete sie, ihre Augen würden gleich aus den Höhlen springen und sich schnurstracks auf den gestählten Körper stürzen. Doch im letzten Moment konnte Lucie das noch verhindern. Sie mochte betrunken sein und unter einem Mangel an Schamgefühl leiden, aber ihr Stolz konnte nicht noch mehr ertragen. »Ehrlich, Reid, es ist keine große Sache. Ich bin nur ziemlich müde. Es war eine lange Woche.«

Wieder rieb er sich über das Gesicht, bevor er die Hände in die Hüften stemmte und Lucie eine gefühlte Ewigkeit lang musterte. »Okay, ja, ich schätze, wir sollten uns beide hinhauen. Ich meine, ins Bett gehen. Also, jeder in seins. Schlafen! Scheiße.«

Genau. Er konnte sich nicht besonders gut ausdrücken. Das sollte sie im Kopf behalten, falls sie demnächst mal *Tabu* oder *Scrabble* spielten. »Gute Nacht, Reid.«

»Nacht, Luce.«

Sobald ihre Schlafzimmertür sich geschlossen hatte, brach Lucie den Geschwindigkeitsrekord im Umziehen trotz leichter Trunkenheit und schlüpfte unter die Decke. Glücklicherweise hatte sie sich nach ihrer Dusche die Zähne schon geputzt. Denn ihr Zimmer zu verlassen und damit das Risiko einzugehen, diesen peinlichen Tango fortzusetzen, kam so was von nicht infrage.

Reid konzentrierte sich auf seine Füße, die auf das Laufband hämmerten. Das rhythmische Geräusch kam ihm vor wie der therapeutische Soundtrack zu der Strafe, die er seinem Körper auferlegte.

Obwohl er behauptet hatte, müde zu sein, konnte er unmöglich schlafen, bevor er diese aufgestaute Energie nicht loswurde. *Verdammt*! So hatte er sich Lucies erste Lehrstunde wirklich nicht vorgestellt. Er wusste nicht, wie oft sich diese missglückte Szene in seinem Kopf schon abgespielt hatte – wie eine hängengebliebene DVD, zu der es keinen verfluchten Aus-Knopf gab.

Ja, seine Augen waren die ganze Zeit über geschlossen gewesen. Dennoch kannte er ihren Körper jetzt auswendig. Es war mehr als zehn Jahre her, dass er sich mit irgendeiner Art von Bildhauerei beschäftigt hatte, aber seine Hände wussten noch, wie man sich jedes Detail eines Objektes einprägte. Nicht einmal annähernd hatten sie das vergessen, verdammt noch mal.

Während ihm der Schweiß über den Körper lief, versuchte er zu entscheiden, wann genau sich diese Lehrstunde in etwas verwandelt hatte, bei dem es vor allem um Leidenschaft ging. Wahrscheinlich hatte das schon angefangen, als er den Raum betreten und sie in diesem sexy Einteiler gesehen hatte, während sie mit geschlossenen Augen auf ihn wartete.

Lucie hatte nie zu diesen Mädchen gehört, die ständig mit ihren körperlichen Reizen kokettierten. Sie war eher ein Bücherwurm gewesen, zufrieden damit, im Schatten jener Menschen zu stehen, die das Rampenlicht suchten. Während sie aufwuchsen, war sie eine Art jüngere Schwester für ihn gewesen. Vor allem, wenn man bedachte, wie viel Zeit er damals im Haus der Maris verbracht hatte.

Also, warum zum Kuckuck fühlte sich brüderliche Liebe plötzlich wie pure Lust an? *Scheiße!* Er musste sich etwas wegen des Unterrichts überlegen, den er ihr versprochen hatte, sonst standen ihm zwei höllische Monate bevor. Seufzend warf er einen Blick auf das Laufbanddisplay, um zu sehen, wie viele Kilometer er geschafft hatte. Im selben Moment sprang der Distanzmesser auf sechzehn Kilometer. Reid verlangsamte sein Tempo, um etwas abzukühlen.

Distanz. Das war es. Er musste Distanz wahren, während er ihr half, die neue Lucie zu werden. Vielleicht sollte er es nächstes Mal lieber mit einem lehrerhaften Vortrag versuchen. Er konnte am anderen Ende des Raums stehen, und sie konnte auf dem Sofa sitzen und sich Notizen machen. Unwillkürlich musste er lachen, als er sich die lächerliche Szene vorstellte. Bis Lucie in besagter Szene plötzlich eine Schulmädchenuniform im Britney-Spears-Stil trug und um eine interaktive Privatlektion in Sachen Verführung bat.

»Fuck!«

Reid schlug auf den Aus-Schalter und sprang vom Laufband. Schwer atmend warf er den Kopf in den Nacken und kniff die Augen fest zu, besann sich dann aber eines Besseren, als das quälende Bild zurückkehrte. *Verflucht.* Es sah ganz nach einer kalten Dusche aus, bevor er ins Bett ging. Aber wenigstens hatte er die Lösung gefunden: Von morgen an würden alle Lektionen strikt nach dem Finger-weg-Prinzip ablaufen. Genau. Und obendrein würde er Lucie ab jetzt mindestens eine Armeslänge von sich fernhalten.

# 5

»Auf gar keinen Fall.«

Reid lachte und lehnte sich auf dem Sofa vor der Ankleidekabine zurück. Vermutlich würden sie noch etwas länger hier im Kaufhaus bleiben. Denn das war das fünfte Outfit in Folge, gegen das Lucie sich gerade sperrte.

Nach der morgendlichen Physiotherapie und seinem höllisch lahmen, einarmigen Workout hatten sie beschlossen, rauszugehen. Es war die reinste Folter gewesen, zu beobachten, wie Lucie sich in der Öffentlichkeit verhielt. Sie reagierte eher auf das Leben, als daran teilzunehmen. Wenn man sie ansprach, antwortete sie. Wenn man ihr etwas gab, nahm sie es. Aber wenn die Welt nicht mit ihr interagierte, war es, als stecke sie in einer Blase. Sie schaute nicht einmal die Leute um sich herum an.

Aus irgendeinem Grund benahm diese Frau sich, als dürfte sie nicht mehr Wellen im Pool des Lebens schlagen als unbedingt nötig. Er selbst bevorzugte eher die Arschbombenmethode, wusste aber, dass das nicht für jeden etwas war. Doch wenn Lucie wollte, dass dieser Volltrottel von einem Arzt sie bemerkte, musste sie zumindest einen kleinen Spritzer verursachen. Um das zu erreichen, würde er mit ein paar äußeren Veränderungen anfangen und sich dann nach innen vorarbeiten.

Nach einem kurzen Mittagessen hatte er ihr seinen Plan mitgeteilt, eine neue Garderobe für sie zu kaufen. Sie hatte ihm natürlich geantwortet, dass sie auf keinen Fall mit ihm

Kleider kaufen würde. Aber als er gedroht hatte, die gesammelte Langeweile in ihrem Schrank zu verbrennen, hatte sie widerstrebend ihre Meinung geändert.

Er war überrascht gewesen, dass Lucie nicht ein einziges vorteilhaftes Kleidungsstück besaß. Es war offensichtlich, dass sie Probleme mit ihrem Körper hatte, obwohl er partout nicht verstehen konnte, warum. Sie war schlank und fit. Ihre Brüste waren eher klein, was ein junges Mädchen vielleicht verunsichern konnte, wenn es glaubte, dass jeder Mann sich eine Dolly Parton wünschte. Aber Lucie war eine erwachsene, hochintelligente Frau. Also musste sie doch wissen, dass das lächerlich war. Oder etwa nicht?

»Komm schon, Lu. Lass mal sehen.« Die Dame, die ihnen half, hatte Sachen ausgewählt, die eher eng anlagen und Lucies Körper mehr zeigten als verbargen. Er hatte alles gutgeheißen, was sie anprobiert hatte. Ob tief sitzende Jeans, Sommershorts, taillierte Blusen oder schmale Trägerhemdchen – sie sah in allem großartig aus.

»Nein. Das geht zu weit, Reid. Ich ziehe es aus.«

Da ihre Verkäuferin gerade einer anderen Kundin half, konnte er nur raten, dass Lucie hinter ihrem Vorhang gerade in das »kleine Schwarze« gestiegen war, von dem die Kaufhaus-Dame behauptet hatte, es sei ein Muss in der Garderobe jeder Frau. »Entweder du kommst raus, oder ich komme rein. Mir ist es egal.«

Ein ärgerlicher Seufzer ging einem Grummeln voraus, das wie sein Name klang. Dann folgten einige sehr unerfreuliche Drohungen gegen seine Männlichkeit. Und doch lächelte er. Er konnte nicht anders; sie war entzückend, wenn sie sauer war.

Endlich öffnete sich der Vorhang der Umkleidekabine, und sie kam die wenigen Schritte auf ihn zu, baute sich mit den

Händen in den Hüften vor ihm auf und sah ihn böse an. »Es ist unanständig.«

Er unterzog sie einer langsamen Musterung und konnte nicht erkennen, wieso dieses Kleid auch nur ansatzweise unanständig sein sollte. Eigentlich war es fast schon enttäuschend. Obwohl der dünne Stoff Lucies Körper betonte wie ein sexy Nachthemd, bedeckte der vordere Teil sie bis zum Schlüsselbein und zeigte keine Haut. Auch die Beine waren bis zur Wadenmitte züchtig verhüllt.

»Das ist nicht unanständig, Schätzchen«, sagte er, während er sich in den Kissen räkelte und die Arme vor der Brust verschränkte. »Das nennt man langweilig.«

»Ach, wirklich? Sie drehte sich auf dem Absatz der schwarzen Riemchensandaletten herum und wandte ihm den Rücken zu … Und er vergaß zu atmen.

Die spießige Vorderseite wurde durch die Rückseite mehr als ausgeglichen. Lucies ganzer Rücken war frei, mit Ausnahme eines einzigen Spaghettiträgers, der quer über ihre Schulterblätter verlief und die beiden Seiten des Kleides miteinander verband. Das dünne Material folgte den Kurven ihres Rückens, die durch die seitlichen Raffungen geschickt betont wurden. »Verdammt.«

»Wie gesagt …« Sie ging zu dem dreigeteilten Spiegel hinüber und ließ die Hände sinken.

Reid trat hinter sie. Es juckte ihn in allen zehn Fingern, diese kleine Kuhle am unteren Ende des Rückens zu berühren. Wie Lucie wohl darauf reagieren würde, jetzt, am helllichten Tag, in der Öffentlichkeit und ohne sich mit etwas Wein Mut angetrunken zu haben? Würde sie ihn vor Schreck und Verlegenheit abwehren? Oder erschaudern und sich seiner Berührung entgegendrängen?

Da er drauf und dran war, trotz seiner guten Vorsätze einen Ständer zu bekommen, versuchte er, alle erotischen Ideen, die ihr Anblick in ihm auslöste, im Keim zu ersticken. Sonst brachte er den Plan in Gefahr, der für sie beide so wichtig war. *Schlag's dir aus dem Kopf, Idiot.*

»Okay, die Hinterseite ist … etwas überraschend. Aber du lieferst damit trotzdem keine billige Show.«

»Aber …«

»Nichts aber. Ob du es glaubst oder nicht, dieses Kleid ist sexy und elegant.« Sein Blick glitt etwas weiter nach oben, um den Teil von ihr zu studieren, den nun die ganze Welt sehen konnte. »Der Rücken ist einer der schönsten Teile des Körpers. Ich liebe es, die schmale Linie in der Mitte nachzuzeichnen und sie zu lecken, vom Hals bis ganz runter zu den beiden Grübchen.« Mit knapper Not verkniff er sich hinzuzufügen, dass er es auch liebte, die Bewegungen der Schulterblätter zu beobachten, wenn er seiner jeweiligen Geliebten die Hände über den Kopf hielt, um sie von hinten zu nehmen.

Lucie drehte sich zu ihm um und musterte ihn aus zusammengekniffenen Augen. Hastig fuhr er fort: »Mein Punkt ist, also, ähm, dass der Rücken einer Frau anmutig ist. Nicht beschämend.« Nachdem sie nur mit einem nichtssagenden *M-hm* antwortete, räusperte er sich und trat mit verschränkten Armen einen Schritt zurück. »Was ist?«

Sie schüttelte leicht den Kopf, als sei sie sich nicht sicher, was sie von ihm halten solle. »Also echt, Reid. Manchmal weiß ich gar nicht, was ich von dir halten soll. In dir steckt mehr, als man ahnt, oder?«

Er grinste und zog eine Augenbraue hoch. »Ich bin kein Transformer, falls du das meinst.«

Das zumindest entlockte ihr ein leises Kichern, als sie sich zu ihm umdrehte. »Nein, ich meine, du bist nicht nur ein Kämpfer. Du siehst die Dinge anders als die meisten Menschen. Du hast eine sehr künstlerische Ader.«

Das hatte ihm noch nie jemand gesagt. Es schien fast ein ganzes Leben her zu sein, seit er irgendetwas anderes getan hatte, als zu kämpfen. Natürlich liebte er seinen Sport, aber manchmal wünschte er, das wäre nicht alles, was ihn ausmachte. Er zuckte die Achseln. »Früher war das mal so. In meinem Abschlussjahr an der Highschool wollte ich den Automechanikerkurs machen, aber ein Fehler im System steckte mich stattdessen in einen Kunstkurs. Ich konnte ums Verrecken nicht malen, aber ich habe gelernt, ziemlich gut zu skizzieren und zu zeichnen. Und dann sind wir zur Bildhauerei übergegangen …« Reid spürte die Spannung in seinen Schultern, als er sich an die wütende Reaktion seines Vaters erinnerte. Normalerweise vermied er es, über Bildhauerei nachzudenken. Denn dann kehrte sofort dieses Bild zurück, wie sein Vater all seine Utensilien und das improvisierte Atelier zerschlagen hatte, das er sich selbst eingerichtet hatte.

»Reid?«, riss sie ihn aus seinen Erinnerungen. »Was ist mit der Bildhauerei?«

»Vergiss es. Ist nicht wichtig.« Er drehte sich um und wollte die Verkäuferin zurückrufen, damit sie ihnen half, die Outfits zusammenzusuchen. Doch Lucie verhinderte das, indem sie ihn an der Hand festhielt und sich wieder vor ihn hinstellte.

»Doch, ist es wohl. Ich sehe es an deinen Augen. Es ist wichtig für dich. Bitte, erzähl es mir.«

Ihre Worte zusammen mit dem warmen Druck ihrer Finger waren wie ein Schuss mentalen Kortisons. Dadurch ließ sich zwar das Problem nicht heilen, aber wenigstens der Schmerz wurde ausreichend gedämpft. Also holte Reid tief Luft und erzählte ihr, was er bisher nur Jax erzählt hatte. »Mir machte die Bildhauerei Spaß. Es gefiel mir, dass ich mit denselben Händen, die ich benutzte, um meine Gegner im Käfig zu vernichten, etwas erschaffen konnte. Du hast recht. Ich sehe die Dinge tatsächlich anders. Ich sehe nicht einfach nur einen Apfel, sondern ich sehe die individuellen Wölbungen und Linien, aus denen dieser Apfel besteht, einschließlich einer Druckstelle auf der einen Seite, die eine abgeplattete Stelle ergibt, etwa so groß wie ein Daumenabdruck. Aber das interessiert die Leute nicht an mir. Sie interessiert nur, was ich unternehme, um mein Gewicht zu halten, welche neuen Übungen sich meine Trainer für mich ausgedacht haben, und ob ich aus dem nächsten Kampf mit siegreich erhobenem Arm rauskomme werde. Darin bin ich gut. Das *bin* ich.«

»Du irrst dich«, widersprach sie und trat einen kleinen Schritt vor. »Wer du bist, wird nicht nur durch eine einzige Sache bestimmt, sondern durch alles, was dich mit Leidenschaft erfüllt. Du kannst Bildhauer und trotzdem Kämpfer sein, wenn du es willst, Reid.«

Die Zärtlichkeit, mit der sie ihn verteidigte, weckte in ihm das Verlangen, sie in den Armen zu halten und diese herzförmige Sommersprosse neben ihren Augen zu küssen. Augen, die ihn bemerkenswert gut durchschauten und sogar bis hinein in seine Seele blickten.

»Weißt du, was ich will? Ich will was essen. Etwas Richtiges. Nicht nur einen Salat, wie heute Mittag.« Er machte der Verkäuferin ein Zeichen. »Helfen Sie ihr bitte mit den Preisschildern an diesem Kleid. Lucie wird es gleich anbehalten. Und dann nehmen wir noch alles andere, was sie anprobiert hat. Vielen Dank.«

Als er der Verkäuferin seine Kreditkarte reichte, durchbohrte ihn Luce praktisch mit ihrem zornigen Blick. Er war dankbar, dass sie heute Kontaktlinsen trug. Mit ihrer Brille sah sie aus wie eine heiße Bibliothekarin, aber er bevorzugte die ungehinderte Sicht auf ihre ausdrucksvollen, grauen Augen. Selbst wenn ihr gegenwärtiger Ausdruck ihm sagte, dass sie ziemlich sauer war.

»Was stimmt denn jetzt schon wieder nicht?«

Sie verschränkte die Arme unter ihren Brüsten und reckte das Kinn vor. »Ich bin vielleicht kein UFC-Star, so wie du. Aber ich bin auch keineswegs mittellos. Ich bezahle meine Kleider selbst.«

Er hatte ja mit allerhand gerechnet. Aber damit nun wirklich nicht. Reid war nicht an Frauen gewöhnt, die darauf bestanden, selbst zu zahlen, wenn sie mit ihm zusammen waren. Er hatte durch die Preisgelder und all die Sponsorenverträge mehr Geld, als er ausgeben konnte. Dass Lucie jetzt die Kleider bezahlen wollte, die er ihr ausgesucht hatte, verriet viel über ihren Charakter.

»Lu«, sagte er und zog vorsichtig ihre verschränkten Arme herunter. »Ich weiß, dass du dir deine Kleider selbst kaufen kannst. Du bist eine erfolgreiche, unabhängige Frau, die niemanden braucht, der sich um sie kümmert.«

Das Feuer in ihren Augen flackerte kurz auf, als er sich bemühte, ihren Widerstand zu durchbrechen. »Richtig. Brauch ich nicht.«

»Aber die neue Garderobe war meine Idee, deshalb werde ich dir die Kleider kaufen, und dann führe ich dich zum Dinner aus.« Sie wollte gerade widersprechen – das schien die Lieblingsbeschäftigung dieser Frau zu sein –, also legte er ihr einen Finger auf die Lippen und fuhr fort: »Keine Widerrede. Ich gehe schnell zu dem Herrenausstatter hinüber, um etwas

Passenderes als diese Cargoshorts aufzutreiben. Und besorge mir auf dem Weg auch etwas Ibuprofen für meine verdammte Schulter. Warte hier, ich komme gleich wieder und hole dich ab.«

Er nahm den Finger weg und wandte sich zum Gehen, als er hörte: »Aber …«

*Verflixt noch mal!* Mit einem frustrierten Knurren packte er sie und zog sie zu sich herüber, während er seine Lippen auf ihre drückte. Sie versteifte sich, und ein erschrockenes Quieken kam von irgendwo weit hinten in ihrer Kehle. Aber schon einen Moment später wurde aus dem Quieken ein leises Stöhnen, und sie schmiegte sich an ihn. Eine winzige Stimme in seinem Hinterkopf murmelte etwas von »Finger-weg-Prinzip«, aber seine Leidenschaft machte kurzen Prozess: Sie versetzte der Stimme einen linken Haken, der sie augenblicklich zu Boden gehen ließ. Zur Sicherheit folgte ein kleiner Schlag in den Magen. So, die Stimme bekam keine Luft mehr. Problem erledigt.

Lucies Lippen fühlten sich warm auf seinen an. Sie schmeckten nach Erdbeer-Lipgloss. Bestimmt war ihre Zunge genauso süß und köstlich, aber Reid hatte den Verdacht, dass er nicht mehr aufhören würde, wenn er diese Grenze überschritt. Bevor er völlig die Beherrschung verlor und Lucie in die nächste Umkleidekabine zerrte, um ihr zu zeigen, wie gut das Kleid auch auf dem Boden aussah, löste er sich aus dem Kuss. »Verdammt, musst du immer widersprechen? Halt dich einfach an den Plan, sonst muss ich dir als Nächstes öffentlich den Hintern versohlen.«

Einen Moment lang stand Lucie ganz still und benommen da. Dann keuchte sie auf und trat von ihm weg. Ihre Wangen waren plötzlich ebenso rot wie ihre frisch geküssten Lippen.

Anscheinend war die Vorstellung von seiner Hand auf ihrem Hintern genau das Bild, das sie brauchte, um sich erschrocken zu fügen. Oder irrte er sich? Bei näherem Hinsehen hätte er schwören können, heimliche Lust in ihren Augen zu entdecken. Konnte es sein, dass in seiner unschuldigen Lucie ein kleiner Teufel steckte?

*Verdammter Mist.* Allein der Gedanke ließ ihm die Hose eng werden. Er musste hier weg. Schnell. Als er sprach, war er selbst überrascht von der Rauheit seiner Stimme. »Ich brauche nicht lange.« Dann machte er auf dem Absatz kehrt und ging mit großen Schritten davon, um den nächsten Herrenausstatter zu finden … und genügend Zeit zu gewinnen, um den Ständer wieder loszuwerden, den die kleine Schwester seines Freundes ihm beschert hatte.

# 6

Lucie konnte sich nicht erinnern, dass ihre Nerven je so blank gelegen hätten. Ihr Magen fühlte sich an, als wäre er von innen nach außen gestülpt worden. Wahrscheinlich befand sich jetzt dort, wo normalerweise ihr Bauch war, nur noch ein verknoteter Klumpen.

Reids Hand lag sanft auf ihrem Rücken. Auf ihrem *so gut wie nackten* Rücken. Er führte sie durch das Labyrinth von Restauranttischen, bis die Bedienung ihnen zeigte, welcher der Tische ihrer war. Nachdem er ihr den Stuhl zurechtgerückt und sie Platz genommen hatte, ging er um den Tisch herum, um sich hinzusetzen.

Lucie staunte darüber, wie anmutig er sich bewegte und wie wohl er sich in der teuren Kleidung zu fühlen schien, die er extra für diesen Abend gekauft hatte. Das weiße, leicht taillierte Anzughemd schmiegte sich eng an seinen Körper. Bei jeder Bewegung wurden die Muskeln sichtbar. Obwohl sie sich in einem Fünf-Sterne-Restaurant befanden, hatte Reid sich dem Dresscode nicht vollständig unterworfen. Die obersten Knöpfe waren geöffnet, und er trug das Hemd über einer dunklen Edel-Jeans. Mit dem leichten Iro-Ansatz und seinen Tätowierungen, die schwach durch den Stoff seines Hemdes schimmerten, war er der Inbegriff eines Bad Boys, der die Stadt unsicher machte. Das genaue Gegenteil zu dem Typ Mann, der eigentlich nach ihrem Geschmack war. Und doch fand sie ihn irgendwie wahnsinnig attraktiv.

Genau wie seinen Kuss.

Rasch griff sie nach ihrer Speisekarte, um die Hitze zu verbergen, die ihr Gesicht bei der Erinnerung an seine Lippen auf ihren überflutete. Sie wusste, dass er es nur getan hatte, um sie zum Schweigen zu bringen – dass der Kuss für ihn nichts Erotisches gehabt hatte –, aber sobald sie seinen Mund gespürt hatte, war die Welt um sie herum versunken. Ihre Reaktion auf eine solch kleine, intime Geste hatte sie, gelinde gesagt, erschreckt.

»Also, worauf hast du Lust?«, fragte er.

Lucie räusperte sich so unauffällig wie möglich, während sie ihre Speisekarte sinken ließ und das erste auswählte, was sie sah. »Chicken Marsala klingt gut.«

»Das klingt tatsächlich gut, aber ich bin mehr der Steak-Typ.« Der Kellner kam und bat um ihre Getränkebestellung. »Ich nehme einen Whiskey Sour, und meine Schwester hätte gern eine Flasche von Ihrem Moscato-Wein, bitte.«

Der Kellner konnte nicht älter als zweiundzwanzig sein, wohingegen sie neunundzwanzig war, aber er schenkte Lucie ein einladendes Lächeln, zwinkerte ihr zu und antwortete: »Sehr gern. Ich bin gleich mit Ihrem Wein zurück.«

Benommen wartete Lucie, bis er außer Hörweite war, bevor sie sprach. »Wenn es dir so peinlich ist, in einem Restaurant wie diesem mit mir gesehen zu werden, hättest du mich nicht herbringen sollen.«

Die Hand, die das Wasserglas hielt, erstarrte auf halbem Wege zu Reids Mund, und Reids Brauen zogen sich zusammen. »Warum, zum Teufel, sollte es mir peinlich sein, mit einer schönen Frau gesehen zu werden?«

»Ja, klar.« Sie schnaubte und konzentrierte sich darauf, die Serviette aus ihrem unmöglichen Origami-Design zu entfalten. Warum wollten Restaurants einem immer das Gefühl geben, unfähig zu sein, noch bevor die Getränke kamen? »Ich kenne den Typ Mädchen, mit dem ihr ausgeht, du und Jackson. Sie sind das MMA-Äquivalent zu Rodeo-Groupies. Großbrüstige Granaten, vermutlich mit einem Diplom in Schlafzimmerakrobatik.« Nachdem es ihr endlich gelungen war, die Serviette auseinanderzufalten, legte sie sie in ihren Schoß und schaute auf. Dreisterweise trug Reid noch immer diese verwirrte Miene zur Schau. Sie seufzte und erklärte: »Du hast mich vor dem Kellner als deine Schwester bezeichnet. Ich nehme mal an, du willst den Ruf deines Stalls nicht durch eine so unscheinbare Mähre wie mich in Verruf bringen.«

Lucie hätte schwören können, dass sie ihn knurren hörte, und nach dem Ausdruck auf seinem Gesicht zu urteilen, war er tatsächlich … ein wenig gereizt.

»Lass uns eine Sache vollkommen klarstellen«, sagte er und stellte sein Glas ab. »In Bezug auf dich will ich den Ausdruck unscheinbar nie wieder hören. *Jeder* Mann, mich eingeschlossen, dürfte stolz darauf sein, dich an seiner Seite zu haben.«

Obwohl sie seine Reaktion als beschützende Geste erkannte, berührte sie der Brustton der Überzeugung in seiner Stimme. Bis ein anderer, hässlicher Gedanke sich bemerkbar machte. *Stephen sieht das nicht so.*

Als hätte er ihre Gedanken gelesen, fügte er hinzu: »Und dein idiotischer Arzt wird auch bald den Arsch hochkriegen und es kapieren.« Er hielt inne, um seine Serviette ohne Mühe aufzufalten. »Aber bis dahin kannst du gleich mal etwas üben. Du wirst jetzt schamlos mit dem Kellner flirten.«

*»Was?«*, flüsterte sie und lehnte sich über den Tisch. »Das kann doch nicht dein Ernst sein.«

»Ich meine es todernst. Hast du nicht gesehen, wie sich

sein Blick verändert hat, als er erfuhr, dass du nicht mein Date bist? Er war kurz davor, auf unseren Tisch zu sabbern.«

»Bist du völlig übergeschnappt?« Sie schüttelte den Kopf. Als er ihr nur diesen aufreizenden *Also-wirklich*-Blick zuwarf, stand sie kurz davor, ihm eine Gabel an den Kopf zu werfen. »Was in Gottes Namen soll ein Flirt mit einem völlig Fremden bewirken?«

»So einiges, aber vor allem zeigt es deinem Date, dass du von anderen begehrt wirst. Hier kommt Lektion zwei: Männer wollen immer das, was sie nicht haben können. Oder das, was andere Männer haben. Glaub mir. Das ist eine wissenschaftlich erwiesene Tatsache.«

»Nein, ist es nicht.«

»Tja, dann sollte es das aber sein«, entgegnete er und grinste ungerührt.

»Selbst wenn du recht hast, ich weiß nicht, *wie* man flirtet, Reid. Das funktioniert also nicht.« War es nicht üblicherweise kalt in Restaurants? Sie stand kurz vor dem Verbrennen. Vielleicht brütete sie etwas aus. Lucie griff nach ihrem Eiswasser und trank mehrere große Schlucke.

»Dafür bin ich ja hier, Schätzchen. Also, es gibt zwei Arten von Flirts. Körpersprache und Geplänkel. Heute Abend sollst du einfach nur versuchen, Körpersprache einzusetzen. Wenn du die richtigen Signale aussendest, kannst du auch einen Kinderreim zitieren, und der Mann hat keine Chance.«

Ein winziges Schnauben entfuhr ihr, aber sie fasste sich schnell wieder. Dann räusperte sie sich und fragte: »Also, was genau soll ich machen? Das Haar zurückwerfen und mit Piepsstimme über alles kichern, was er sagt?«

»Nur wenn du darauf aus bist, den Kapitän des Highschool-Footballteams auf dich aufmerksam zu machen.«

Sie bedachte ihn mit ihrem bösesten Blick und hoffte, dass er das ganze lächerliche Vorhaben fallen lassen würde. Keine Chance.

Er beugte sich mit gefalteten Händen zu ihr vor. »Es ist ganz einfach, Lu. Unterhalte dich, wie du es normalerweise tust, aber füg ein paar subtile Zeichen hinzu. Such Blickkontakt und halte ihn. Wenn deine Augen umherirren, sagt das den Menschen, dass du nervös bist oder dich unbehaglich fühlst. Du musst Selbstbewusstsein ausstrahlen.«

»Das ist alles? Blickkontakt? Kein Problem.«

»Nein, das ist nicht alles. Du musst seine Aufmerksamkeit auf all deine wunderschönen Vorzüge lenken.« Sie verdrehte die Augen, aber er ignorierte sie und fuhr fort. »Wenn du ihn auf deine Augen aufmerksam machen willst, hältst du seinen Blick fest oder schenkst ihm einen verführerischen Augenaufschlag. Männer drehen durch, wenn Frauen einen auf keusch machen.«

Plötzlich erinnerte sich Lucie an all die Frauen, die im Gespräch mit Stephen genau das getan hatten. Und er hatte zurückgelächelt, als hätten sie gerade Sex oder so gehabt. Merkwürdig. Sie war nie auf die Idee gekommen, dass Körpersprache dabei eine Rolle spielen könnte. Sie selbst war mehr ein Kopfmensch. Also hatte sie vermutet, dass es der Gesprächsinhalt war, der Stephens Reaktion auslöste.

Sie konnte sich gerade noch davon abhalten, sich gegen die Stirn zu schlagen. Was war sie nur für eine Idiotin gewesen. Aber das war jetzt vorbei. Sicher, es ärgerte sie irgendwie, dass sie Zuflucht zu körperlichen Tricks nehmen musste, um die Aufmerksamkeit eines Mannes zu erregen. Schließlich waren es die intellektuellen Dinge, die sie an Stephen schätzte, und sie hatte gehofft, ihm würde es genauso gehen. Aber sobald sie ihn erst mal auf sich aufmerksam gemacht hatte und dieser Funke auf ihn übersprang, kam der Rest bestimmt von selbst.

»Keusch tun, kapiert. Was noch?«

»Lenk seine Aufmerksamkeit auf deinen Mund, indem du lächelst, isst, trinkst, an deiner Unterlippe knabberst, dir die Lippen befeuchtest … Im Grunde ist das die leichteste Übung, weil ein Mann sowieso als Erstes daran denkt, wie der Mund eines Mädchens sich um seinen …«

»Reid!«

Er lehnte sich zurück und lachte, ein voller, kehliger Laut, der ihr nicht gerade beim Abkühlen half. Im Geiste fügte sie »lachen« als eine Möglichkeit hinzu, Aufmerksamkeit auf den eigenen Mund zu lenken, während ihr Blick gleichzeitig an seinen vollen Lippen hängenblieb, die die weißen Zähne umrahmten. Und da war sie wieder. Die Erinnerung an diesen heißen Kuss vorhin. Prompt schien die Raumtemperatur um ein paar weitere Grade zu steigen. *Mist!*

»Okay, hier kommt dein Versuchsobjekt mit unseren Drinks. Er wird erwarten, dass du den Wein kostest. Ich will, dass du dich von Jessica Rabbit inspirieren lässt und ihm eine Show lieferst.«

Fassungslos starrte sie ihn an. »Du willst, dass ich eine Comicfigur aus *Falsches Spiel mit Roger Rabbit* nachmache?«

Reid wirkte leicht gekränkt, dass sie die Wahl seiner Sexgöttin so wenig schätzte. »Sie ist purer Sex. *Jeder* Kerl will Jessica Rabbit flachlegen.«

Er war vollkommen wahnsinnig; mehr steckte nicht dahinter. Lucies scharfe Erwiderung wurde durch die Ankunft ihres Kellners vereitelt. Er stellte Reid seinen Drink hin, ohne auch nur einen Blick in seine Richtung zu werfen. Dann präsentierte er ihr die Weinflasche, rasselte den Jahrgang und das Anbaugebiet herunter, als kenne sie den Unterschied zwischen diesem Tropfen und dem Zeug aus dem Tetrapak, um ihr dann einen kleinen Schluck einzuschenken.

*Okay, ich kann das.* Ich kann. *Jessica Rabbit … langsame, gleitende Bewegungen, Schlafzimmerblick … kein Problem. Oh Gott, ich schwitze.*

Sie gab ihr Bestes, den Tropfen Schweiß zu ignorieren, der zwischen ihren Brüsten hinunterlief, und griff nach dem Glas, wobei sie den Blick des Kellners festhielt. Dann drückte sie den Glasrand an die Lippen, um einen kleinen Schluck zu nehmen. Der süße Wein floss über ihre Zunge und entfaltete seine kühle Sinnlichkeit in ihrer Kehle und ihrem Bauch. Sie schloss langsam die Lider und gab ein zufriedenes Stöhnen von sich, bevor sie das Glas absetzte. Nachdem sie die Augen wieder geöffnet hatte, lächelte sie und fragte: »Entschuldigung, wie war noch gleich Ihr Name?«

»Daniel.« Er schluckte hörbar, und sein Adamsapfel hüpfte in seiner Kehle auf und ab. »Mein Name ist Daniel.«

Sie spielte mit den Spitzen einer Haarsträhne und warf ihm ein Lächeln zu, von dem sie hoffte, dass es betörend war. »Nun, Daniel, der Wein ist wunderbar, vielen Dank. Obwohl er sonst ziemlich unbeholfen ist, wird mein Bruder wohl in der Lage sein, mein Glas wieder aufzufüllen, während Sie sich um Ihre anderen Gäste kümmern. Wir brauchen nur noch ein paar Minuten, um uns zu entscheiden, was wir essen möchten.«

Daniel vollführte eine halbe Verbeugung aus der Hüfte und erwiderte ihr Lächeln. »Natürlich. Ich bin gleich zurück, um Ihre Bestellung aufzunehmen. Und bitte, wenn es irgendetwas gibt, das ich für Sie tun kann, lassen Sie es mich wissen.«

Sobald er gegangen war, kippte Lucie das restliche Glas in einem einzigen Zug hinunter. In der Zwischenzeit applaudierte Reid gedämpft. »Bravo, Schätzchen. Du hättest ihn bitten können, deine Schuhe abzulecken, und er hätte dir für diese Gelegenheit gedankt. Wie hat sich das angefühlt?«

»Grässlich«, brummte sie, während er ihr Glas wieder auffüllte. »Komm schon. Ich weiß, es ist ungewohnt, aber sei ehrlich.« Er beugte sich vor, die Hände auf dem Tisch überkreuzt. »Sei ehrlich zu dir selbst.«

Sie gönnte sich noch ein paar Schlucke Wein und genoss, wie er durch ihre Adern floss und ihrem Körper Entspannung brachte. Als sie das Glas auf den Tisch stellte, begegnete sie Reids Blick und dachte über das nach, was er gesagt hatte.

Er hatte recht. Sie war nicht ehrlich.

»Es war … schmeichelhaft. Es hat mir ein Gefühl von Macht gegeben.«

»Genau. Denk dran, selbst wenn du ein Date mit dem Doc bekommst, ist nichts daran auszusetzen, wenn du ein bisschen flirtest. Dadurch rufst du ihm ins Gedächtnis, dass er nicht der einzige Fisch in diesem Teich ist. Und jetzt lass uns deinen Lustknaben wieder herrufen, denn ich bin halb verhungert.«

Der Rest des Abends verstrich mit großartigen Gesprächen und heimlichem Gekicher über Daniels fortschreitende Verknalltheit. Als er Reid die Rechnung gab, schob er Lucie eine Visitenkarte des Restaurants zu, auf deren Rückseite er seine Nummer gekritzelt hatte. So albern es klang, eine Woge schwindelnder Erregung erfasste sie. Es war das erste Mal, dass jemand sie offen angebaggert hatte.

Sie hätte die Karte gern behalten, sie laminiert und an den Rahmen ihres Schlafzimmerspiegels gesteckt, aber Reid beschlagnahmte sie, riss sie in Stücke und ließ sie auf seinem Teller liegen. Sie wollte gerade protestieren, als er sagte: »Wir angeln Fachärzte für spezielle Orthopädische Chirurgie, schon vergessen? Kleine Fische wie Kellner werfen wir wieder ins Wasser. Außerdem hat er die Überprüfung durch den großen Bruder nicht bestanden.«

Lucie musste lachen. Vielleicht lag es am Essen, am guten Wein und der guten Gesellschaft oder an allem zusammen. Auf jeden Fall fühlte sie sich total entspannt. Etwas, das sie in der Öffentlichkeit selten erlebte. Offenbar machte bereits eine kleine Dosis Selbstbewusstsein süchtig, und sie freute sich schon auf mehr.

Reid stand auf und hielt ihr die Hand hin. »Komm, lass uns von hier verschwinden.«

Sie lächelte, schob ihre Hand in seine, und sie gingen auf den Ausgang zu. Als sie durch den Empfangsbereich kamen, hörte sie ein Kind rufen: »Dad, guck mal! Da ist Reid Andrews!«

Lucie drehte sich um und entdeckte einen etwa zehnjährigen Jungen mit einem höchst ehrfurchtsvollen Ausdruck auf seinem entzückenden Gesicht.

Reid streckte dem Kind die Faust hin, damit es mit den Knöcheln dagegen schlagen konnte. »Hey, junger Mann, wie sieht's aus? Bist du UFC-Fan?«

»Und wie! Sie sind mein Lieblingskämpfer!«

Genau in dem Moment erschien der Vater des Kleinen. »Tut mir leid, Sie zu stören, Mr Andrews. Ich dachte, Austin würde sich das nur einbilden, aber Sie sind es wirklich. Wir sind große Fans von Ihnen.«

»Bitte, nennen Sie mich Reid. Ich freue mich immer, meine Fans kennenzulernen. Trainierst du auch, Austin?«

»Mhm. Im Moment hab ich den lila Gürtel in Taekwondo,

aber ich will all die verschiedenen Martial Arts lernen, damit ich so werde wie Sie, wenn ich groß bin.«

»Okay, wenn du weiter trainierst und hart arbeitest, dann bin ich mir sicher, dass du genau das schaffst. Aber denk dran: Was du im Dojo lernst, darfst du niemals draußen gegen andere einsetzen.«

»Ich weiß. Mein Sensei sagt uns das Gleiche. Ich kann nicht *glauben,* dass Sie es wirklich sind! Mann, ich wünschte, meine Freunde wären hier. Die glauben mir nie, dass ich Sie kennengelernt habe.«

»Ich sag dir was, wir lassen meine entzückende Begleiterin ein Foto von dir, mir und deinem Vater machen. Dann hast du einen handfesten Beweis.«

»Juhu!«

Lucie war so gerührt davon, wie Reid auf den kleinen Jungen einging, dass sie beinahe nicht begriff, dass er von ihr gesprochen hatte. »Oh, ach so. Ja! Das ist eine tolle Idee. Soll ich Ihr Handy benutzen?«, fragte sie den Vater.

Der Mann machte ein langes Gesicht, als er seinen Sohn ansah. »Tut mir leid, Kleiner, aber ich habe mein Handy zu Hause gelassen, damit wir beim Abendessen nicht unterbrochen werden.« Er erklärte Reid: »Ich habe ihn nur jedes zweite Wochenende, daher will ich nicht, dass irgendetwas uns während unserer gemeinsamen Zeit stört.«

Der enttäuschte Ausdruck auf dem Gesicht des Jungen brach ihr fast das Herz. »Wie wäre es, wenn ich ein Bild mit meinem Telefon machte und es Ihnen dann zumaile? Würde das gehen?«

»Ja. Vielen, vielen Dank.«

Reid posierte mit dem Jungen und seinem Vater für ein hübsches Foto vor dem riesigen Aquarium, dann schlug er noch ein Bild mit ihm und Austin alleine vor. Lucie musste lachen, als Reid sich auf Austins Höhe duckte und beide die Hände zum Teufelsgruß hochhielten, während sie böse Fighter-Gesichter aufsetzten.

Nachdem sie die E-Mail-Adresse bekommen und sichergestellt hatten, dass die Fotos sich problemlos verschicken ließen, verabschiedeten sie sich von Austin und seinem Vater und verließen das Restaurant.

Auf dem Weg zum Wagen musterte sie Reid aus dem Augenwinkel. Plötzlich blieb er stehen und bückte sich, um ein weggeworfenes Einwickelpapier vom Boden aufzuheben, auf das sie beinahe getreten wäre. Er bat Lucie zu warten, lief zurück zum Eingang und warf es in den Mülleimer.

Als er zurückkam, sagte sie: »Das war wirklich wunderbar von dir, Reid.«

»Was, das? Ich wollte nicht, dass du drauftrittst. Außerdem kann ich es nicht leiden, wenn Leute Müll in die Gegend schmeißen. Das zeugt von Faulheit, und ich hasse das, wenn sich jemand nicht einmal dazu aufraffen kann, etwas ordentlich wegzuwerfen.«

»Ich meinte das, was du für Austin und seinen Vater getan hast.«

»Ach, das.« Er lächelte. »Ich bin nicht so nett, wie du glaubst, Lu. Solche Begegnungen verschaffen mir einen genauso großen Kick wie den beiden eben. Vor allem, wenn irgendwelche Kids mich toll finden.«

»Machst du dir keine Sorgen wegen der Wirkung, die solche harten Kämpfe auf Kinder haben könnten?«

Er ließ seine Hand in ihre gleiten, und sie war überrascht, wie natürlich es sich anfühlte. »Eine Menge Leute haben Probleme mit dem MMA-Sport. Sie nennen das menschliche

Hahnenkämpfe. Aber sie vergessen dabei die extreme Disziplin und die technischen Aspekte, die zu dem gehören, was wir tun. Außerdem braucht man eine Menge Sportsgeist, um einem Mann, der einen soeben buchstäblich windelweich geschlagen hat, die Hand zu schütteln. Solange Kinder sich dieser Dinge bewusst sind, gibt es keinen Grund zur Sorge.« Er zuckte die Achseln. »Es wird immer Menschen geben, die uns missverstehen. Aber ich hoffe, dass sie die Minderheit bleiben.«

Sie erreichten seinen Wagen, und ganz Gentleman öffnete Reid ihr die Tür. Bevor sie einstieg, drehte Lucie sich um und legte den Kopf ein wenig schräg, während sie ihn betrachtete. »Du liebst es wirklich, nicht wahr?«

»Den Sport werde ich immer lieben.« Einen Moment lang schaute er zum Horizont, bevor er mit einem leicht schiefen Lächeln wieder zu ihr sah. »Wie sehr ich es lieben werde, mich wieder nach oben zu kämpfen, bleibt abzuwarten.«

Reid ohne sein übliches Selbstbewusstsein war ein ungewohnter Anblick. Spontan beugte Lucie sich vor, um ihm einen Kuss zu geben. Sie hatte vorgehabt, die Wange zu treffen, aber der Wein musste ihre Zielgenauigkeit untergraben haben, denn sie landete mitten auf seinem Mund.

Mehrere Sekunden lang verharrten sie so, die Lippen aufeinandergepresst, als sei die Zeit stehen geblieben, bis der Autoalarm eines anderen Wagens Lucie wieder zu Verstand brachte. Sie löste sich von Reid und berührte ihre Lippen mit den Fingerspitzen, als hätte sie gerade etwas Skandalöses getan.

»Nicht, dass ich mich beklagen will«, sagte er, »aber womit habe ich das verdient?«

Sie schaute erst konzentriert auf ihre Füße in den Riemchensandalen, dann sagte sie mit einem Augenaufschlag:

»Weil du ein guter Mann bist. Und um dir für einen wunderbaren Tag zu danken.«

Sein Lächeln war atemberaubend im Mondlicht. »Gut zu wissen, Miss Lucie Miller. Dann muss ich natürlich dafür sorgen, dass Sie in der nächsten Zeit einen ganzen Haufen wunderbarer Tage haben.«

Lucie lachte und stieg in den Wagen ein. Aber ihre Erheiterung verpuffte schlagartig, als Reid die Tür hinter ihr schloss. *Wenn das mal keine perfekte Lektion gewesen ist.* Jawohl, sie hatte gerade einen Meisterflirter bei der Arbeit gesehen. Und war ihm total auf den Leim gegangen.

Jetzt wusste sie, wie sich die Frauen fühlten, die Stephen mit seinem Charme bedachte. Sie konnte es kaum erwarten, selbst das Ziel dieses Grübchenlächelns zu sein. Ein Lächeln, das sein Begehren zeigte, und nicht die Kumpelversion, die er bisher immer für sie parat gehabt hatte. Oh ja. Der Herr Doktor würde bei ihrem nächsten Treffen kaum wissen, wie ihm geschah.

# 7

Lucie konnte kaum glauben, dass seit Reids Einzug bereits eine Woche vergangen war. Die Tage flogen nur so dahin und waren ausgefüllt mit Physiotherapie und Schönheitsterminen.

Reid hatte sie davon überzeugt, sich die Haare stufig schneiden zu lassen, was ihr wirklich gut gefiel. Beim Strähnchenmachen war sie zuerst etwas in Panik geraten, als der Hairstylist sie in eine Art Aluminium-Medusa verwandelt hatte. Doch die dezenten, karamellfarbenen Highlights verliehen ihrem braunen Haar einen Schimmer, den sie nicht für möglich gehalten hätte.

Danach waren ihre Brauen gewachst, geformt und gezupft worden, dass sie dachte, ihre Augen würden nie wieder aufhören zu tränen. Als es Zeit für die Maniküre wurde, musste sie zugeben, dass sie ihre Nägel bislang einfach nur mit einer Nagelschere geschnitten hatte, was die Kosmetikerin veranlasste, sich ans Herz zu greifen und sie anzusehen, als sei sie ein Sozialfall. Jetzt waren die Nägel gefeilt und die überschüssige Nagelhaut, von deren Existenz Lucie bisher nichts geahnt hatte, entfernt. Danach hatte die Kosmetikerin jeden einzelnen Nagel sorgfältig mit einem dunklen violetten Lack namens *Extreme Aubergine* lackiert, was mehr nach einer Kochsendung als nach einer Farbe klang.

Im Anschluss an Friseur und Maniküre hatte Reid sie zur Kosmetikabteilung von Nordstrom geschleift. Dort wurde sie an Trixie übergeben, die ihr alles Notwendige beibringen sollte. Nachdem Lucie gelernt hatte, wie man einen Schön-in-fünf-Minuten-Look, einen Abendlook und das richtige Make-up für eine Fotosession zustande brachte, fühlte sie sich für jede Lebenslage gerüstet. Notfalls konnte sie jetzt sogar als Maskenbildnerin in einem Leichenschauhaus oder einem Zirkus Geld dazuverdienen, sollte es mit der Wirtschaft weiter bergab gehen. Obwohl einige der Lektionen vollkommen überflüssig waren, hatte sie der enthusiastischen Trixie brav zugehört und ihr nicht verraten, dass sie dreiviertel dieser Fähigkeiten nie im Leben brauchen würde.

Ja, es war eine ereignisreiche Woche gewesen. Doch am Ende musste Lucie zugeben, dass sie beinahe … schön aussah. Irgendwie merkwürdig, welchen Unterschied einige kleine Korrekturen in ihrer täglichen Schönheitspflege machten. Beziehungsweise die Tatsache, dass sie jetzt zum ersten Mal überhaupt so etwas wie eine Schönheitspflege hatte.

»Zauberhaft.«

Lucie machte vor dem bodenlangen Spiegel in ihrem Schlafzimmer eine Kehrtwendung. Reid lehnte mit verschränkten Armen am Türrahmen. Über den durchtrainierten Muskeln spannten sich die Elastikbündchen des schwarzen Polohemds bis an ihre Grenzen. Darunter ragten die dunklen Bögen und Wirbel seiner Tätowierung hervor, die einer Art futuristischen Rüstung glichen. Die dunkle Jeans umspannte seine kräftigen Oberschenkel und fiel von dort aus gerade herunter bis auf seine nackten Füße. Im Laufe der letzten Woche hatte Lucie gelernt, dass Reid Socken und Schuhe nur dann anzog, wenn es sich absolut nicht vermeiden ließ. Und ihr war klar geworden, wie sexy ein barfüßiger Mann in Jeans aussehen konnte.

Reid war ein Mann, der Wert auf sein Äußeres legte. Und

doch versprühte er den Charme eines Bad Boy. Sein Haar war im gewohnten Stil gekämmt, endete diesmal aber in einer kleinen Spitze über seiner Stirn, was ihre Aufmerksamkeit auf seine ausdrucksstarken Augen lenkte. Heute trug er Ohrringe; quadratisch geschnittene Diamanten, mit denen er männlicher aussah, als man denken sollte. Als sie jedes einzelne Detail vermerkt und ihr Gehirn endlich das Gesamtpaket registriert hatte, war ihr Mund so trocken, dass sie hörbar schlucken musste, bevor sie sprechen konnte.

»Du siehst selbst ziemlich gut aus«, bemerkte sie. »Aber ich weiß immer noch nicht, warum du mit mir zu Lizzies Babyparty kommen willst.« Lizzie war eine der besten Krankenschwestern im Team des NNMC, und bis zur Geburt ihres ersten Kindes war es nur noch ungefähr einen Monat, weshalb ihre Freundinnen und Kolleginnen für sie eine Babyparty in einem protzigen Steakhaus gaben. »Du wirst dich zu Tode langweilen.«

Er stieß sich vom Türrahmen ab und durchquerte den Raum. »Ich langweile mich nie. Ich schaffe es immer, mich auf die eine oder andere Art zu unterhalten. Komm schon, wir sind bereits spät dran.«

Lucie sah auf die Uhr auf ihrem Nachttisch, die das bestätigte. »Mist.«

Er lachte leise, während sie zu ihrem Schrank raste, um sich ihre Schuhe und ihre Handtasche zu schnappen. »Entspann dich. Man erwartet von Cinderella, dass sie verspätet auf dem Ball auftaucht, damit alle auf sie aufmerksam werden, wenn sie hereinkommt.«

»Genau davor fürchte ich mich«, sagte sie, während sie auf einem beschuhten Fuß herumhüpfte und mit wenig Erfolg versuchte, die andere Seite anzugleichen.

»Hier, lass mich das machen.« Reid nahm ihr die silberne Sandalette ab und ließ sich auf ein Knie sinken. Lucie hielt sich am Bettpfosten fest, wie gebannt von seinen Händen, die ihr den Schuh über den Fuß streiften. Die Wärme seiner Finger sandte ein paar Schauer entlang der Innenseite ihrer Schenkel, die sich schließlich an dem Punkt zwischen ihren Beinen sammelten. Es fühlte sich an, als hätte Reid sie direkt dort berührt.

Er hielt ihren Fuß mit einer Hand auf seinem Oberschenkel fest, während er die andere Hand öffnete und ein silbernes Kettchen offenbarte, das er jetzt von den Fingern baumeln ließ. Sprachlos vor Überraschung beobachtete Lucie, wie er das Schmuckstück um ihren Knöchel legte und die Schließe zuschnappen ließ.

Das zarte Kettchen war praktisch gewichtlos, und sie hätte es wahrscheinlich gar nicht gespürt, wenn nicht einige Anhänger und Perlen an den kleinen Ösen befestigt gewesen wären. Vorne an der Kette war ein winziger silberner Vogel befestigt. Alle zwei oder drei Zentimeter hingen kristalline, himmelblaue Perlen und vollendeten die klassische Schönheit des Schmuckstücks.

»Das ist entzückend«, sagte sie. »Aber du hast mir schon so viel geschenkt, Reid. Du brauchst mir nicht noch mehr Sachen zu kaufen.«

»Ich weiß, aber ich habe sofort an dich gedacht, als ich die Kette sah.«

»Wirklich? Warum?«

»Das hier ist ein Spatz.« Er schaute auf den Anhänger zwischen seinen Fingern. »Im Gegensatz zu den meisten anderen Vögeln suchen Spatzen nach einem Seelengefährten. Und wenn sie ihn gefunden haben, bleiben sie bis ans Ende ihres

Lebens mit ihm zusammen.« Er hob den Kopf und sah ihr in die Augen. »Was sie zum perfekten Symbol macht: die Suche nach der wahren Liebe.«

*Die wahre Liebe*. Lucie wollte bloß einen wahren Gefährten finden und hatte, was die Liebe betraf, keine großen Hoffnungen mehr. Davon abgesehen war es das Süßeste, was sie je gehört hatte. Zu wissen, dass Reid an sie gedacht hatte, als er das Kettchen sah, berührte sie tief.

Behutsam stellte er ihren Fuß auf den Boden zurück und erhob sich. Er überragte sie um einiges. Lucie wollte ihm danken, aber die Worte blieben ihr im Hals stecken, als ihr Blick auf den offenen Ausschnitt seines Hemds fiel. Sie folgte dem sanften Schimmer der gebräunten Haut bis hinauf zu dem frisch rasierten Kinn, den vollen Lippen und diesen unglaublichen Augen. Ihre Farbe schien zu wechseln, je nachdem welches Outfit Reid trug. Heute Abend waren sie hellgrün, durchzogen von karamellfarbenen Streifen, was Lucie unwillkürlich an ein Bonbon erinnerte.

Reid Andrews war ihr ein absolutes Rätsel. In Vegas lebte er das Leben eines reichen Playboy-Kämpfers und verbrachte den Großteil seiner Zeit entweder beim Training oder bei Dates mit wechselnden Frauen. Sie wollte gar nicht so genau wissen, wie viele es waren. Aber seit er wegen dieses verrückten Deals bei ihr wohnte, hatte er sich stets als charmant und hilfsbereit erwiesen. Genau wie damals, als sie hoffnungslos in den besten Freund ihres Bruders verschossen gewesen war. Nur dass er inzwischen noch viel besser aussah.

Sie räusperte sich und startete einen neuen Redeversuch. »Vielen Dank, Reid. Das ist wunderschön.«

»Gern geschehen. Jetzt lass uns gehen. Ich kann es kaum erwarten, den Unterkiefer dieses Doktors runterklappen zu sehen, wenn er erkennt, was er verpasst hat.« Als sie zweifelnd die Stirn runzelte, küsste er sie auf die Nasenspitze und sagte: »Vertrau mir.« Dann führte er sie an der Hand aus dem Zimmer.

Dreißig Minuten später erreichten sie das Restaurant, wo die Kellnerin sie zu dem Saal geleitete, in dem die Babyparty stattfand. Lucie legte ihr Geschenk für Lizzie auf den dafür vorgesehenen Tisch an der Tür und ließ den Blick nervös über das Meer von Menschen wandern.

»Hör auf zu hibbeln«, flüsterte Reid ihr ins Ohr. Seine Hand auf ihrem Rücken half ihr, sich zu entspannen. Soweit das überhaupt möglich war.

»Ich hibbele nicht.«

»Doch, tust du wohl.«

Er hatte recht. Sie hyperventilierte fast. Warum nur fühlte es sich an, als würde sie gleich die Höhle des Löwen betreten? Sie kannte diese Menschen seit Jahren und fühlte sich in ihrer Nähe wohl. Aber was, wenn ihnen ihr neuer Look nicht gefiel? Oder wenn sie den Versuch, sich zu verändern, einfach nur albern fanden?

Sie schaffte es kaum, ein erschrockenes Quieken zu unterdrücken, als Reid sie jäh aus dem Raum schob. »Hey!«

»Psst«, befahl er, während er sie einen Flur entlang und um eine Ecke zerrte, um sie dann zwischen seinem massigen Körper und der Wand einzukeilen. »Du machst dich grundlos verrückt, also bringe ich dir jetzt einen Trick bei, den ich immer vor einem Kampf anwende.«

»Reid, ich denke nicht …«

»Nicht denken. Visualisieren. Bevor ich in den Käfig gehe, visualisiere ich jeden Boxhieb, jeden Tritt, jeden Takedown. Ich kenne meinen Gegner gut, weil ich seine vorangegangenen Kämpfe studiert habe. Ich sehe voraus, wie er auf meine Angriffe reagieren wird, damit ich auf jede Situation vorbereitet bin. Ich will, dass du jetzt genau dasselbe tust.«

Offenbar sah sie ihn an, als sei er verrückt geworden. Was ja auch stimmte. Wie zum Kuckuck sollte ihr diese Technik helfen, mit Stephen zu sprechen? Sie wollte ein Date mit ihm, keinen Boxkampf. Und er würde ja wohl kaum aus heiterem Himmel beginnen, ihr ein paar linke Haken zu versetzen.

»Schließ die Augen.« Reids entschlossener Gesichtsausdruck – und die Tatsache, dass sie ihre Nervosität wirklich dringend loswerden musste – ließen sie gehorchen. »Ich will, dass du dir vorstellst, wie du mit hocherhobenem Kopf in diesen Raum gehst, voller Selbstvertrauen. Du *weißt,* dass du fabelhaft aussiehst. Dieses Kleid umschmeichelt deinen Körper, als sei es für dich geschaffen worden. Die Schuhe lassen deine Beine so lang aussehen, dass jeder Mann im Raum sich vorstellen wird, sie wären um seine Hüften geschlungen.«

Sie fror ein wenig durch das Gebläse der Klimaanlage über ihnen, aber als Reid die Hand auf ihre Taille legte, verschwand jedes Frösteln durch die Hitze seiner Berührung. Er trat dicht vor sie, ihre Brüste streiften bei jedem Atemzug leicht seinen festen Oberkörper. Trotz der geschlossenen Augen war sie sich seiner Gegenwart sehr bewusst. Konzentration war definitiv kein Thema mehr. Sie war vollkommen auf ihn fixiert, ob sie es wollte oder nicht.

»Okay. Jetzt stell dir vor, ich wäre dein Arzt: Ich kann den Blick nicht von dir abwenden, seit ich dich gesehen habe. Ich frage mich, wie ich so blind sein konnte, nicht zu bemerken, wie zauberhaft du bist.«

Reids Hand glitt langsam an ihrer Seite hinauf, bis sie nur noch Millimeter von ihrer Brust entfernt war. Unwillkürlich verspürte Lucie ein Gefühl der Enttäuschung, als sein Daumen zu ihrem Rücken weiterwanderte und jede unangemessene Berührung vermied. Reids leise Stimme strich über ihre Haut und ließ die winzigen Härchen in ihrem Nacken zu Berge stehen. »Ich beginne mit einfachem Geplauder über die Arbeit, aber die ganze Zeit, während du redest, starre ich auf deine Lippen und stelle mir vor, wie sie schmecken werden.«

»Tust du das?«, flüsterte sie.

»Verdammt, ja, das tue ich.« Er hob die freie Hand, legte sie an ihr Gesicht und stupste mit der Nase ihre Wange an, bis sie den Kopf zur Seite neigte. »Du bist höllisch sexy, Lucie, und ich will dich auspacken, um an die sündhafte Belohnung darunter zu gelangen. Ich will deine Vorlieben kennenlernen, deine Abneigungen, deine Ängste und deine Träume – und ich bin fest entschlossen, jede störende Schicht zu entfernen, bis sich mir darunter dein Geheimnis offenbart.«

Lucies Herz schlug so heftig, dass man das laute Pochen garantiert bis in den Festsaal vernehmen konnte. Genau so sollte er sie sehen: sexy und leidenschaftlich.

»Ja«, sagte sie. »Das will ich.«

»Dann *nimm* dir, was du willst.« Seine Stimme war kaum mehr als ein raues Flüstern an ihrem Ohr. Sie klang angespannt, als würde er gleich die Kontrolle verlieren. »Lass es geschehen.«

Sie war so gefangen in dieser Vorstellung, dass erst ein plötzliches Kältegefühl sie darauf aufmerksam machte, dass er einen Schritt zurückgetreten war. Sie öffnete blinzelnd die Augen und betrachtete Reid, der vor ihr stand. Er hatte die Hände in die Vordertaschen geschoben. Der starre Ausdruck auf seinem Gesicht passte nicht zu dem heißen Gefühl, das er ihr gerade gegeben hatte.

»Du brauchst nur an alles zu denken, was ich dir eben gesagt habe, und durch diese Tür zu gehen.« Bevor sie ihn fragen konnte, ob alles in Ordnung sei, ruckte er mit dem Kopf in Richtung des Festsaals. »Na los. Es wird Zeit für deinen großen Auftritt, Cinderella.«

Die Vorstellung, einen Raum zu betreten, während alle Augen auf ihr ruhten, löste nicht länger Panik in ihr aus. Er hatte recht. Sie war vielleicht nicht promimäßig schön, aber sie sah zu hundert Prozent besser aus als noch vor einer Woche. Warum sollte das ihrem Selbstvertrauen nicht einen Schubs geben? Sie stellte sich auf die Zehenspitzen und drückte ihm einen Kuss auf die Wange. »Danke, Reid.«

Sein Mundwinkel zuckte. »Jederzeit, Schätzchen.«

Mit frischer Überzeugung richtete Lucie sich zu voller Größe auf und schritt in ihrem brandneuen Look den Flur entlang.

Reid fuhr sich mit den Händen übers Gesicht, sobald Lucie um die Ecke gebogen war. Was gäbe er jetzt nicht für ein Sportstudio und einen harten Sparringspartner, um ihn bewusstlos zu schlagen. Die Visualisierungstechnik konnte in jeder Situation angewendet werden, daher wusste er, dass es bei Lucie klappen würde. Was er nicht gewusst hatte, war, wie sehr ihn selbst das fertigmachen würde.

Er war nicht einmal sicher, wer da die ganze Zeit aus ihm gesprochen hatte. An irgendeinem Punkt hatte es sich so angefühlt, als sei er ein wenig aus der Rolle gefallen. Er hatte sich nicht mehr vorgestellt, wie Dr. Nullpeiler auf ihre Lippen starrte und sie küsste. Nein, er hatte sich selbst dabei gesehen.

»Ich brauche einen Drink«, murmelte er und setzte sich in Richtung Party in Bewegung. Er entdeckte Lucie sofort, als er den Raum betrat. Als sei sie der Punkt, nach dem sich seine innere Kompassnadel ausrichtete. Das schlichte, hellblaue Etuikleid, das sie trug, war ein Understatement und dennoch umwerfend. Er blickte sie unverwandt an, während er zu dem Tisch hinüberging, auf dem Punsch und fertig gemixte Cocktails standen. Als er sich einen der Drinks schnappte, betrachtete er ihren Hintern, der sich bei jedem ihrer Schritte unter dem dünnen Stoff bewegte. Dann driftete sein Blick tiefer und wanderte über die Wölbungen ihrer glatten Beine. *Verdammt, sie ist heiß.*

Er hob das Glas, um im nächsten Moment innezuhalten. Wenn es nach der Cocktaildekoration ging, erwartete Lizzie wohl ein Mädchen. Der Drink erinnerte an eine verrückte Version des »Shirley-Temple«-Cocktails, leuchtend pink mit einer über den Glasrand gelegten offenen Plastik-Windelnadel, auf die eine Kirsche aufgespießt war.

»Das macht einen fertig, oder?«

Reid schaute sich um und sah einen gut gebauten Lateinamerikaner neben sich stehen, der amüsiert grinste. Er hielt zwei Flaschen Corona in den Händen statt der Peinlichkeit, die Reid zwischen den Fingern hatte.

»Da ist nicht mal Alkohol drin«, bemerkte der Typ.

»Heilige Scheiße, das ist unverzeihlich.« Reid stellte den Drink mit einem angewiderten Blick auf den Tisch zurück. »Womit lässt sich so etwas rechtfertigen?«

Der Mann lachte und hielt ihm das zweite Bier hin. »Wir sind hier auf einer Babyparty, Kumpel. Das genügt als Ausrede, um der Veranstaltung alles auch nur ansatzweise Männliche zu nehmen. Sonst dürfen wir bei diesen Veranstaltungen nicht mal einen Fuß über die Schwelle setzen, aber Lizzie ist der Liebling der gesamten Krankenhausbelegschaft. Deshalb ist die Sache zu einem Event für ›alle‹ geworden ist. Ich bin übrigens Eric.«

»Reid.« Dankbar nahm er die angebotene Flasche entgegen und schüttelte Eric die Hand, bevor er den Verschluss öffnete und das halbe Bier in einem einzigen Zug zur Hälfte leerte. »Danke, Mann, Sie sind ein Lebensretter.«

»Nicht der Rede wert.«

Als er an Eric vorbeischaute, sah er, wie Lucie sich aus einer Umarmung mit einer sehr schwangeren Frau löste und dann zu ihrem Doktor hinüberging, der gerade auf der anderen Seite des Raums mit jemandem sprach. Bekleidet mit einem teuren Anzug, das dunkle Haar gegelt und zur Seite gekämmt, sah Dr. Mann aus wie der typische Sohn reicher Eltern. Jemand, der immer Geld gehabt hatte, schon bevor er Arzt wurde, und der sich mit den schöneren Dingen des Lebens nur zu wohl fühlte.

Der Arzt war mitten im Satz, als er Lucie bemerkte. Es war einer dieser Momente, in denen die Nadel über die Schallplatte kratzt. Dr. Dummkopf stutzte. Die Augen sprangen ihm fast aus dem Kopf, und die Zunge hing ihm quasi bis zum Boden, wie in einem dieser alten Cartoons.

Aber Reid konnte dem Mann keinen Vorwurf machen. Lucie war in unglaublicher Form. Sie durchquerte langsam den Raum. Eine Jägerin, die sich ihrer Beute mit dem Anflug eines wissenden Lächelns im Mundwinkel näherte. Er konnte sie beinahe sagen hören: *Du entkommst mir nicht … jetzt hab ich dich.*

Der Mann entschuldigte sich, ohne den Burschen, mit dem er gerade geredet hatte, auch nur eines weiteren Blickes zu würdigen. Dann trat er hastig zwei Schritte auf Lucie zu. Obwohl Reid kein Lippenleser war, konnte er erraten, wie das Gespräch lief.

*Lucie, Sie sehen einfach atemberaubend aus!*

*Oh, danke, Stephen. Sie sehen auch sehr gut aus.*

*Hm, an meinem Aussehen hat sich mit Sicherheit nichts geändert. Aber jetzt, da Sie sich Ihre natürliche Schönheit endlich zunutze machen, müssen Sie mich einfach auf den Krankenhausball begleiten.*

*Und ich dachte, Sie würden nie fragen. Natürlich gehe ich mit Ihnen auf den Ball!*

*Danach heiraten wir dann, und Sie können sich um unsere Kinder kümmern, während ich versuche, die Welt zu retten, einen Knochenbruch nach dem anderen.*

*Oh, Stephen, das klingt so wunderbar!*

Lucie lachte über etwas, das der Mann sagte, und berührte sanft seinen Arm. Dann strich sie sich, während sie mit ihm sprach, ihr Haar hinters Ohr und schaute ihn mit einem Augenaufschlag durch ihre langen Wimpern hindurch an. Heilige Scheiße, sie war ein Naturtalent. Er hatte ein Monster entfesselt.

Reid leerte die andere Hälfte seines Biers und tat sein Äußerstes, um nicht rüberzumarschieren und sie nach Hause zu schleifen. Sie sollte nicht mit dem Mann flirten, und erst recht sollte sie keine Kinder von ihm bekommen. Auf dem Papier war der Bursche wahrscheinlich ein prämiertes Stück Qualitätsfleisch, aber Reid konnte das Gefühl nicht abschütteln, dass der Arzt verborgene Fehler besaß, die ihn zu einem zweifelhaften Fang machten.

»Ich habe Sie mit Lucie kommen sehen. Sind Sie mit ihr zusammen?« Reid musterte Eric, gerade als ein Kellner einen Eiskübel, aus dem Flaschen herausragten, auf den Tisch stellte. Er lächelte und sagte »Als hätten sie es geahnt«.

Sie griffen sich die nächste Runde, benutzten den Flaschenöffner an der Seite des Eimers und warfen ihre Verschlüsse weg. Reid schüttelte sich Wasser von der Hand und sagte: »Lucie und ich sind alte Freunde. Ich wohne für ein Weilchen bei ihr, während ich in der Stadt bin.« Eric neigte die Flasche in Lucies Richtung. »Nun, die Freund-Geschichte erklärt, warum Sie nicht Ihr Revier abstecken, während sie mit dem guten Doktor dort drüben flirtet. Aber was sich nicht so leicht erklären lässt, ist dieser Ausdruck in Ihren Augen, der besagt, dass Sie den Typen am liebsten mit bloßen Händen erwürgen würden.«

»Ich bin professioneller Kämpfer, daher ist dieser Blick eine Art Gewohnheit«, antwortete Reid geschmeidig.

»Sind Sie außerdem Styling-Künstler, oder ist Lucies plötzliche Verwandlung lediglich ein Zufall, der mit Ihrem Auftauchen zusammenfällt?«

Reid gefiel die Richtung nicht, die das Gespräch nahm. Eric war scharfsichtiger als erwartet. Er schien jedoch ein anständiger Kerl zu sein, und er sprach voller Zuneigung von Lucie. »Kennen Sie Lucie schon lange?«

Eric sah hinüber, wo sie noch immer mit Mann redete. »Ich kenne sie seit dem College.« Er blickte wieder Reid an. »Sie ist wie eine Schwester für mich.«

Reid neigte den Kopf und grinste. »Verstehe. Ich bin der beste Freund ihres Bruders.«

Ein zufriedenes Grinsen breitete sich auf Erics Zügen aus, und er hielt sein Bier hin, damit Reid mit ihm anstoßen konnte. »Gut zu wissen.«

Reid nahm einige großzügige Schlucke von seinem Corona und fragte sich, ob er von Eric irgendetwas über die Jahre erfahren konnte, in denen er nicht in Lucies Nähe gewesen war. Diese fehlenden Jahre, die ihre Persönlichkeit als Erwachsene geprägt hatten. »Waren Sie dabei, als Lucie geheiratet hat?«

»Mhm«, knirschte Eric. »Ich war dabei.«

»Wer war der Mann? Was ist passiert?«

»Sie hat ihn kennengelernt, als sie eines Tages vor der Universität buchstäblich mit ihm zusammengestoßen ist. Sie kam gerade aus einem Kurs, und er hatte was mit irgendeiner Friedenskundgebung zu tun, wegen irgendetwas, über das sich seine Gruppe gerade mal wieder aufregte.«

Reid kannte den Typ, den Eric beschrieb, genau. Ganze Horden solcher Leute wetterten ständig gegen seine Sportart. Sie nannten sich Menschenrechtsaktivisten. Er nannte sie Arschlöcher. Er versuchte sich Lucie mit einem solchen Mann vorzustellen, doch es gelang ihm nicht. Andererseits konnte er sie sich auch nicht mit einem Typen wie Dr. Arschloch vorstellen, aber offensichtlich sah sie etwas in ihm, das er nicht sah. »Okay, der Bursche war also ein Aktivist, sie war Studentin, sie haben sich kennengelernt. Wie ging es dann weiter?«

»Die Beziehung war ein verfluchter Tornado. An einem Tag trafen sie sich zum Lunch, und das Nächste, was wir mitbekamen, war die Ankündigung ihrer Verlobung, und dann brannten sie nach Vegas durch. Die ganze Sache ging so verdammt schnell, dass uns die Köpfe schwirrten.«

»Mochten Sie ihn deshalb nicht?«

»Fuck, nein«, knurrte Eric. »Ich *hasse* ihn für das, was er Lucie angetan hat. Sie war so geblendet von seiner Leidenschaft, die Welt zu retten, und seinen idealistischen Träumen, dass sie nicht erkannte, was für eine totale Lusche er war. Dieser Bursche konnte sich im Restaurant nicht mal auf eine Vorspeise festlegen, geschweige denn im Leben auf eine einzige

Frau. Er war im Großen und Ganzen ein aufgeblasener, geltungssüchtiger Idiot.«

Reid sah, worauf die Geschichte hinauslief, und seine Eingeweide verkrampften sich mit dem vertrauten Verlangen, jemandem die Faust ins Gesicht zu rammen. »Erzählen Sie mir, was er getan hat«, sagte er durch zusammengebissene Zähne.

Eric sah angespannt zu Lucie hinüber. Seine Zuneigung zu ihr war erkennbar, als er seine braunen Augen beim Sprechen zusammenkniff. »Der Bastard hat sich mit irgendeiner Hippie-Braut eingelassen, nachdem sie erst wenige Monate verheiratet waren. Ich würde einen Jahreslohn darauf verwetten, dass es nicht nur das eine Mal war – oder das eine Mädchen. Wie dem auch sei, Lucie hat ihn *in flagranti* erwischt. In ihrem Bett.«

Reid fluchte und musste sein Bier beiseitestellen, um die Flasche nicht in der Hand zu zerdrücken. Welcher Mann tat das so einer süßen und unschuldigen Frau an? Oder überhaupt *irgendeiner* Frau. Endlich verstand er, warum Lucie so versessen darauf war, jemanden zu finden, mit dem sie zusammenpasste. Ihr Ex war ihr absolutes Gegenteil gewesen, und die Beziehung der reinste Witz. Jetzt sehnte sie sich nach Sicherheit, was bedeutete, lange von jemandem umworben zu werden, der ihr möglichst ähnlich war. Jemand, wie der Mann, der ihr gegenwärtig ins Ohr flüsterte, während sie lachte. Dr. Stephen Mann, Doktor der Medizin.

»Ganz ruhig, Amigo. Man kann Ihre Reißzähne sehen.«

Reid funkelte Eric an. »Was zum Teufel reden Sie da?«

»Sie sehen aus wie ein Panther, der sich bereit macht, die Zähne in eine Halsschlagader zu schlagen.«

Reid musterte den Mann und fragte sich, warum er verdammt noch mal grinste wie ein Idiot. »Tatsächlich?«

»Allerdings. Und obwohl ich liebend gern den Grund dafür erfahren würde, werde ich mich mit meinen eigenen Überlegungen zufriedengeben müssen.«

»Warum das?«

Eric deutete mit dem Kopf zur Seite. »Weil Lucie gerade herkommt.« Reid folgte seiner Blickrichtung und sah sie mit dem breitesten Lächeln, das er je bei ihr gesehen hatte, durch den Raum segeln. »Ich muss mal verschwinden. War nett, Sie kennenzulernen, Reid. Man sieht sich.«

»Gleichfalls, Mann. Danke für das Bier.«

Eine Sekunde später hatte Reid Erics kryptische Bemerkungen bereits vergessen und konzentrierte sich auf Lucie. Er war hin- und hergerissen, wollte alle Details ihrer Begegnung erfahren, obwohl er sich gleichzeitig am liebsten die Ohren zugehalten hätte. Letzteres hätte ihn allerdings zu einem ziemlich beschissenen Freund gemacht, also schluckte er und tat das einzig Richtige. »Was ist passiert? Es sah so aus, als hättest du ihn fest am Haken.«

Lucie platzte fast. »Es ist genauso gelaufen, wie du gesagt hast, Reid. Er hat mich wahrgenommen, hat gesagt, ich sehe schön aus. Ist das hier heiß!« Sie begann sich Luft zuzufächeln, also reichte er ihr einen dieser peinlichen Drinks mit Windelnadel. »Mm, danke. Ich habe solchen Durst.«

Ein Tropfen Kondenswasser fiel vom Glas auf ihren Hals, als sie den Kopf in den Nacken legte, um das pinke Gesöff auszutrinken.

Reid musste die Hände zu Fäusten ballen, um sich daran zu hindern, den Tropfen wegzuwischen, als er in die erregende Kuhle unten an ihrem Hals rann.

»Wie dem auch sei«, fuhr Lucie fort und stellte das leere Glas auf das Tablett eines vorbeigehenden Kellners, »wir haben uns ein Weilchen unterhalten, und dann hat er mich tatsächlich zu einem Date eingeladen. Ist das zu glauben?«

Reid setzte ein steifes Lächeln auf und hoffte, dass es für ein echtes durchging. Er verspürte den irrsinnigen Drang, rüberzumarschieren und dem Burschen nur aus Prinzip eine reinzuhauen. Wie konnte es sein, dass Dr. Träge diese wunderschöne Frau erst jetzt wahrnahm? Okay, vor dieser Verwandlung war Lucies Haar etwas wirrer gewesen, sie hatte eine Brille statt der Kontaktlinsen getragen und ihre Kleider hatten diesen sexy Körper nicht so geschickt betont. Aber na und? Hatte dieser Dummkopf sie nur deshalb die ganzen letzten Jahre ignoriert?

Plötzlich fiel Reid wieder dieser Moment ein, als er die erwachsene Lucie zum ersten Mal erblickt hatte. Als er an jenem Tag ihr Büro betreten hatte, war sie gerade dabei gewesen, ihre widerspenstigen Haarsträhnen zu bändigen, die sich nach dem Zurückstreichen gleich wieder selbstständig machten. Das war irgendwie süß. Außerdem fand er, dass sie mit ihrer Brille sexy aussah – diese unartige Bibliothekarinnen-Nummer, auf die er einfach stand –, und sie war entzückend, wenn sie versehentlich schnaubte, weil sie zu heftig lachte oder etwas unglaubwürdig fand.

Dr. Mann war ein eitles Arschloch. Dieser Mann verdiente Lucie gar nicht, so einfach war das. Andererseits verdiente er selbst sie auch nicht. Er konnte ihr nicht das bieten, was sie brauchte. Er führte nicht den berechenbaren Lebensstil, nach dem sie sich sehnte. Wenn er Kämpfe in anderen Staaten, anderen Ländern hatte, lebte er wie ein Nomade. Und selbst wenn das kein Thema wäre, könnte er nie mit ihr zusammen sein. Nicht so, wie er gegenwärtig dastand. Ein Loser. Ein Relikt der Vergangenheit. Abgehalftert. Nein, er musste seinen Titel und seinen Champion-Status zurückholen, wenn er jemals wieder irgendetwas wert sein wollte. Niemand liebte einen Verlierer. Das hatte ihm sein Vater immer wieder eingebläut.

»Reid? Hast du gehört, was ich gesagt habe?«

Er blinzelte. »Ja klar, ich hab dich gehört. Aber es überrascht mich ehrlich gesagt nicht. Ich hab dir gesagt, dass der Bursche scharf auf dich sein wird. Das war so sicher wie das Amen in der Kirche.«

Sie stieß ein kleines Kreischen aus. »Ich würde dich jetzt total gerne umarmen, aber, na ja, er könnte zusehen, und ich will nicht, dass er auf falsche Ideen kommt.«

»Nein«, erwiderte Reid trocken. »Das wäre eine ganz schlechte Idee.«

Sein Trainer, Butch, versuchte ihn oft dazu zu bringen, sich in einem Kampf zurückzuhalten. »Mach dir klar, wann Zurückhaltung angebracht ist«, schärfte er ihm immer wieder ein. Es ging darum, ruhig und bei klarem Verstand zu bleiben und den anderen den ersten Zug machen zu lassen, damit man sich dagegen verteidigen konnte, und dann mit etwas noch Stärkerem zu kontern. Reid war das ganze Konzept der Zurückhaltung nie leichtgefallen. Er fühlte sich wohler in der Position des Angreifers.

Er hatte dieses Gerede über Zurückhaltung immer gehasst. Aber während der Abend voranschritt und er gezwungen war zuzusehen, wie Dr. Mann Lucie wie ein Hai umkreiste, musste er sich jede einzelne von Butchs Ermahnungen ins Gedächtnis rufen. Dank seines mentalen Trainings gelang es ihm, sich zurückzuhalten. Nur deshalb hatte Dr. Mann noch alle seine Zähne. Vorerst zumindest.

# 8

»Fang an mit der Dehnübung: Wanddrücken.«

Reid verkniff es sich gerade noch, kindisch die Augen zu verdrehen. »Komm schon, Lu, ich brauche diese speziellen Dehnübungen nicht mehr. Die machen wir schon seit über einer Woche. Lass uns einfach mit den normalen Sachen weitermachen.«

»Oh, tut mir leid, mir war ja gar nicht klar, dass du einen Abschluss in Physiotherapie hast.« Sie drehte sich um, als sie die gegenüberliegende Wand ihres zum Therapieraum umgewandelten Fitnessraums erreichte. »Warum hast du mich noch mal gebeten, dir zu helfen?«

»Sarkasmus steht dir nicht«, brummelte er. Aber er konnte nicht so knurrig sein, wenn sie in ihren neuen Sportsachen so gut aussah. Verschwunden waren die schlabbrigen Tanktops und schäbigen Jogginghosen. Jetzt trug Lucie ein hellrosa Lycra-Top und eng anliegende, graue Yoga-Hosen.

Ihr dunkles Haar war zu einem Pferdeschwanz hochgebunden und ihr dichter Pony und ein paar längere Strähnen umrahmten ihr Gesicht. Sie hatte gerade die morgendliche Runde auf dem Crosstrainer beendet, ihre leicht olivfarbene Haut glänzte von Schweiß, und ein gesundes Leuchten strahlte von ihren Wangen.

Als er zu der Messlatte aus Papier hinüberging, die Lucie aufgehängt hatte, um seine Fortschritte zu dokumentieren, wurde ihm untypischerweise sein eigener Zustand nach einem Sechzehn-Kilometer-Lauf auf dem Laufband bewusst. Er blieb ein paar Schritte entfernt stehen und schaute auf sein schweißnasses T-Shirt hinunter, das jetzt pechschwarz aussah, statt wie vorher schiefergrau.

»Was machst du da?«, fragte sie, als er es auszog.

Er schenkte ihr ein schiefes Grinsen. »Ich versuche, auf dein Zartgefühl Rücksicht zu nehmen.«

Sie schnaubte und schlug sich sofort mit einer Hand auf den Mund. Es war offensichtlich, dass sie peinlich berührt war, aber er wusste nicht genau, warum. Doch ihre Reaktion gefiel ihm. Als er die letzten paar Schritte überwand, fügte Reid seiner To-do-Liste einen weiteren Punkt hinzu: Während er hier wohnte, musste er Lu häufiger zum Schnauben bringen. Er liebte Herausforderungen.

»Bleib mit den Füßen ungefähr einen Schritt von der Wand entfernt und laufe mit den Fingern die Abmessung hoch, bis du einen Druck spürst. Dann stütz dich nach vorn gegen die Wand, bis du ein Ziehen bemerkst.« Er tat wie geheißen, obwohl er lieber mit einigen leichten Gewichten begonnen hätte, um die Muskeln aufzuwärmen. Dieser Scheiß war etwas für Weicheier. »Gut. Bleib ungefähr zehn Sekunden so … und jetzt zurück in die Ausgangsposition.«

»Das ist doch lächerlich. Kann ich das Ergebnis nicht auch mit einem Fünf-Pfund-Gewicht in der Hand erzielen, das ich auf die gleiche Weise hebe?«

Sie stemmte die Hände fest in ihre schmalen Hüften und sagte: »Warum bin ich da bloß nicht selbst drauf gekommen? Ach ja, *jetzt* weiß ich. Weil das die Muskeln nicht dehnen würde. Das würde die Muskeln *arbeiten* lassen.«

»Na schön, wie du willst. Aber dann kombinieren wir unsere Trainingseinheiten wenigstens.«

»Wa…«

Ihre Frage wurde durch ihr eigenes Kreischen abgeschnitten, als er ihr den linken Arm um die Taille schlang und sie vor sich zog.

»Da. Jetzt habe ich einen Anreiz, mich gegen die Wand zu stützen.«

»Reid, wovon zum Teufel redest du da?«

Er konnte sich sein zufriedenes Grinsen nicht verkneifen, als er antwortete: »Küssen.«

Lucies Augen weiteten sich vor Überraschung und ihr Mund öffnete sich leicht. Er wartete geduldig, bis der Schock sich gelegt hatte. Und er die Abfuhr bekam, mit der er gerechnet hatte.

»Auf keinen Fall. Du hast wohl deinen verdammten Verstand verloren. Ich küsse dich nicht, Andrews.«

Als er eine Braue hochzog, als wollte er sagen: *Dafür ist es ja wohl etwas zu spät*, fügte sie verschnupft hinzu: »Ich küsse dich nicht *noch mal.*«

Er zog seine gesunde Schulter hoch und tat, als wäre ihm das völlig gleichgültig. »Du hast wahrscheinlich recht. Wahrscheinlich kennst du schon all die kleinen Tricks, wie du einen Mann mit einem simplen Kuss auf die Knie zwingst. Leidenschaft ist offensichtlich deine zweite Natur.« Dann holte er zum tödlichen Schlag aus. »Weshalb du *mich* ja auch nicht brauchst, damit ich dir beibringe, wie du Dr. Kinnlade überhaupt so weit kriegst, dich zu küssen.«

Er musste geradezu versessen darauf sein, gewaltigen Ärger zu bekommen, denn genau das erwartete ihn, sollte Jax jemals etwas über diese Sache herausfinden. Lucies Bruder hatte einen extrem ausgeprägten Beschützerinstinkt, und das aus gutem Grund. Es spielte keine Rolle, dass seine Schwester nur wenige Jahre jünger war. Sie schien so unschuldig und naiv. So vertrauensvoll.

Und genau deshalb musste er Abstand halten, dachte Reid. Doch aus irgendeinem Grund gelang ihm das einfach nicht. Lag es daran, dass Lucie das absolute Gegenteil der Frauen war, mit denen er normalerweise ausging? Nicht, dass er seit seiner Verletzung überhaupt »ausgegangen« wäre. Als er gedacht hatte, dass er nie wieder kämpfen würde, war er in das tiefste Loch aller Zeiten gefallen und hatte jedes zweideutige Angebot ausgeschlagen. Vielleicht kam seine Libido nun, da seine Chance auf den Titel erneut in Reichweite war, endlich wieder zum Vorschein. Zum Teufel, er wusste nicht mehr, was er denken sollte.

»Jetzt, wo du tatsächlich ein Date mit dem Burschen hast, musst du wissen, wie du das durchziehst, Luce. Du hast geflirtet wie ein Weltmeister und ihn geködert. Aber wenn du dann im entscheidenden Moment kneifst, verwirrst du ihn, und er zieht sich zurück.«

Sie nagte an ihrer Unterlippe, während die Rädchen in ihrem Kopf sich wild zu drehen schienen. Schließlich nickte sie, und er entspannte sich nach dem kurzen, beängstigenden Gedanken, dass er diese Erdbeerlippen nie wieder schmecken würde. »Okay. Zeig mir, was ich tun muss.«

»Erst mal musst du dich entspannen. Du bist so verkrampft, dass es fast schon wehtut. Dreh dich um.«

Er fasste sie an den Schultern und drehte sie, bis sie mit dem Rücken zu ihm stand. Dann begann er ihren Rücken und ihre Schultern zu massieren. Sofort ergab sie sich mit einem Seufzer seinen Händen. »Ich kann mich nicht daran erinnern, wann mich das letzte Mal jemand massiert hat. Das fühlt sich fantastisch an.«

»Eine Schande«, sagte er und studierte die Wölbung ihres Halses, als ihr Kopf nach vorn fiel. »Jeder sollte jemanden haben, der einem den täglichen Stress wegmassiert.«

»Hmmm«, stimmte sie zu. »Wer macht das bei dir?«

*Eine Reihe x-beliebiger Frauen, die schnell das Vorspiel beenden wollten*, schoss es ihm durch den Kopf. Aus irgendeinem Grund fand er diesen Gedanken plötzlich … gar nicht mehr so verlockend. »Wir haben Sportmediziner im Fitnessstudio, die uns massieren.«

»Hmmm.«

Er lächelte und genoss, dass er ihr mit seinen Händen diese Freude bereiten konnte. Vorsichtig drückte er die Daumen in die Mitte ihres Nackens, dann massierte er in winzigen Kreisen nach außen weiter. Sie holte langsam und tief Luft und stieß den Atem in einem kehligen Stöhnen wieder aus, während sie die Schultern entspannt nach unten fallen ließ.

»Gut.« Reid ließ seine Hände ein Stück nach unten gleiten, um die Knoten zwischen Lucies Schulterblättern zu bearbeiten. Bevor er sich bremsen konnte, beugte er sich mit dem Gesicht zu ihrem Kopf vor. Ihr Haar kitzelte seine Wange, und der blumige Duft, gepaart mit der Erwartung, sie wieder zu kosten, ließ ihm das Wasser im Mund zusammenlaufen.

Er drehte den Kopf kaum merklich, um ihr ins Ohr zu flüstern. »Halte dieses Gefühl von Entspannung und Sorglosigkeit fest. Schalte den Verstand aus, okay?«

Sie nickte, und er drehte sie, sodass sie wieder mit dem Rücken zur Wand stand. Mit der rechten Hand begann er ein Stück weit die Wand hinaufzugleiten, was ihn Lucie mit jedem Zentimeter, den er gewann, näher brachte. Soviel zum Thema Anreiz.

»Du konzentrierst dich gerade auf meine Augen …«

»M-hm …«

»Aber wenn du geküsst werden willst, wo sollte dein Ansatzpunkt dann liegen?«

Ihr Blick wanderte tiefer, bis er schließlich auf seinem Mund ruhte. Das helle Grau ihrer Augen verwandelte sich in geschmolzenes Silber. Reid hatte schon Wimpern gesehen, die dichter und länger waren. Aber andererseits war es lange her, dass er eine ungeschminkte Frau erblickt hatte, erst recht eine ohne falsche Wimpern. Lucies Wimpern gefielen ihm irgendwie. Sie waren dicht, formten dann aber nach außen hin dreieckige Spitzen, die nur ein bisschen nach oben gebogen waren. Genauso, wie er sich die Wimpern einer Elfe vorstellte.

Sie fuhr sich mit der Zungenspitze über die Lippen, sodass sie vor Feuchtigkeit glänzten. Nur wenige Zentimeter trennten sie noch. Seine rechte Hand war so hoch oben an der Wand, wie er sie kriegen konnte, ohne vor Schmerz aufzustöhnen. Jetzt musste er sich nur noch vorbeugen.

Während er ganz, ganz langsam den Abstand zwischen ihnen verringerte, hörte er, wie Lucies Atemzüge sich in ein Keuchen verwandelten. Sein eigenes Herz schlug plötzlich in doppeltem Tempo. Als ihre Lippen sich fast berührten und ihr Atem sich vermischte, hielt er inne und gab Lucie die Möglichkeit, die Führung zu übernehmen. Sich zu nehmen, was sie wollte.

Sie tat es nicht.

Am Ende der zehn Sekunden ließ er die Hand wieder die Wand hinuntergleiten, bis er wieder senkrecht stand, den Arm an der Seite.

Er musterte Lucie und versuchte herauszufinden, wie er sie dazu bringen konnte, zu agieren, statt zu denken. Wieder ließ er die Hand an dem Lineal hochwandern und kam ihr beim Sprechen immer näher. »Sag mir, was du willst.«

»Ich verstehe nicht.«

»Es gibt einen Grund, warum wir das hier machen. Du willst etwas. Denk nicht über die Antwort nach. Ich will, dass du die Antwort *fühlst.* Also«, fuhr er fort, sobald er so weit gegangen war, wie er konnte, und sich zu ihr vorbeugte, »sag mir, was du willst.« Sie leckte sich die Lippen. Schluckte hörbar, als sein Mund näher kam, aber gerade eben außer Reichweite blieb. »Jetzt sofort?«

»Jetzt sofort.«

»Ich will dich so sehr küssen, dass es mir Angst macht.«

Ihre Antwort schockierte ihn höllisch – er hatte erwartet, sie würde etwas in die Richtung sagen, dass sie ihren Doktor wollte –, aber er war zu egoistisch, um sich darum zu scheren.

»Dann tu was dagegen«, befahl er.

Lucie umfasste sein Gesicht und drückte ihren Mund auf seinen. Diesmal mischte sich der Geschmack ihrer salzigen Haut mit dem Erdbeergeschmack ihrer Lippen. Die köstliche Kombination machte ihn benommen, als hätte er gerade einen heftigen Schlag kassiert. Aber es war nichts im Vergleich zu dem zweiten Treffer, den Lucie ihm verpasste, als sie die Zunge über seine Oberlippe gleiten ließ.

Er spürte, wie seine Oberschenkel zitterten. Hoffentlich würde er nicht gleich zu Boden gehen. Denn vorher musste er unbedingt noch … Er stieß ihr die Zunge in den Mund. Der süße Geschmack war unglaublich.

Er hoffte inständig, dass die Boxershorts wenigstens seine wachsende Erektion einigermaßen verbargen, wenn er es schon nicht schaffte, das tiefe Stöhnen zu unterdrücken, das sich seiner Brust entrang.

Lucie löste sich von ihm und wechselte unmittelbar in den Therapeutenmodus. Wobei sie normalerweise nicht so außer Atem war, wenn sie seinen Zustand begutachtete. Es gefiel ihm, sie so zu sehen. Ja, es gefiel ihm sogar sehr. »Das ist keine gute Idee, Reid. Du musst dich auf die Dehnübungen konzentrieren, oder du kriegst noch mehr Schmerzen.«

Mit der linken Hand drehte er ihr Kinn zu sich, um ihre Aufmerksamkeit von seiner Verletzung abzulenken. »Ich habe im Moment keine Schmerzen in der Schulter, Lu. Andere Teile meiner Anatomie sind da wesentlich problematischer.«

Er wartete geduldig, dass ihr unschuldiger Verstand mit seinem nicht ganz so unschuldigen mitkam. Zwecklos. »Ich verstehe nicht, wo hast du Schmerzen?«

Er zog die linke Augenbraue hoch, der universelle Ausdruck für: »Ich habe schmutzige Gedanken.« Jetzt würde sie es kapieren, in drei … zwei … eins …

Ein leichtes Weiten ihrer hellgrauen Augen und ein plötzliches Interesse an der Decke über seinem Kopf sagten ihm, dass er richtig getippt hatte. Er hätte normalerweise über die charmante Röte ihrer Wangen gelacht, aber ihm war gerade gar nicht nach Lachen zumute. Sein Verstand war bereits auf einer Spur, die direkt zu einer Menge Schwierigkeiten führte. Schwierigkeiten, an denen er Spaß hatte.

»Ich weiß, dass ich nicht dein Typ bin, Reid. Du brauchst nichts zu erfinden, damit ich mich besser fühle. Ich bin schon groß.«

Fuck, war das ihr Ernst? Sie glaubte nicht, dass sie ihn antörnte? Also, *das* reichte, um ihn verdammt sauer zu machen. Er ließ von der dummen Dehnübung ab, packte mit beiden Händen ihren Hintern und zog sie an sich.

Heftig.

Diesmal war sie es, die aufstöhnte. In einem schwachen Versuch, so etwas wie Abstand zwischen ihnen aufrechtzuerhalten, stemmte sie die Hände gegen seine Brustmuskeln. Zum Glück betraf das nicht die Körperhälfte, mit der er ihr definitiv ganz nahe kommen wollte. Am liebsten ohne diese ganzen Kleider. Aber selbst die Kleider waren an diesem Punkt keine sichere Sache mehr. Wie um das zu beweisen, drückte er das Becken nach vorn und rieb seinen harten Schwanz an der empfindlichen Stelle zwischen ihren Beinen.

»Spürst du das, Luce? Willst du immer noch behaupten, dass ich nicht auf dich stehe? Glaub mir, es gibt auch andere Methoden, dir diese Dinge beizubringen. Weniger intime Methoden.« Methoden, die er verdammt noch mal benutzen sollte. Aber stattdessen ließ er jetzt seine Hand ihren Körper hinaufwandern und strich mit dem Daumen über ihre Brustwarze, was ihren noch vom Kuss geschwollenen Lippen ein lüsternes Stöhnen entlockte. Selbst durch den Stoff ihres Sport-BHs und das Tanktop hindurch konnte er sehen, wie ihre Nippel sich bei seiner Berührung zusammenzogen und verhärteten. Er keuchte. »Ich scheine einfach nicht in der Lage zu sein, mich da zurückzuhalten.«

»Warum nicht?«, fragte sie mit zitternder Stimme.

*Warum nicht?* Das war die Eine-Million-Dollar-Frage, oder? Warum *konnte* er keinen Abstand zu ihr halten? Wie kam es, dass sich jedes Mal, wenn er sich Lucie mit diesem Trottel von Arzt oder irgendeinem anderen Mann vorstellte, seine Eingeweide zusammenzogen, als hätte er gerade einen Tritt in den Magen abbekommen?

»Ich weiß es nicht«, antwortete er aufrichtig. »Ich weiß nur, dass ich es satthabe, gegen mich selbst zu kämpfen, wenn ich dir so nahe bin. Also sollte ich es vielleicht nicht tun. Vielleicht fällt uns mit sofortiger Wirkung ein neuer Plan ein.«

Im nächsten Moment wurde sein Mund ganz trocken, als Lucies Hände von seiner Brust abließen und hinter seinen Hals nach oben wanderten, sodass ihre Brüste sich an ihn schmiegten. Verdammt, war ihr bewusst, was sie da tat? Aber egal. Er konnte gar nicht genug davon bekommen, wie ihr weicher Körper sich an seinen harten schmiegte.

»Was schlägst du vor?«

Er neigte den Kopf, bis sie einander so nah waren, dass sie dieselbe Luft atmeten und ihre Nasen sich leicht berührten, während sie gegen den überwältigenden Drang ankämpften, ihre Münder verschmelzen zu lassen. »Vielleicht wäre die beste Methode, dich in der Kunst der Verführung einzuführen, wenn du spürst, wie es ist, verführt zu *werden.* Und dann kannst du es an jemandem ausprobieren, der nicht dein eigentliches Ziel ist. Damit du die Nervosität loswirst.«

»Wie ein Probelauf.«

»Genau. Am Ende hole ich mir meinen Titel zurück, wie ich es wollte, und du schnappst dir Dr. Dingsbums, genau wie du es wolltest. Keine Verpflichtungen, keine verletzten Gefühle. Aber in der Zwischenzeit lassen wir etwas Dampf ab und räumen, was immer hier zwischen uns steht, aus dem Weg.«

»Klingt vernünftig. Der Plan hat jedenfalls seine Vorzüge.« Ihre schlanken Finger glitten hinauf in sein Haar, als sie ihren Kopf zurücklegte und ihm ihren Hals darbot, damit er daran knabbern konnte. »Oh Gott.« Ihr Stoßseufzer war ein rauchiges Wispern, gerade laut genug, dass er es hörte, während er sich zu der Stelle direkt hinter ihrem Ohr nach oben bewegte. Sie schmeckte wie gesalzenes Karamell, eine Kombination, von der er einfach nicht genug bekommen konnte.

»Also, was sagst du, Luce?« Er knabberte an ihrem Ohrläppchen, dann besänftigte er es mit einem zarten Saugen.

»Ich sage …« Ihre Antwort wurde von einem Keuchen abgeschnitten, als er sie zurückschob und gegen die Wand presste.

»Was wolltest du sagen?«, drängte Reid sie, obwohl er verdammt gut wusste, dass er sie den Satz nicht beenden lassen würde. Es machte zu viel Spaß, sie zu unterbrechen.

»Ich wollte sagen, dass … *uh!«* Diesmal drängte er sich an der Stelle gegen sie, wo ihr sensibler kleiner Hügel geschwollen war und danach lechzte, berührt zu werden. »Verdammt, Reid. Ja, okay? Ich sage Ja zu dem neuen Plan!«

»Wurde auch verdammt noch mal Zeit, dass du das ausspuckst.« Und mit diesen Worten griff er an.

# 9

Es kam Lucie so vor, als habe sie ihre Seele gerade dem Teufel verkauft. Doch das war ihr völlig egal. Sie hatte sich in ihrem ganzen Leben noch nie so begehrt gefühlt. Reid steckte sie in Brand, und sie war nur zu bereit, in Flammen aufzugehen.

Die Luft um sie herum war von den verschiedensten Düften erfüllt. Alter und frischer Schweiß vermischten sich mit Nuancen ihres Jasmin-Shampoos und Reids Geruch, der sie an Meeresgischt und Sonnenschein erinnerte.

Er vergrub das Gesicht an ihrem Hals. Sie hatte keine Ahnung gehabt, dass man mit dem Hals so wunderbare Dinge anstellen konnte. Küssen, saugen, beißen, lecken. Eins war erotischer als das andere, und jede seiner Regungen schaltete ihren Verstand ein bisschen mehr aus.

Der Mann bewegte sich, als hätte er sein ganzes Leben lang *dafür* trainiert, statt für irgendwelche Kämpfe. Sie hatte jedenfalls mit ihrem Exmann nie etwas erlebt, das dem hier auch nur ähnelte. Reid verwöhnte sie eigentlich nur mit einfachen Bewegungen, aber sie konnte nur hilflos vor Verlangen die Arme um seine Schultern schlingen, die Finger in seinen starken Rücken krallen und sich festklammern, als hinge ihr Leben davon ab.

Mit einer Hand packte er ihren Oberschenkel und hob ihn über seine Hüfte, während er wieder einen seiner magischen Beckenstöße vollführte. Die neue Position öffnete sie, erlaubte Reids harter Erektion, eine köstliche Reibung in ihrer Mitte zu verursachen. Plötzlich wünschte sich Lucie, ihre Kleidung würde sich in Luft auflösen. Es gab viel zu viele Barrieren zwischen ihnen.

»Ich will in dich hinein, verdammt«, hauchte er an ihrem Kinn. »Ich weiß nicht, wann ich das letzte Mal so hart war.«

»Aber das ist doch gut, oder?«

Er zog sich gerade weit genug zurück, dass er sie bei seiner Antwort ansehen konnte. Gleichzeitig gab ihm das Raum, um mit seiner freien Hand eine Brustwarze zu umspielen, daran zu zupfen und sie zu reizen, was Lucie ein *oh Gott* entlockte und einige weitere Stöhnlaute. »Das ist gut *und* schlecht. Gut, weil es bedeutet, dass ich extrem angeturnt bin von dir. Schlecht, weil ich mich höllisch blamiere, wenn ich nicht länger als ein paar Minuten durchhalte.«

»Wirklich?« Lucie versuchte, sich an einen Geschlechtsakt zu erinnern, der jemals länger als ein paar Minuten gedauert hatte, aber da kam nichts. Sie hatte irgendwie angenommen, dass das normal war, aber das würde sie *ihm* natürlich nicht erzählen. In dem Bemühen, nonchalant zu wirken, fragte sie: »Also, was würdest du sagen, wie lange du dich im Durchschnitt hältst?«

Reid lachte, als er sie hochhob und mit seinem Gewicht gegen die Wand drückte, ihre Beine um seine Taille geschlungen. Sie war jetzt fast auf Augenhöhe mit ihm, was es unmöglich machte, nicht von dem amüsierten Blick aus seinen haselnussbraunen Augen gebannt zu sein. »Ich denke, das ist so, als würde man eine Frau nach ihrem Gewicht fragen. Aber es spielt keine Rolle, denn ich gehe davon aus, dass wir mit ein wenig Übung meinen Durchschnitt weit hinter uns lassen werden.«

Das sagte ihr nicht wirklich etwas, aber es klang vielversprechend. Lange darüber nachdenken konnte sie allerdings nicht, denn jetzt eroberte er ihren Mund mit einem heißen Kuss. Seine Zunge tauchte zwischen ihre Lippen und massierte ihre Zunge. Er schmeckte leicht nach Pfefferminzschokolade, wahrscheinlich von seiner Zahnpasta und den Protein-Shakes. Er weckte in ihr den Wunsch, an ihm zu lutschen, bis er in ihrem Mund schmolz.

Während seine Hüften sie an die Wand pressten, konnten seine Hände frei umherstreifen. Als er seinen heißen Kuss fortsetzte, folgte er mit den Fingern einer Hand der Spalte ihres Hinterns und strich weiter hinunter bis zu ihren geschwollenen Lippen. Die andere Hand arbeitete sich unter ihr Shirt und schob ihren BH hoch, um sich Zugang zu ihren Brüsten zu verschaffen.

Ihr Verstand war wie in Watte gepackt, nicht in der Lage, auch nur den einfachsten Gedanken zu fassen. Ihr einziger Daseinszweck war in diesem Moment, sich auf jede seiner Berührungen zu konzentrieren und auf den Moment zu warten, wenn er endlich in sie eintauchen würde. Bei der Vorstellung zogen sich die Muskeln in ihrem Unterleib zusammen, aber da gab es nichts, woran sie sich festhalten konnten. Sie war leer, quälend leer, und das ließ sie vor Verlangen wimmern und frustriert seine Taille umklammern.

»Ich weiß, Baby. Ich weiß, was du brauchst. Was hältst du davon, wenn wir in deinem Schlafzimmer weitermachen, damit ich dich richtig befriedigen kann?«

Das sollte eigentlich eine Frage sein. Sie war zwar auch als solche formuliert, aber eine Antwort war völlig überflüssig. Keine Frau, die noch recht bei Sinnen war, hätte Nein gesagt. Doch gerade als er sie an sich drückte und sich umdrehte, um sie aus dem Raum zu tragen, hörten sie die Wohnungstür zuschlagen. Reid erstarrte mitten in der Bewegung.

»Lucie? Wo steckst du, Mädchen?«

Ihre Augen weiteten sich, und sie murmelte hinter vorgehaltener Hand: »Makkaroni-Matinee!«

Reid formte mit den Lippen das Wort *Was?*, aber es blieb keine Zeit, etwas zu erklären. Die Wohnung war nicht so groß, und es würde nicht lange dauern, bevor Vanessa sie in einer sehr kompromittierenden Position vorfand. Lucie verlagerte ihr Gewicht nach unten und zwang Reid, sie herunterzulassen. Leider schienen ihre Beine plötzlich aus Gummi zu sein, und sie musste sich auf der Hantelbank hinter sich abstützen.

Während sie hastig versuchte, ihren BH und ihr Tanktop zu richten, rief sie ihrer besten Freundin zu: »Ich bin im Fitnessraum, Nessie! Kannst du mir eine Flasche Wasser aus dem Kühlschrank mitbringen?« Das sollte ihnen ein paar Sekunden zusätzlich verschaffen. Sobald sie sich sicher war, dass sie wieder einigermaßen anständig aussah, stieß Lucie einen Seufzer der Erleichterung aus.

Dann sah sie Reid an und bekam eine kleine Panikattacke.

Trug er überhaupt Unterwäsche? Seine Shorts waren so ausgebeult wie ein Zirkuszelt. Sie schnappte ein Hemd, das zu ihren Füßen lag, warf es ihm zu und flüsterte: »Schnell! Zieh das an.«

Als er sie nur fragend anblickte, sah sie demonstrativ auf seinen Schritt. Nachdem er endlich begriffen hatte, dass er den Boden zwischen seinen Füßen momentan eher nicht sehen konnte, zog er sich eilig das Shirt über den Kopf. Gerade noch rechtzeitig bevor Nessie um die Ecke kam.

»Ich weiß, ich bin ein wenig früh dran, aber … *Oha.*« Vanessa blieb an der Tür stehen, eine Flasche Wasser in einer Hand und eine Diätlimonade in der anderen, aus dem Vorrat, den Lucie extra für ihre süchtige Freundin bereithielt. »Wer ist denn dein Gast?« Bevor Lucie die Chance hatte, die beiden miteinander bekannt zu machen, trat Nessie vor, überreichte Lucie die Wasserflasche und streckte die Hand aus. »Hallo, ich bin Vanessa MacGregor. Und wer sind Sie?«

Reid reagierte mit einem Händedruck und seinem umwerfenden Lächeln. »Reid Andrews.«

»Freut mich sehr, Sie kennenzulernen, Reid. Sie müssen mir verzeihen, dass ich so überrascht bin, aber mir war nicht klar, dass Lucie Besuch hat.«

Lucie öffnete die Wasserflasche und trank sie fast in einem einzigen Zug leer. Sie liebte Vanessa und war noch nie im Leben eifersüchtig auf die Aufmerksamkeit gewesen, die ihre Freundin ständig auf sich zog. Bis heute. Zweifellos war Reid gedanklich gerade dabei, Vanessa die Kleider vom Leib zu reißen. Kein Wunder. Nessie war atemberaubend schön, von den rotblonden Löckchen bis hin zu ihrer Modelfigur mit den endlos langen Beinen. Lucie hielt sich keineswegs für hässlich, aber sie war erwachsen genug, sich ihrer »wenig bemerkenswerter« Züge bewusst zu sein. Alles an ihr war einfach irgendwie … na ja, alltäglich.

Sie hatte bei *Fritz's* genügend Männer gesehen, die an Vanessas Lippen hingen und bei jedem Hüftschwung praktisch zu sabbern begannen. Es war ein Running Gag wenn sie gemeinsam ausgingen, und Vanessa reagierte nie darauf. Lucie war sich nicht sicher, ob ihre Freundin einfach ahnungslos war oder bescheiden. Sie bezweifelte, dass es Ersteres war, da Vanessa im Ruf stand, eine der klügsten Anwältinnen der Gegend zu sein. Außerdem musste ein Mann, bevor Vanessa ihn auch nur als potenzielles Dating-Material in Erwägung zog, eine ganze Reihe von Tests bestehen. Und diese Tests hatten es wahrhaft in sich. Ehrlich gesagt bezweifelte Lucie, dass es irgendeinen Mann auf Erden gab, der sie alle erfüllen konnte.

»Er ist mein Patient, Ness.«

»Ah«, sagte Vanessa augenzwinkernd, »und du nimmst die Arbeit mit nach Hause. Sehr verständlich unter diesen Umständen, würde ich mal behaupten. «

Reid lachte leise und geschmeichelt, während er die Arme vor der Brust verschränkte. Prompt spannte die Baumwolle sich über seinen Schultern und den Armmuskeln an. »Tatsächlich kenne ich Lucie schon fast mein ganzes Leben lang. Ich bin der beste Freund ihres Bruders.«

»Oh, Sie stammen aus Sun Valley! Das ist großartig; ich habe noch nie jemand aus der Zeit kennengelernt, bevor Lucie und ich uns an der Uni trafen. Ich hoffe, Sie haben ein paar peinliche Geschichten auf Lager, die ich gegen sie verwenden kann. Das Mädchen besitzt eine ganze Mappe mit Informationen, mit denen sie mich erpressen könnte, und ich habe absolut nichts gegen sie in der Hand. Das ist echt unfair.«

»Tut mir leid, Ness, aber ich habe dir schon mal erklärt, dass ich keine Leichen im Keller habe. Ich war vor dem College genauso langweilig wie jetzt.«

»Und ich habe *dir* schon mal erklärt, dass du nicht langweilig bist. Du bist zurückhaltend und nicht so überdreht wie ich. Deshalb passen wir auch so gut zusammen. Wir gleichen einander aus.« Vanessa öffnete ihre Limo und hielt Lucie die Dose zum Anstoßen hin. Dann tranken sie beide einen Schluck.

Vanessa setzte sich neben Lucie auf die Hantelbank. »Also, seid ihr mit euren Übungen fertig? Du musst dich beeilen und dich fertig machen, wenn wir es zu unserer Makkaroni-Matinee schaffen wollen.«

»Oh, ähm …« Mist, ihre Kehle war ganz trocken. Warum entzog Nervosität eigentlich dem Körper Wasser? Es war eine so lächerliche Reaktion. Schnell trank Lucie noch einen Schluck, um etwas Zeit zu gewinnen.

»Was ist eine Makkaroni-Matinee? Klingt wie das Mittagsmenü in einem Seniorenzentrum.«

Vanessa lachte laut auf, während Lucie beinahe das Wasser ausspuckte und dann eine Sekunde prustete, bevor sie gefahrlos schlucken konnte. Glücklicherweise übernahm Vanessa das Antworten, sodass sie in Ruhe zu Ende husten konnte. »Es ist unser monatliches Mädchen-Treffen. An jedem ersten Samstag des Monats sehen wir uns einen Film an und essen dann im *Makkaroni-Grill* zu Mittag. Genauer gesagt verschlingen wir herzinfarktverdächtig große Portionen an Kohlehydraten.«

»Ness, ich kann heute nicht mitkommen.«

»Was?« Irgendwie schaffte Vanessa es, dass ihre zauberhaften grünen Augen doppelt so groß wurden. Wann immer Lucies Freundin etwas wollte, schaute sie wie der gestiefelte Kater aus *Shrek*, wenn er sein um Mitleid heischendes Kätzchengesicht machte. »Ich hatte eine wirklich beschissene Woche bei Gericht, und ich brauche dringend Zeit mit meiner besten Freundin, um grässliche, voreingenommene Bemerkungen über andere Frauen zu machen und Männerärsche in engen Jeans zu betrachten.«

»Ich kann Reid nicht einfach alleine lassen …« Lucie warf ihm einen Blick zu, der sagte: *Verzeih mir für das, was ich gleich vorschlagen werde, aber ich weiß nicht, was ich sonst tun soll.* »Es sei denn, du willst mitkommen?«

Er lachte und hob ergeben die Hände. »Ist schon okay, Lu. So gern ich Männerärsche mit euch betrachten würde, muss ich doch passen. Bedauerlicherweise kann ich es mir im Moment nicht leisten, mich mit Kohlehydraten vollzustopfen. Apropos Kohlehydrate, ich wollte noch Lebensmittel einkaufen. Soll ich dir was Spezielles mitbringen?«

»Nein, was du letzte Woche eingekauft hast, war super. Es wird schwer sein, mich wieder an meine jämmerlichen Mikrowellen-Abendessen zu gewöhnen, wenn du weg bist. Wer hätte gedacht, dass gesundes Essen so gut schmecken kann?«

»Mann! Ich brauche eine Verhandlungspause.«

»Wir sind hier nicht im Gerichtssaal, Nessie.«

»Er *wohnt* hier?«

Lucie sprach schnell, um Schadensbegrenzung bemüht. »Nur für zwei Monate, bis er sich von seinem Rotatorenmanschettenriss erholt hat. Ich habe Urlaub genommen, um mit Reid an einem intensiven Reha- und Trainingsprogramm zu arbeiten.«

»Wow, Luce, das ist wirklich allerhand. Ich bin sprachlos.«

*Nein, bist du nicht, aber du hältst den Mund – wenn auch nur vorübergehend –, und ich liebe dich dafür.* »Na gut, dann sollte ich jetzt wohl besser duschen gehen.«

»Ja, leg einen Zahn zu. Du weißt, wie ich es hasse, wenn uns im Kino nur noch schlechte Plätze bleiben.« Vanessa stand auf, machte einige Schritte zur Tür und fügte noch hinzu: »Ich warte im Wohnzimmer und schau mir solange die neueste Ausgabe von deinem stinklangweiligen Gesundheitsmagazin durch. Wer weiß, vielleicht finde ich ja einen Artikel über den männlichen *Gluteus maximus*, inklusive Bildern.«

Sobald sie hörten, dass Vanessa sich aufs Sofa fallen ließ und ihre Limo auf den Tisch stellte, sahen sie einander an und lachten leise vor Erleichterung.

»Die ist ja 'ne Nummer.«

Lucie stand auf, dankbar dafür, dass ihre Beine wieder funktionierten. »Du hast ja *keine* Ahnung.«

»Sie hat einen starken Beschützerinstinkt, was dich betrifft. Es gefällt ihr nicht, dass du dich selbst als langweilig bezeichnest.« Er machte einen Schritt auf sie zu und alles Verspielte war verschwunden. »Mir gefällt es übrigens auch nicht.«

»Aber es stimmt. Ich habe noch nie etwas Verrücktes getan oder, Gott behüte, etwas Illegales.« Sie zuckte die Schultern und zupfte sich einen imaginären Fussel von ihrer neuen Hose. »Ich halte mich an die Regeln.«

Er kam noch einen Schritt näher. Jetzt war er so nah bei ihr, dass sie seinen Atem auf ihrer Haut spüren konnte. Lucie schaute zur Tür. Und wenn Vanessa beschloss, wieder hereinzukommen? Seine Hand an ihrem Kinn lenkte ihren Blick wieder auf ihn. »Ich halte mich nur dann an die Regeln, wenn ich im Käfig bin«, sagte er leise.

»Mit dieser Mentalität kannst du dir eine Menge Ärger einhandeln.«

»Ich mag eben Ärger.« Sein schiefes Grinsen war irgendwie … verrucht. Und ziemlich sexy. Eine merkwürdige Beschreibung für ein Grinsen, aber so war es nun mal. »Los, zieh dich um und genieß den Film mit deiner Freundin. Ich mach meine Dehnübungen und die anderen Übungen zu Ende, wenn ich vom Einkaufen zurück bin. Und später …« Er senkte den Blick auf ihren Mund und zeichnete mit einem Daumen ihre Unterlippe nach, »… machen wir die andere Sache zu Ende, die wir angefangen haben.«

»Das willst du immer noch?« Lucie zuckte zusammen. Warum hatte sie das jetzt gesagt? Manchmal war sie einfach nicht in der Lage, ihre Gedanken für sich zu behalten und trat in jedes Fettnäpfchen, das sich ihr bot.

Er kniff die Augen leicht zusammen. »Du etwa nicht?«

*Mist.* Fragte er, weil er hoffte, dass sie es immer noch wollte, oder weil er hoffte, dass sie es nicht wollte und ihm damit die Chance gab, einen eleganten Rückzieher zu machen? Und warum musste sie solche Dinge immer zu Tode analysieren? *Weil du dich mit diesem Typen total übernommen hast, Mädel.*

»Ja?« Er hatte eine Augenbraue hochgezogen und forderte sie heraus, das verdammte Fragezeichen von ihrer Antwort zu nehmen. »Ja. Ich meine, doch.« Sie seufzte verzweifelt und wünschte sich zum tausendsten Mal, sie hätte Vanessas Anmut und Gelassenheit. »Ich dachte nur, dass du vorhin vielleicht von der Hitze des Gefechts etwas mitgerissen wurdest. Und jetzt, nachdem du mehr Zeit zum Nachdenken hattest, bist du vielleicht zu dem Entschluss gekommen, dass du dich doch nicht darauf einlassen willst.«

Als er seine Stirn runzelte, fügte sie schnell hinzu »Nicht *richtig* einzulassen. Ich meine, ich weiß, es ist nur vorübergehend und ausschließlich zu Übungszwecken.«

Reid bewegte sich so schnell, dass sie seine Absicht erst erkannte, als sie bereits unter der Hitze seines Mundes verglühte, und seine Zunge fordernd und zugleich zärtlich in ihren Mund eindrang. Er drückte sie an sich, die eine Hand in ihrem Rücken, die andere Hand – heilige Mutter *Gottes,* seine andere Hand – steckte plötzlich zwischen ihren Schenkeln, seine Finger drängten in ihre Spalte und sein Daumen bearbeitete ihre Klitoris. Das Material ihrer Hose erhöhte nur die Reibung, und das Gefühl, etwas Verwerfliches zu tun, war äußerst erregend.

Das Manöver war riskant, aber Reid zögerte nicht, es durchzuziehen, so wie er es auch in seinen Kämpfen tat. Für diese Entschlossenheit hatte sie ihn schon immer bewundert.

Das Zittern tief in ihrem Unterleib wurde stärker und stärker und breitete sich tsunamiartig in ihrem ganzen Körper aus. Haltsuchend vergrub sie die Finger in seinen Oberarmen. Gleich war es so weit. Gleich kam die ganz große Welle. Doch im selben Moment hörte er auf, sie zu küssen, was ihr ein protestierendes Wimmern entrang. Er zog seine Finger zurück, und unwillkürlich versuchte ihr Becken, ihnen zu folgen und um mehr zu betteln.

»Hat das deine Sorgen, ich könnte es mir anders überlegt haben, zerstreut?« Sie nickte. »Gut. Dann setzen wir das hier später fort.«

Ihre Finger krallten sich an ihm fest, als er sich von ihr löste. »Bitte, Reid. Ich bin ganz nah dran«, wisperte sie. Der letzte Orgasmus war so lange her, dass sie sich kaum noch dran erinnern konnte. Früher hatte sie sich selbst darum gekümmert, aber in letzter Zeit war sie nach der Arbeit einfach nur erschöpft ins Bett gefallen und hatte keine Energie mehr für solche Anstrengungen übrig gehabt. Inzwischen war sie wahrscheinlich, was man gemeinhin als ›asexuell‹ bezeichnete. Und das im reifen Alter von neunundzwanzigeinviertel.

»Ich weiß, aber du wirst dich ein wenig gedulden müssen. Und das hat nichts mit Vanessa im Nebenzimmer zu tun. Denn glaub mir, wenn ich wollte, würde ich dich hier an dieser Wand nehmen und mich einen Teufel darum scheren, ob sie Popcorn essend zuschaut, als sei das einer eurer Kinoabende.«

»Warum dann?« Oh Gott, *jaulte* sie tatsächlich?

Er hielt ihr Gesicht mit einer Hand, und unter seinem intensiven Blick war an Abkühlung nicht zu denken. »Weil ich nicht will, dass du dich zurückhältst, wenn ich dich zum ersten Mal kommen lasse. Ich will jedes Stocken in deinem Atem hören.« Er drückte ihr einen Kuss auf die Schläfe. »Jedes Stöhnen.« Ein weiterer Kuss auf ihre Wange. »Und ich bin nicht eher zufrieden, bis du meinen Namen laut herausschreist.«

Fast hätte sie frustriert aufgestöhnt. Doch der Kuss, den er ihr gab, verschluckte jeden Laut. Nach mehreren rauschhaften Sekunden zog er sich zurück und schenkte ihr ein teuflisches Lächeln. »Wenn es dich beruhigt: Aus der Sache kannst du auch was lernen.«

»Ich bin mir ziemlich sicher, dass ich diese Lektion hasse«, sagte sie mit rauer Stimme, während sie noch nach Luft schnappte.

»Lektion Nummer drei: Lass sie immer ein wenig zappeln.« Er grinste – er hatte tatsächlich die Dreistigkeit, das komisch zu finden – und knabberte an ihrer Lippe, um dann gleich wieder sanft mit seiner Zungenspitze drüberzufahren. »Viel Spaß heute.«

Ungläubig sah Lucie zu, wie Reid aus dem Raum verschwand, dann hörte sie, wie er Vanessa auf Wiedersehen sagte, bevor er ins Bad ging, um zu duschen. Echt. Und *wie* sie diese Lektion hasste.

# 10

»Zweimal das Übliche, Fritz!«, rief Vanessa dem grauhaarigen Mann am anderen Ende der Bar zu.

»Mach dir mal nicht ins Höschen, Rotschopf, ich bin gleich bei euch!«

»Dazu müsste ich erst mal ein Höschen anhaben.«

»Immer noch besser als diese Zahnseide am Hintern, die manche Weiber heutzutage tragen.«

»Woher willst *du* denn wissen, was Frauen heutzutage tragen? Das letzte Mal, dass du in Aktion getreten bist, war wahrscheinlich im Zweiten Weltkrieg.«

»Ha! Ich habe Dinge erlebt, da würden dir deine hübschen Locken zu Berge stehen. Merk dir das, Fräulein.«

Lucie lachte über das typische Geplänkel zwischen Vanessa und dem Besitzer der Bar, in die sie seit ihrer Collegezeit gingen. Fritz war für sie eher eine Art liebenswerter Onkel, auch wenn zu ihrem Umgang immer ein paar gespielte Flirts und schmutzige Witze gehörten. Er war der Inbegriff eines alten Lustmolchs, und sie hatten ihn herzlich gern.

Nachdem Fritz ihnen Bier vom Fass serviert hatte, küsste er die Finger seiner beiden Hände und legte je eine auf die Wangen der beiden Mädchen. »Da. Jetzt haltet die Klappe und haut rein heute Abend.«

»Machen wir, Fritzchen«, gelobte Vanessa, bevor sie ans andere Ende der Bar zu den Dartscheiben gingen. Sie suchten sich ihre gewohnten Plätze und stießen die Gläser mit einem enthusiastischen »Prost« aneinander, bevor sie den ersten kühlen Schluck nahmen. Nessie schlug dreimal mit der Hand auf die Theke, was ihre Art war, sich Gehör zu verschaffen. »Raus damit.«

Lucie zog die Augenbrauen bis unter ihren Pony hoch und schaute auf ihr Bier. »Ich würde es lieber trinken, als es auszukippen.« Sie mochte ein Leichtgewicht sein, wenn es um Wein ging, aber sie konnte durch die jahrelange Übung mit Vanessa seit ihren Collegetagen eine ganze Menge Bier vertragen.

»Komm schon. Du weißt genau, was ich meine. Ich will, dass du mir sagst, was mit dir und diesem heißen Typ los ist, der in deiner Wohnung haust. Ich hab während des ganzen Mittagessens geduldig darauf gewartet, dass du die Rede auf ihn bringst, aber du warst grässlich wortkarg, was deinen neuen Hausgast betrifft. Also bereite dich auf ein Verhör vor.«

Zum zweiten Mal an diesem Tag verschluckte sich Lucie an ihrem Drink. *Oh, verflixt. Du solltest besser lernen, dich zu beherrschen, sonst brauchst du am Ende noch Erste Hilfe.* »Es besteht keine Notwendigkeit für ein Kreuzverhör oder so was, Nessie. Nichts ist los mit ihm. Er ist Jacksons bester Freund, und ich helfe ihm ein wenig, das ist alles.«

»Ist er mit jemandem zusammen?«

»Nein.« *Moment mal. Das wusste sie ja gar nicht mit Sicherheit, oder?* Reid hatte nicht erwähnt, dass er mit jemandem zusammen war, aber sie hatte auch nicht wirklich danach gefragt. Es hatte keinen Grund dafür gegeben. Sie waren einfach nur Freunde, die einander halfen. Aber die Definition von »Hilfe« hatte sich im Laufe einer Woche drastisch verschoben. »Zumindest glaube ich es nicht. Aber er ist ohnehin nicht dein Typ.«

»Ich hatte auch nicht vor, mich an ihn ranzumachen, aber nur so aus Neugier, warum nicht?«

»Regel Nummer drei.«

»Wirklich? Was macht er denn beruflich?«

»Er ist ein Fighter, wie Jackson.«

Vanessa rümpfte die Nase wie jemand, dem man gerade stinkende Socken vors Gesicht gehalten hatte. »Oh, einer von *diesen* Burschen. Gott, wie barbarisch, ganz zu schweigen davon, dass es vollkommen verantwortungslos im Hinblick auf seine Zukunft ist. Nein danke.«

Lucie machte sich nicht die Mühe, Reids Berufswahl oder die ihres Bruders zu verteidigen. Das wäre zwecklos. Vanessa lebte nach einem sehr strengen Regelwerk und weigerte sich, komme was wolle, davon abzuweichen. Sie hatte eines Nachts in ihrem ersten Collegejahr, als sie betrunken die Fernsehsendung *Navy CIS* geschaut hatten, eine Idee gehabt. Die Hauptfigur der Sendung lebte nach dreißig Regeln, und Vanessa hatte in ihrer trunkenen Weisheit beschlossen, dass sie die gleiche Strategie benötige, um nicht in einer zerrütteten Ehe zu landen, wie ihre Eltern. Regel Nummer drei besagte: Geh niemals mit einem Mann aus, der nicht erfolgreich ist und einen krisenfesten Job hat. Sportler, die ein hohes Verletzungspotenzial besaßen und immer in der Gefahr standen, dass ihre Karriere plötzlich endete, gingen demzufolge nicht als potenzielles Dating-Material durch.

»Aber warum gehst *du* nicht mit ihm aus? Ich meine, der Typ ist das reinste Männermuskelfleischpaket.«

»Iii!« Beide Mädchen bekamen einen Lachanfall. Der Alkohol tat nach ihrer langen Arbeitswoche bereits seine Wirkung. Kichernd stieß Lucie hervor: »Was zum Teufel ist ein Männermuskelfleischpaket? Bleib bei deinem juristischen Jargon, denn schmeichelhafte Beschreibungen sind offenbar nicht so dein Fall.«

»Weich der Frage nicht aus. Willst du ihn daten?«

»Nein.«

»Warum nicht?«

»Es ist einfach nicht so.«

»Aber das könnte es sein.«

»Lass das Thema einfach fallen, okay, Ness?«

Die dunkeln Wimpern ihrer Freundin verhedderten sich fast, so angestrengt suchte sie in Lucies Gesicht nach Hinweisen. *Scheiße, Scheiße, Scheiße.* »Was verheimlichst du mir, Lucinda Maris?«

Vanessa weigerte sich beharrlich, Lucie bei ihrem offiziellen Nachnamen zu nennen. Sie wollte, dass ihre Freundin jede Verbindung zu diesem Bastard von Exmann abbrach. Aber Lucie behielt den Namen als Mahnung, besser auf ihr Herz aufzupassen. Beziehungen, die sich auf Leidenschaft und eine nur kurze Phase des Umwerbens gründeten, waren zum Scheitern verurteilt. Was sie brauchte, war das genaue Gegenteil: ein Fundament gemeinsamer Interessen und Ziele, gewürzt mit etwas Anziehungskraft und ein mindestens zweijähriges Zusammensein, dem dann noch eine lange Verlobungszeit folgte.

Sie trank die Hälfte ihres Bieres mit mehreren großen Schlucken, dann stellte sie das Glas mit einem resignierten Seufzer auf die Theke. Sobald Vanessa Verdacht schöpfte, dass man ihr nicht die Wahrheit, die ganze Wahrheit und nichts als die Wahrheit sagte, wurde sie zum Pitbull. »Reid muss vollständig gesund werden und sich für seine große Revanche in zwei Monaten vorbereiten.«

»Und?«

»Und ich habe zugestimmt, meinen ganzen Urlaub zu nehmen, um ihn rund um die Uhr zu betreuen, damit sichergestellt ist, dass er kämpfen kann – wenn er auch etwas für mich tut.«

»Und dieses Etwas wäääääääre …«

Lucie sah sich um, biss sich auf die Lippe und beugte sich schließlich vor, um sicherzugehen, dass ihre Freundin die Einzige war, die sie hören konnte. »Dass er mir beibringt, wie ich Stephen verführen kann.«

*»Was!?«*

»Psst! Nicht so laut, du Knalltüte.«

*»Ich* bin die Knalltüte? Luce, wann wirst du begreifen, dass dieser dumme Doktor dich *nicht* verdient? Hast du dir deshalb neue Klamotten gekauft? Ich meine, du siehst fabelhaft aus, aber wenn dieser Idiot dich nicht vor den neuen Kleidern und diesem *Unterricht* wahrgenommen hat, dann ist das verdammt noch mal sein Pech.«

»Ja, ich weiß, du hast schon ein paarmal so etwas in der Art gesagt«, erwiderte Lucie trocken. Tatsächlich hatte Vanessa Lucies Schwärmerei missbilligt, seit Stephen ihr ein Jahr nach dem ersten Treffen immer noch keine Avancen gemacht hatte. »Hör mal, können wir das Thema wechseln? Es verdirbt mir die Stimmung.«

»Mir auch. Okay, es ist für heute Abend vom Tisch. Kyle und Eric sind gerade reingekommen, also hol ich uns noch ein Bier, bevor wir anfangen. Halt mir den Platz frei.«

Lucie legte die Beine auf Vanessas leeren Hocker und winkte dem Rest ihres Teams zu. Wenigstens würde die Anwesenheit der beiden sie von der ganzen Reid-Stephen-Geschichte ablenken. Seit Stephen am letzten Freitagmorgen in ihr Büro gekommen war, prompt gefolgt von Reids Überraschungsangriff und seinem noch überraschenderen Angebot, fühlte sie sich wie auf einer Achterbahn.

Die heftige Knutscherei hatte sie nur gelehrt, wie es sich anfühlte, heiß gemacht und dann im Regen stehen gelassen zu werden. Und sie hatte ihr Mittagessen und ihren Kinofilm mit Vanessa nicht einmal genießen können, weil sie schon ahnte, dass ein Verhör auf sie zukam. Doch das lag jetzt hinter ihr, und sie war fest entschlossen, die nächsten zwei Stunden Spaß zu haben. Davor hatte sie Reid eine SMS geschickt und sich dafür entschuldigt, dass sie den Dartabend vergessen hatte, und ihm gesagt, dass er nicht auf sie warten solle. Sie wusste, dass er wegen des strengen Trainingsplans, an den er sich hielt, ziemlich früh zu Bett ging.

Als die Erkenntnis sie traf, dass sie Reid nicht vor morgen früh sehen würde, kippte Lucie den Rest ihres Biers hinunter und entspannte sich auf ihrem Hocker. Genau. Kein Grund zur Sorge. Nichts, weswegen sie ängstlich sein musste. Nur ein paar unbeschwerte Dartspiele und Drinks mit ihren Freunden. Sie hatte es bitter nötig.

Reid betrat die alte Kneipe, die Vanessa ihm vorhin beschrieben hatte. Er hatte eigentlich nicht vorgehabt wirklich hinzugehen, aber als Lucie ihm per SMS mitteilte, dass er nicht auf sie warten solle, war ihm klar, dass sie ihm und ihrem gemeinsamen Programm für heute Abend aus dem Weg ging. Es hätte ihm nichts ausmachen sollen. Aber das tat es. Und er hatte keinen Schimmer, warum.

Er wusste nur, dass er nachmittags beim Einkaufen versucht hatte, sich noch mehr Mahlzeiten auszudenken, die Lucie vielleicht mögen würde. Und dieser Gedankengang hatte unausweichlich zu der Vorstellung geführt, wie er ihr beibrachte, besagte Mahlzeiten zuzubereiten – inklusive der Vision, wie sie Dinge von seinem Finger kostete … und dann von seiner Zunge. Und *das* hatte dazu geführt, dass er bald aussah, als schmuggele er eine Gurke in seinen Shorts mit, während er durch die Gemüseabteilung schlenderte.

Nun stand er an der Tür und suchte den Raum nach Vanessa ab, weil er davon ausging, dass sie bei ihrer Größe und diesem wilden roten Haar am einfachsten zu entdecken war. Zwei Sekunden später kam seine Suche zu einem abrupten Ende. Verdammt, wie hatte er sich geirrt.

Sie stand in einer Gruppe, die offensichtlich den Dartverein bildete, dem sie angehörte. Er erkannte Vanessa und Eric, aber selbst die verschwammen irgendwie, als sein Blick auf Lucie fiel. Sie trug eine phänomenale dunkle Dreivierteljeans, die ihren knackigen Hintern betonte und tief auf den Hüften saß, zusammen mit einem orangefarbenen engen T-Shirt mit dem klassischen *Crush*-Soda-Logo vorne drauf. Ihm hatte beim Anprobieren im Laden gefallen, wie sich dieses Logo um ihre Brüste wölbte. Jetzt hätte er sich selbst dafür treten können, dass er sie damit ausstaffiert hatte. Denn jedem anderen Mann in der Bar gefiel dieses T-Shirt wahrscheinlich aus dem gleichen verdammten Grund.

Sie sah ganz anders aus als in der letzten Woche. Nicht nur äußerlich, auch ihre Stimmung war eine ganz andere. Sie strahlte geradezu von innen heraus. Er trat zurück und war ganz zufrieden damit, sie eine Zeit lang in ihrem Element zu beobachten. Ihr Lächeln war so breit, dass er zum ersten Mal ein kleines Grübchen in ihrer rechten Wange bemerkte. Ihr kastanienbraunes Haar hatte sie zu einem Knoten hochgebunden, der von einem Cocktailstäbchen zusammengehalten wurde. Sie feuerte gerade Vanessa an, die Pfeile auf eine der drei Dartscheiben warf. Als Vanessas letzter Dart die Scheibe traf, fingen alle vier an zu jubeln. Der blonde Mann neben Lucie packte sie um die Taille und wirbelte sie herum, bevor er ihr einen großen Schmatzer auf die Lippen drückte.

Und sie zuckte nicht einmal zusammen.

Obwohl Reid wusste, dass seine Reaktion unbegründet, wenn nicht sogar lächerlich war, schritt er quer durch den Raum, wobei er seine Größe und seine breiten Schultern nutzte, um sich durch die Menge der lärmenden Stammgäste zu zwängen. Lucie guckte gerade in die andere Richtung und sah ihn nicht näher kommen, aber Vanessa ließ ein strahlendes Lächeln aufblitzen, als sie ihn hinter Lucie stehen sah.

»Hallo, Reid! Wie schön, dass Sie beschlossen haben zu kommen! Sie sind gerade rechtzeitig da, um unseren ersten Sieg des Abends mitzufeiern.«

Lucie drehte sich erst mal fünf Sekunden lang nicht um, vielleicht länger. Aber sobald Vanessa seinen Namen gesagt hatte, straffte sich ihr Rücken merklich vor Anspannung. Als sie sich endlich zu ihm umwandte, lächelte sie ihn zwar an, aber nur mit dem Mund. Sie war nicht glücklich darüber, ihn zu sehen. Zweifellos weil er sie bei dem Spaß mit ihrem neuen Bewunderer störte. »Reid. Was machst du denn hier?«

»Ich habe ihn eingeladen, bevor wir heute Nachmittag ausgegangen sind«, sagte Vanessa. »Ich dachte, er könnte uns bei ein paar Drinks Gesellschaft leisten oder uns zumindest beim Genießen zugucken, falls es gegen seine superstrenge Diät verstößt oder so was.«

Reid beugte sich vor und senkte die Stimme, sodass nur Lucie ihn hören konnte. »Ich hatte die abstruse Idee, dass du mir vielleicht aus dem Weg gehst, weil du nervös wegen heute

Nacht bist. Aber es sieht eher so aus, als wolltest du nicht, dass ich dir bei Blondie dort drüben dazwischenfunke.«

Als er sich aufrichtete, brannten seine eigenen Worte ihm wie Säure in den Ohren. Was für eine miese Anschuldigung. Das hatte Lucie nicht verdient – ihr verwirrter und zugleich gekränkter Gesichtsausdruck machte ihn fertig. Er griff nach ihrer Hand und führte sie durch den Raum zu einer Nische, wo ein Münztelefon an der Wand hing.

»Fuck, es tut mir leid, Lu. Ich hab mich benommen wie ein Arsch. Wenn du mit diesem Typ irgendwas angefangen hast oder was auch immer, dann ist das …« Er strich sich mit der Hand von hinten nach vorn übers Haar und zog die Finger dann über die Bartstoppeln auf seinen Wangen. »Dann ist das wunderbar«, zwang er sich schließlich hinzuzufügen.

»Reid, das ist wirklich süß von dir – nehme ich an –, aber wovon redest du? Da ist niemand, mit dem ich irgendwas anfangen würde.«

Er zeigte in Richtung des blonden Typen. »Ich habe gesehen, wie er dich geküsst hast, Lucie, und du wirktest nicht direkt überrascht dabei.«

»Das liegt daran, dass er es ständig tut.«

Sie sagte das, als reiche es als Erklärung vollkommen aus. Aber die Situation ergab jetzt noch weniger Sinn.

»Komm mit.« Jetzt war es an ihr, nach seiner Hand zu greifen, ihn zurückzuführen und auf den blonden Mann von vorhin zu zeigen. Reid runzelte die Stirn. Der Typ, der zuvor sein Mädchen abgeknutscht hatte. Moment mal. *Lucie.* Er hatte *Lucie* abgeknutscht. »Reid, ich würde dir gern Kyle vorstellen. Kyle, das ist Jacksons bester Freund und mein Patient beziehungsweise Hausgast beziehungsweise …äh, Personal Trainer.«

Aus dem Augenwinkel sah Reid, wie sich ein koboldhaftes Grinsen auf ihren Zügen breitmachte, was höllisch sexy war. Sie war offensichtlich stolz auf ihr Wortspiel, und er musste zugeben, dass es verdammt clever war. Kyle streckte die Hand aus, und er schüttelte sie artig, aber er sorgte dafür, dass er etwas fester zudrückte und seine Geste mit einem vielsagenden, universell männlichen *versuch-ja-nichts-Blödes-mit-diesem-Mädel-sonst-fress-ich-dein-Herz-zum-Frühstück*-Blick begleitete.

Der Mann war nicht schlecht ausgestattet in der Muskelabteilung, aber das machte keinen Unterschied. Bei seinem Training konnte Reid es mit jedem Straßenkämpfer beliebiger Gewichtsklasse aufnehmen, wenn es sein musste.

»Und Eric hast du ja gestern Abend bereits kennengelernt«, fügte Lucie hinzu.

Reid drehte sich um und schüttelte Eric die Hand. »Eric. Ich habe nicht damit gerechnet, Sie so bald wiederzusehen.«

»Was für ein Glück für mich«, antwortete Eric mit einem Lächeln. »Jetzt können Sie mir heute Abend mein Bier spendieren.«

Lucie warf einen vielsagenden Blick auf Reid. »Kyle ist Erics *Partner.*«

»Im Krankenhaus?«

Kyle lächelte hinter seinem Bier, während er einen Schluck nahm, und Eric lachte, als er antwortete: »Nein, Mann, Sie haben es nicht kapiert. Lucie hat das Wort ›Partner‹ betont. Sie hat es praktisch für Sie mit Gänsefüßchen versehen.«

»Gänsefüßchen?«

Vanessa krümmte sich schon vor Lachen, machte aber glücklicherweise eine Pause, um ihm auf die Sprünge zu helfen. »Sie sind zusammen, Reid. Eric und Kyle sind schwul.«

Reid sah Lucie an. *Scheiße*. Nun, das änderte wohl alles. Er streckte Kyle abermals die Hand hin und sagte: »Tut mir leid, Alter. Ich hab einfach angenommen ...«

»Dass ich mich an Lucie ranmache? Keine Bange, Mann, ich hab's kapiert. Sie sind stellvertretend für Jackson als beschützender Bruder eingesprungen. Aber ich würde eher auf Sie abfahren als auf unsere anbetungswürdige Lucie hier.«

Eric sah seinen Partner mit zusammengekniffenen Augen an, und Reid konnte einer kleinen Revanche nicht widerstehen.

»Vorsicht, Amigo«, zitierte er Erics eigene Worte. »Man sieht Ihre Reißzähne.«

»Ja, ich weiß. Kyle findet es witzig, wenn sich mein Nackenfell sträubt.« Dann wandte Eric sich an Kyle, der den Wortwechsel mit verschränkten Armen ziemlich zu genießen schien. »Sei vorsichtig, K, oder du wirst nachher dafür bezahlen. Versprochen.«

Kyle lachte nur spöttisch, nicht im Mindesten eingeschüchtert von der Drohung. »Du solltest inzwischen wissen, dass ich nichts unbeabsichtigt tue. Ich hole uns noch eine Runde.« Bevor Eric Zeit für eine Erwiderung hatte, zwinkerte Kyle Reid zu und ging dann an ihm vorbei zur Theke. Es machte ihm sichtlich Spaß, seinen Freund zu ärgern.

»Hey, Orange Crush!« Alle fünf drehten sie sich in die Richtung des Mannes, der über die Menge hinwegbrüllte. Es war völlig klar, wen er meinte. Reid beschloss, dieses verdammte T-Shirt verschwinden zu lassen, wenn sie nach Hause kamen. »Du bist dran!«

»Oh, Mist, Spiel Nummer drei hat begonnen«, sagte Lucie, bevor sie ihren letzten Schluck Bier austrank. »Wir haben das erste Spiel verloren und das zweite gewonnen, also geht es jetzt darum, wer zum Endspiel darf. Wünsch mir Glück!«

Ihre Freunde hoben gleichzeitig die Gläser und brüllten »Glück!« Das schien ein festes Ritual zu sein. Jetzt, da er nicht länger rot sah, fiel Reid auf, was für ein eingespieltes Team sie waren.

Er holte sich eine Flasche Wasser und setzte sich hin, um Lucie beim Dartspiel zuzusehen. Immer, wenn sie an der Reihe gewesen war, kam sie zu ihm an die Theke zurück, während alles redete und lachte. Er hatte versucht, ihr den Hocker anzubieten, auf dem er saß, aber sie hatte mit der Feststellung abgelehnt, dass sie ohnehin alle paar Minuten aufstehen musste. Die meisten Spieler machten sich nicht die Mühe, sich hinzusetzen, sondern blieben lieber stehen, feuerten ihre Freunde an und versuchten, ihre Gegner abzulenken.

Ihm war das ganz recht, denn so wie er saß – die Theke zu seiner Rechten und die Dartscheiben zu seiner Linken –, kam Lucie ganz zufällig und lässig zwischen seinen Knien zum Stehen. Und da ihre Freunde direkt vor ihr standen, gab es Reid die perfekte Gelegenheit, sie zu berühren, ohne dass irgendjemand etwas davon mitbekam.

Als er es das erste Mal tat – eine leichte Liebkosung ihres Rückens mit einem Finger –, zuckte sie tatsächlich überrascht zusammen. Weil irgendjemand gerade eine idiotische Anzahl Vierteldollarstücke in die Jukebox gesteckt hatte, mussten alle über die lärmende Musik hinwegschreien oder ihrem Gesprächspartner direkt ins Ohr sprechen. Noch etwas, das ihm zugutekam. Mit den Lippen ganz dicht an Lucies Ohr sagte er: »Immer mit der Ruhe, Baby. Niemand kann sehen, dass ich dich berühre. Mach dein Haar auf, Luce. Ich mag es offen.«

Nach einem stärkenden Schluck von ihrem Bier zog sie die Plastikstäbchen aus ihrem Haar und legte sie auf die Theke. Ihr volles Haar wogte hinten bis unter ihre Schulterblätter, während vorn einige kürzere Strähnen ihr Gesicht umrahmten. Sie hatte Haar wie aus einer Shampoo-Reklame, aber sie trug es selten offen. Und das war eine Schande.

Als sie das nächste Mal von ihrem Einsatz zurückkam, schob sie sich wieder zwischen seine Beine und begann ein Gespräch mit Eric und Kyle, während Vanessa ihre Stelle an der Dartscheibe einnahm. Sie hörte zu, wie Kyle irgendetwas über seine Arbeit erzählte, und reagierte immer angemessen und an den richtigen Stellen, während Reid seine Hand hinten unter ihr Shirt schob und darauf achtete, nah an ihr dranzubleiben, damit es niemand merkte. Lucie sollte ihn wahrnehmen, aber er wollte nicht der ganzen Bar eine Show liefern.

Sanft liebkoste er sie, strich mit den Fingern über die Mulde unten an ihrem Rücken und zog die Daumen am Rand ihrer Jeans entlang. Unter der Theke krallte sich ihre Hand, die locker auf seinem Knie gelegen hatte, jetzt zusammen. Sie bohrte ihre kurzen Fingernägel in den Stoff seiner Hose.

Ohne eine Sekunde zu zögern, beantwortete er eine Frage von Kyle, als Vanessa zurückkehrte und Eric stattdessen in Richtung Scheibe verschwand. Während er Lucies Hüften umfangen hielt, zog er sie diskret die letzten paar Zentimeter nach hinten, sodass sie genau spüren konnte, wo seine Gedanken waren. Ein Schauder durchlief sie, als sie sich berührten, und es lag ganz sicher nicht daran, dass es in der stickigen Bar kalt war.

»Komm schon, Eric, das packst du!«, rief Vanessa. »Nur einen noch. Du brauchst nur noch eine Triple-18 und wir sind im Endspiel, Baby!«

Reid senkte den Kopf bis dicht an Lucies Ohr. »Bleibt ihr für gewöhnlich nach den Spielen hier und feiert?« Sie nickte. »Heute Abend will ich, dass du ihnen sagst, du seist müde, krank oder wurdest von Aliens entführt, was immer du willst. Du kommst mit mir nach Hause.«

Sie drehte sich in seinen Armen zu ihm, um zu antworten. »Vanessa wird wissen, dass etwas im Busch ist, wenn ich nicht mit ihr zurückfahre. Sie reitet sowieso schon ständig auf dieser Geschichte mit dir herum.«

Er neigte den Kopf und stand auf. »Na schön. Ich warte auf dich. Bleib nicht zu lange, Lucie. Ich stelle fest, dass ich im Moment kein sehr geduldiger Mann bin.«

Reid verabschiedete sich, warf Lucie einen letzten, vielsagenden Blick zu und trat aus der Bar hinaus in die schwere Nachtluft. Er gab ihr dreißig Minuten. Maximal.

# 11

Lucie stand vor der Tür zu ihrem Apartment und studierte jede Feinheit des angelaufenen Messingschildes *3C* und des Spions darunter … und zögerte ganze fünf Minuten lang, wie ein Teenie vor dem Abschlussball, bevor sie hineinging.

Sie wusste nicht, warum sie überhaupt so nervös war. Sie hatte schließlich auch keine Nervosität verspürt, als Reid sie berührt hatte. Nein, in dem Moment war es pure Lust gewesen, ein ungezähmtes Verlangen, wie sie es bisher nicht gekannt hatte. Also brauchte sie es jetzt doch nur bis in Reids Arme zu schaffen, dann war alles okay.

Sie drehte den Türknauf und betrat ihr Apartment. Die Lampe mit dem bordeauxroten Schirm auf dem Ablagetisch an der Tür warf ein warmes und sinnliches Licht in den kleinen Wohnbereich rechts neben der Tür. Sie bemerkte Reids iPod, der auf einem der Beistelltische mit einem Set kleiner Lautsprecher verbunden war. Er spielte ein langsames, sinnliches Lied, das zweifellos Teil einer ganzen Playlist mit ähnlichen Songs war.

»Hier, Lu.«

Sie schlüpfte aus ihren Sandalen und tappte weiter in den Raum hinein, auf der Suche nach Reid. Seine Stimme, noch tiefer als gewöhnlich, schien aus dem Wohnzimmer zu kommen. Aber sie sah ihn nirgends. Ihr Magen krampfte sich zusammen und erstickte wahrscheinlich die Schmetterlinge, die dort drin herumflatterten. Zum Teufel mit ihnen. Das waren eher Kolibris. Auf Speed.

Sie umrundete die Couch, und da entdeckte sie Reid. Er saß auf dem Boden, mit nichts als weißen Sportshorts bekleidet, ein Bein von sich gestreckt und das andere angewinkelt, sodass er den Unterarm auf das Knie stützen konnte. Offenbar hatte er ihre Abwesenheit genutzt, um die großen Kissen auf dem Boden auszubreiten, die sich normalerweise in der Ecke stapelten, und sie dann mit den Kissen vom Sofa und von den Betten zu ergänzen. Das Ganze wirkte fast wie das Gemach eines Scheichs – mit schrecklichem Geschmack in punkto Inneneinrichtung –, und doch war es die erotischste Kulisse aller Zeiten.

Mit einer einzigen fließenden Bewegung stand Reid auf und streckte ihr die Hand entgegen. Lucie schluckte hörbar und wischte sich die Finger an ihren Oberschenkeln ab, falls sie etwas verschwitzt waren. Dann legte sie ihre Hand in seine. Er zog sie mit sich in die Mitte, nahm sie aber nicht in die Arme. Sie waren nicht mehr als fünf Zentimeter voneinander entfernt, doch diese kurze Strecke fühlte sich an wie der Grand Canyon.

Lucie legte den Kopf in den Nacken, um Reid in die Augen zu schauen, und er kam ihr mit seinem Kopf entgegen. Da begriff sie, dass er vielleicht auf einen ersten Schritt von ihr wartete, wie im Fitnessraum. *Okay, kein Problem. Du brauchst nichts anderes zu tun, als die Dinge anzustoßen, Mädchen.* Sie schloss die Augen und legte den Kopf noch weiter zurück, wartete auf den Moment, in dem ihre Lippen auf seine treffen würden. Vorfreude floss durch ihre Adern wie eine Droge …

Aber nichts geschah.

Sie öffnete die Augen und fragte sich, ob die Zeit irgendwie stehen geblieben war. Reid hatte sich nicht gerührt – nur seine Kiefermuskeln mahlten. Gott, das war sexy. Warum war das so sexy? Sie fragte sich, was es bedeutete, wenn er das tat. Jackson tat es immer, wenn er verärgert war. War er verärgert?

»Reid?«

Zuerst sagte er gar nichts, sondern tippte nur leicht mit dem Finger auf ihre Lippen. Offenbar ein Zeichen, dass sie schweigen solle. Dann nahm er den Finger wieder weg. Sie runzelte die Stirn. Was sollte das?

Er ging um sie herum, wieder ganz nahe, aber ohne sie zu berühren. Sie spürte seine Atemzüge an ihrer Wange, als er sich vorbeugte. Und als er nun einen einzelnen Finger über ihren Arm wandern ließ, hätte sie schwören können, dass er elektrischen Strom durch ihre Haut sandte. »Beim Verführen geht es nicht ums Machen«, erklärte er und ließ den Finger wieder hinauf zu ihrer Schulter gleiten. »Es geht um Kontrolle. Ich kann dich die ganze Arbeit machen lassen – kann dich dazu bringen, mich auszuziehen, einen Striptease vorzuführen, sogar dafür sorgen, dass du vor mir auf die Knie gehst –, denn solange ich derjenige bin, der die Situation kontrolliert, bist du diejenige, die verführt wird.«

Reid strich ihr das Haar über die Schulter, sodass es auf einer Seite nach vorne fiel. Gott, sie wollte, dass er sie an sich zog, wollte seine Brust an ihren Schultern spüren und seine Erektion an ihrem Hintern.

»Zieh das Shirt aus, Lucie.«

Sie ergriff mit beiden Händen den Saum, hob die Arme, streifte es über ihren Kopf und warf es aufs Sofa.

»Jetzt die Hose.«

Mit zitternden Fingern öffnete sie den Knopf, zog den Reißverschluss herunter und ließ die Caprihose auf den Boden fallen, bevor sie sie mit dem Fuß wegkickte. Alles, was an ihrem Körper verblieb, war ein weißer Halbschalen-BH mit Spitze und ein dazu passender Tanga.

Endlich berührte Reid sie mit mehr als nur einem einzigen Finger, und als sie dann endlich den Kuss in ihrem Nacken spürte, nach dem sie sich die ganze Zeit so gesehnt hatte, durchfuhr sie das Verlangen wie ein Stoß. Sie reagierte mit einem Ruck ihres Körpers, und es mochte ein Stöhnen dabei gewesen sein, das konnte sie nicht mit Sicherheit sagen. Ihr Körper, ihr Gehirn, alles fühlte sich übersensibel und gleichzeitig wie nach einem Kurzschluss an.

Ihre Knie gaben unter ihr nach, aber starke Hände fassten sie um die Hüften und zogen sie wieder hoch, um sie festzuhalten. »Psst. Ich hab dich. Ich will, dass du dich auf den Bauch legst. Nimm die Kissen, um es dir bequem zu machen.«

Er hielt sie beim Hinknien, und sobald sie sich hingelegt hatte, streckte er sich neben ihr aus. Sie wandte sich ihm zu. Mit einem Gesichtsausdruck, der pure Intensität war, streichelte er ihr über den Rücken, über die Taille und über die Wölbung einer Wange. Seine Kiefermuskeln zuckten, und seine haselnussbraunen Augen, zusammen mit dem rötlich gefärbten Licht, erinnerten sie an die wilden Farben des Herbstes.

»Verdammt, Lu. Seit wann hast du so einen Hintern?«

Erwartete er eine Antwort? Wahrscheinlich war es eine rhetorische Frage, da er ja vorhin auch nicht gewollt hatte, dass sie redete. Außerdem wusste sie sowieso nicht, *was* sie antworten sollte, weil ihr Gehirn sich ausgeschaltet hatte, als er anfing, sie zu berühren.

Jeder Gedanke an Fragen und Antworten löste sich in Luft auf, als ein kräftiger Finger der Linie ihres Tangas zwischen ihren Pobacken folgte, bis er das durchsichtige Dreieck erreichte, das ihr Geschlecht bedeckte. Instinktiv hoben sich ihre Hüften an, um ihm einen besseren Zugang zu ermöglichen. Verflixt, dachte Lucie. Ihre Hüften hatten anscheinend einen ganz eigenen Willen. Aber wenigstens wollten sie dasselbe wie sie.

»Fuck, du bist so feucht.« Jetzt strichen zwei Finger von hinten nach vorne und wieder zurück. Dann schob er sich mit dem Oberkörper zwischen ihre Beine, wodurch sein Gesicht …

Lucie schnappte nach Luft, als Reid sie in die linke Pobacke biss. Nicht fest genug, als dass es wehtat, aber doch so, dass es einen kurzen, überraschenden Stich verursachte, bevor er die Stelle zum Trost küsste.

»Das habe ich noch nie getan«, sagte er, »aber irgendetwas an deinem Hintern weckt in mir das Verlangen, ihn zu verzehren. Hat dich das gestört?«

»Nein«, antwortete sie und hob die Hüften von den Kissen, ein stummes Flehen nach mehr.

»Nein«, stimmte er zu und knetete die andere Pobacke mit seiner schwieligen Hand. »Ich glaube, es hat dir sogar ziemlich gut gefallen, nicht wahr?« Die Finger einer Hand kehrten zurück, um ihre schwellende Spalte zu massieren, während er mit der anderen Hand weiter ihren Hintern knetete und streichelte, und sie nur immer mehr wollte.

*Klatsch!*

Ein erstickter Schrei zerriss die Luft, einen Sekundenbruchteil nachdem er die Hand von ihrem Po nahm. Wieder rührte ihre Reaktion eher vom Schreck als vom Schmerz her.

»Du hast mir nicht geantwortet, Lu.« Ihm geantwortet? Sie konnte sich im Moment nicht einmal an ihren Namen erinnern, geschweige denn an eine Frage. Glücklicherweise wiederholte er sie. »Gefällt es dir, was ich mit deinem hübschen kleinen Hintern mache?«

»Ja«, rief sie, während sie einen weiteren Biss spürte, diesmal näher an der Falte bei ihrem Schenkel. »Alles, was du tust, fühlt sich so gut an.«

»Das ist verdammt gut, denn ich sehe wahnsinnig gern meine Spuren auf deiner Haut, Schätzchen.«

Bevor sie eine Chance hatte zu reagieren, packte Reid den dünnen Streifen um ihre Taille mit beiden Händen und zerriss die Seide in zwei Teile.

»Ich werde dir neue kaufen.« Sie wusste nicht, warum, aber die Vorstellung, dass Reid ihre Unterwäsche ersetzen musste, wann immer er sie ihr vom Körper riss, kam ihr komisch vor. Sie kicherte. Bis er mit seiner warmen, nassen Zunge über ihre Klitoris fuhr.

*»OhmeinGott.«*

Jetzt war es an ihm, erheitert zu sein, und die Vibrationen seiner Lippen ließen die nervenreiche Haut dort kribbeln und lockten weitere Säfte heraus, während sie tief innen zuckte. »Dreh dich um, damit ich das hier ordentlich machen kann.«

Sie rollte sich auf den Rücken und starrte nach oben, während er sich über ihr hielt. »Ich weiß nicht«, stieß sie hervor, »ob das Wort ›ordentlich‹ hier passt. Der Ausdruck, nach dem du suchst, ist wohl eher ›unzüchtig‹.«

»Richtig. Meine Pläne für dich sind definitiv unzüchtig. Aber du hast auch Unrecht.«

»In Bezug auf was?«

»Unzüchtige Taten sollten trotzdem ordentlich durchgeführt werden.« Mit einem herausfordernden Grinsen und einem teuflischen Glitzern in den Augen fügte er hinzu: »Und ich werde dir zeigen, was genau ich damit meine.«

Reid sog ihre unschuldige Reaktion in sich auf, wie die Wüste einen lang erwarteten Regenguss aufsaugt. Er war noch nie mit einer Frau wie ihr zusammen gewesen. Er hatte sich immer mit Mädchen getroffen, die leicht zu haben waren und die wussten, was sie taten und was er im Sinn hatte: unverbindlichen Sex.

Lucie war so erfrischend anders. Er liebte es, sie bis an ihre Grenzen zu bringen, im Ungewissen darüber, was er als Nächstes tun würde, um sie dann mit seinem nächsten Zug zu schockieren. Und manchmal auch sich selbst.

Vorsichtig ließ er sich auf sie hinabsinken, hielt sich aber weit genug oben, dass er sie nicht mit seinem Gewicht erdrückte. Sie war so ein schmales Ding, fein und zierlich und wunderschön. Er verstand nicht, warum sie sich selbst für so reizlos hielt.

Ihre sanften, grauen Augen, eingerahmt von dunklen Wimpern, schauten ihn verschwommen vor Lust an. Er strich ihr den Pony zur Seite, und dabei fiel ihm wieder die herzförmige Sommersprosse auf. Er beugte den Kopf, um das winzige Herz mit den Lippen zu berühren, und Lucie schloss zittrig und mit einem Seufzer die Augen, als er dann einen Pfad zu ihrem Mund hinunter küsste.

Durch einen leichten Druck auf ihre Lippen ermutigte er sie, sich zu öffnen, und drang in sie ein. Das Gefühl ihrer Zunge, die an seiner entlangglitt, sich über und um sie herum bewegte, während ihre Lippen sich gegenseitig in Besitz nahmen, berauschte ihn. Lucie legte ihre Hände an seinen Brustkorb, und als er die Hüften wiegte und seinen Schwanz gegen sie rieb, grub sie die Finger in seine Seiten. Das Kratzen ihrer Nägel auf seiner Haut machte ihn extrem scharf.

Der Spitzenbesatz ihres BHs rieb über seine empfindlichen Brustwarzen, und er stöhnte, als sie sich zusammenzogen. So gut es sich anfühlte, er wollte diesen BH lieber los sein. Er griff mit einer Hand unter sie, öffnete geschickt den Verschluss, zog den BH vorn herunter und schleuderte ihn irgendwo hinter sich, während er einen ersten Blick auf ihre nackten Brüste werfen konnte.

»Phänomenal«, brachte er mit rauer Stimme hervor. Und das waren sie wirklich.

Sie hatten die perfekte Größe für seine Hand; klein genug, um noch spitz zu sein, und groß genug, um unten eine schwellende Rundung zu haben. Das Erste, was ihm bei ihrem Anblick in den Sinn kam, war, dass er sie gerne nachmodellieren wollte. Er würde Stunden darauf verwenden, alles genau richtig hinzubekommen. Ihre kleinen, dunkelrosa Brustwarzen, die sich aufrichteten, wenn er mit der Fingerspitze darum herumfuhr. Das kleine Tal zwischen ihrem zarten Schlüsselbein und der Spitze ihres Nippels. Die Fülle darunter, die unter der Hitze seines Blicks noch zuzunehmen schien.

Um keine weitere Sekunde zu verschwenden, beugte er sich vor und verteilte feuchte Küsse um den unteren Ansatz der einen Brust. Lucie wölbte den Rücken, und ihre Atmung beschleunigte sich. Mit der Zunge zeichnete er träge Muster, war aber vorsichtig darauf bedacht, sich vom Zentrum fernzuhalten. Sein Ziel war, sie einmal mehr an ihre Grenze zu treiben. Nach einer Weile bewegte er sich zentimeterweise vor und zeichnete jetzt die äußere Linie ihres Warzenhofes nach.

Lucie gab einen frustrierten Laut von sich, packte seinen Kopf und versuchte, ihn zu ihrer Brustwarze zu dirigieren, aber wieder ließ Reid sie warten. Obwohl sie ihm das niemals glauben würde, war es für ihn eine fast ebenso große Folter wie für sie, sich zu beherrschen und ihre Nippel nicht zu berühren. Endlich öffnete er weit seinen Mund und nahm so viel von ihr, wie er konnte, hinein. Er peitschte mit der Zunge ihre Brustwarze und saugte an ihr, als sei sie sein Lieblingsbonbon. Lucie schrie auf und bog sich ihm entgegen. Schließlich zog er den Kopf zurück, bis ihre Brust von seinen Lippen mit einem nassen Plopp entlassen wurde. Der Anblick ihrer zusammengezogenen, geröteten Knospe bescherte ihm das gleiche berauschende Gefühl wie eine gewonnene Runde im Kampf, und gab ihm die gleiche Motivation, es wieder zu tun.

Er wiederholte das Ganze auf der anderen Seite, betete ihre Brust mit dem Mund an, während seine Hände über ihre seidige Haut streiften. Als er sicher war, dass er die zweite Runde ebenfalls gewonnen hatte, ließ er von ihrer Brust ab, um das Ziel seiner nächsten Eroberung anzupeilen.

Er kniete sich hin und spreizte mit den Händen ihre Beine weiter auseinander. Ihre dunkelrosafarbenen Lippen glänzten feucht. Unfähig zu widerstehen, teilte er sie mit den Daumen, um die Quelle zu betrachten. Er hatte noch nie eine Frau so genau betrachtet und war überrascht, dass er tatsächlich erkennen konnte, wie ihre inneren Muskeln sich zusammenzogen, verzweifelt auf der Suche nach etwas, worum sie sich schließen konnten.

Er riss seinen Blick los und jetzt sah er die Befangenheit in ihren Augen. »Du bist absolut hinreißend. Aber du siehst so unausgefüllt aus.« Während er ihren Blick hielt, schob er die Daumen hinein, um den Rand ihrer Öffnung nachzuzeichnen. »Willst du etwas, das dich ausfüllt?«

Sie hatte kaum genickt, da stieß er auch schon beide Daumen hinein, so tief es ging. Lucie schrie auf, als ihr Becken hochschoss, während sie die Fäuste in die Kissen vergrub, die unter ihr lagen. Ihre Reaktion fachte das Feuer in ihm noch weiter an, bis sein Innerstes fast geschmolzen war. Als sie die Hüften wieder senkte, belohnte er sie, indem er die Daumen hineinstieß und bei jedem Herausziehen Druck auf die weichen Innenwände ausübte.

Er beobachtete, wie ihre Säfte flossen, wie sie die Spalte zu ihrem Hintern runtertropften, und plötzlich überwältigte ihn ein brennender Durst nach ihr. Reid rutschte tiefer nach unten und begann die Innenseiten ihrer Oberschenkel zu küssen.

»Nein, du sollst nicht …«

»Doch, ich muss.« Wenn er nicht in den nächsten paar Sekunden den Mund dorthin bekam, würde er den Verstand verlieren. »Ich muss es wirklich.«

Gerade als er sich runterbeugen wollte, fasste sie sein Kinn und hinderte ihn daran, irgendwo hinzukommen. »Nein, ich meine, es bringt mir nichts, deshalb kannst du es auch lassen.«

Er brauchte mehrere Sekunden, um zu verarbeiten, was sie gerade gesagt hatte. Es *brachte* ihr nichts? Entweder war ihr Ex ein totaler Versager in der oralen Abteilung oder – nein, er wollte diesen Gedanken nicht einmal zu Ende denken. Er würde seinen UFC-Vertrag darauf verwetten, dass der Mann eine Niete war.

Er nahm ihr Handgelenk, zog die Hand von seinem Gesicht und drückte einen Kuss in die Innenfläche, während er Lucie in die Augen schaute. Sie sollte die Wahrheit in seinem Blick erkennen, wenn er sprach. »Ich muss dich schmecken, Lucie. Ich brenne darauf, dich auf meiner Zunge zu haben, in meinem Mund. Und ich garantiere dir, dass das, was ich gleich tun werde, dir jede Menge bringt.«

Er gab ihr nicht die Chance, weiter mit ihm zu diskutieren. Stattdessen tauchte er ab und leckte einen Pfad von unten bis ganz nach oben, fügte ein wenig Druck hinzu, als er zu ihrer Klitoris kam. Sie schrie auf, und ihr Becken wollte hochschnellen, aber er hielt sie fest, sodass sie seine Treffsicherheit nicht untergraben konnte. Sie schmeckte wie der süßeste Nektar. Er hätte den Rest der Nacht glücklich zwischen ihren Beinen verbringen können.

Er ließ seine Zunge weiterforschen, fuhr mit ihr darüber, drumherum und direkt die Mitte hinauf, und unterbrach sein Tun nur mit gelegentlichen Küssen und um sanft an ihr zu knabbern. Sorgfältig registrierte er jedes Stöhnen, jedes Wimmern, lernte, was sie mochte und was sie geradezu in den Wahnsinn trieb.

Ihr Körper war schweißnass, ihre Brüste wogten unter kurzen, abgehackten Atemzügen. Lucie hatte den Kopf zurückgeworfen und die Augen fest geschlossen. Es war ein unglaublicher Anblick, wie sie sich in den Fängen der Leidenschaft wand. Aber es gab etwas, das es noch besser machen würde. Für sie beide.

»Luce, Baby.« Er wartete darauf, dass seine raue Stimme in ihren von Lust umwölkten Geist vordrang. Einen Moment später flatterten ihre Wimpern, und ihre silbernen Augen starrten zu ihm empor. »Stütz dich auf die Ellbogen auf. Ich will, dass du siehst, was ich mit deiner süßen Muschi anstelle.«

Zögernd folgte sie der Aufforderung, bis sie in der richtigen Position war. Mit angewinkelten und weit gespreizten Beinen, den Hintern auf einem großen Kissen, hatte sie perfekte Sicht. Sie war knapp an der Grenze gewesen, als er aufgehört hatte. Jetzt war es Zeit, sie noch dichter heranzumanövrieren und sie dort zu halten, bis sie ihn anflehte, sie hinüberzubringen. Er verzog die Mundwinkel zu einem erwartungsvollen Grinsen, während er sich wieder zwischen ihre Beine senkte.

Diesmal passte er auf, dass er ihr nicht mit seinem Kopf die Sicht versperrte. Mit der Spitze seiner Zunge reizte er ihre äußeren Schamlippen mit mehreren Zungenschlägen, ehe er endlich tiefer eindrang, um die geschwollene Knospe zu finden, bei deren erster Berührung sie scharf Luft holte.

Um das Gefühl zu steigern, schob er einen Finger tief in ihre Spalte und bewegte ihn hinein und hinaus, während seine Zunge um ihre Klitoris kreiste und sie zwischendurch antippte. Lucies Augen verschwammen zu glühendem Silber. Sie atmete stoßartig durch geöffnete Lippen.

»Oh, Gott … *Reid.*« Sie warf ihren Kopf hin und her. »Ich kann nicht – du musst …«

Fast da. So nah dran. Er fügte einen weiteren Finger hinzu und schürzte die Lippen über ihrer Klitoris, saugte rhythmisch daran.

»Ah!« Ihre Hüften bewegten sich, sie rieb sich gegen sein Gesicht, und er wusste, dass sie den Punkt erreicht hatte, an dem sie die Kontrolle vollständig verlor. Sie stand direkt an der Schwelle zum Höhepunkt, genau dort, wo er sie haben wollte.

»Komm für mich, Lucie«, befahl er. »Lass mich deinen Nektar trinken.«

Er beschleunigte das Tempo seiner Fingerstöße, schwelgte in den Säften, die sie bedeckten. Dann schloss er die Lippen wieder über dem Bündel von Nervenenden und bearbeitete es mit der Zunge. Sekunden später biss er sachte mit den Zähnen zu und zog sie schließlich in den Abgrund, in dem ihr Körper barst, und sie seinen Namen zum Himmel schrie.

Die Wände ihrer Spalte zuckten um seine Finger, als ihr Orgasmus abebbte und sie sich dabei erschöpft in die Kissen sinken ließ. Zu dumm, dass er nicht annähernd mit ihr fertig war. Sein Schwanz war hart wie ein Vorschlaghammer, und er war fest entschlossen, Erlösung in ihrem Körper zu finden. Mit einem schnellen Griff zur Seite holte er das Kondom hervor, das er zuvor bereitgelegt hatte, und streifte es sich über, ehe sie überhaupt wusste, dass er sich bewegt hatte.

»Lucie?«

Sie hatte die Augen geschlossen, und ein zufriedener Ausdruck lag auf ihrem Gesicht. Er lächelte, als er darüber nachdachte, wie kurzlebig ihre Zufriedenheit sein würde, sobald er sie wieder scharf machte.

»Hmhm?«

»Ich habe mich nur gefragt, ob dir das irgendwas gebracht hat.«

Sie riss die Augen auf. »Nicht wirklich, nein. Was hast du sonst noch auf Lager, du Teufelskerl?«

Er kniff die Augen drohend zusammen, während er mit dem Arm eins ihrer Knie anhob, um sie weit für sich zu öffnen. »Dir ist doch klar, dass du dich auf sehr gefährlichem Terrain befindest, oder? Du hast nicht nur mein Können als Liebhaber beleidigt, du hast auch einen zutiefst auf Wettkampf fixierten Sportler herausgefordert.«

Sie schenkte ihm ein Lächeln, das Herzen zum Stillstand bringen konnte, und antwortete: »Dann beweist du mir dein Können wohl besser mal.«

»Oh, und ob ich dir das beweisen werde. Betrachte dich als gewarnt, Schätzchen. Du hast es so gewollt.«

Reid hielt weiterhin eins ihrer Beine hoch und zur Seite gedrückt, brachte seinen pulsierenden Schwanz auf eine Höhe mit ihrer engen Spalte und drang mit einem harten Stoß seiner Hüften bis zum Anschlag in sie ein. Eine Mischung aus Ächzen und Stöhnen entfuhr ihrer Kehle.

»Oh, Reid, du bist so groß.«

Er war kein Angeber, wenn es um seinen Schwanz ging, aber es war nicht das erste Mal, dass er eine Frau das sagen hörte. Doch da es aus Lucies Mund kam, fühlte er sich plötzlich wie He-Man, abzüglich der Fellunterwäsche. Er fühlte sich tatsächlich so groß, wie sie behauptete. Er war noch nie in einer Frau gewesen, die so eng war, die so perfekt zu ihm passte. Außerstande, auch nur einen Moment länger stillzuhalten, zog er sich fast vollständig zurück, drang dann wieder ganz in sie ein und gab schließlich einen langsamen und stetigen Rhythmus vor, um sie beide allmählich zum Höhepunkt zu bringen.

Sie hob gekonnt die Hüften an, um jedem seiner Stöße entgegenzukommen und verstärkte damit die Wellen von Lust, die von seinem Schwanz ausgehend in seinen Eiern kreisten und bis unten an seine Wirbelsäule gelangten.

»Gott verdammt, du fühlst dich so gut an.« Reid schaute runter, wo ihre Körper miteinander verbunden waren und bekam einen Blick auf das Heißeste, was er je gesehen hatte. Ihre glitschigen Lippen saugten jedes Mal an seinem Schwanz, wenn er sich zurückzog, und bedeckten ihn mit ihrer süßen Creme, wenn er sein Becken nach vorn schob.

Er war sich nicht bewusst gewesen, dass sie dasselbe beobachtete, bis er sie sagen hörte: »Das ist so heiß.«

»Verdammt, ja, das ist es.« Umso mehr, weil er jetzt wusste, dass ihr der Anblick gefiel. Da er das Verlangen hatte, sie so tief zu nehmen, wie er konnte, ließ er ihre Beine los und stützte sich auf den Unterarmen über ihr ab. Er beschleunigte das Tempo, fing ihren Mund mit seinem ein und penetrierte ihn mit seiner Zunge, während sich sein Unterleib im gleichen Rhythmus bewegte.

Ihre schweißnassen Körper glitten übereinander. Das Geräusch von Fleisch, das an mehreren Stellen auf Fleisch traf, und ein schweres, mit Stöhnen durchsetztes Atmen erfüllte die Luft. Lucie riss ihren Mund von seinem, reckte das Kinn vor und bedeutete ihm, dass er zu ihrem Hals übergehen solle, um sein Ziel zu erreichen, sie im Ganzen zu verschlingen.

»Ich bin so nah dran. Ich kann nicht glauben, dass ich noch mal – *uh* …«

Er musste lächeln, als ihr Stöhnen das Wort »komme« ersetzte, nachdem er den nächsten Stoß durch eine kurze Hüftdrehung ergänzt hatte. Er nahm das als Stichwort, es noch einmal zu tun. Und noch einmal. Und noch einmal. Bis sie immer wieder seinen Namen rief, unterbrochen von flehentlichen Bitten, aufzuhören und nie, nie, niemals aufzuhören.

Er schob eine Hand zwischen ihre Körper, fand mühelos ihre geschwollene Klitoris und zog seinen Daumen mit einem letzten harten Stoß über ihre Erhebung. Normalerweise war er nicht laut beim Sex, aber als sie jetzt zusammen kamen, hätte er sein Stöhnen um nichts in der Welt zurückhalten können. Ihre Spalte zog sich um ihn herum zusammen, während er sich machtvoll in sie ergoss.

Als sie unter heftigem Atmen und mit erschlaffenden Muskeln in die Realität zurückkehrten, begriff Reid, dass Sex mit Lucie all seine Erwartungen sprengte. Es spielte keine Rolle, dass er wilderen Sex gehabt hatte, längeren Sex, versauteren Sex. Denn da gab es einen großen Unterschied. Einen gewaltigen Unterschied. Er konnte sich nur das Warum nicht erklären, und er war zu erschöpft, um es zu versuchen.

Vorsichtig zog er sich aus ihr zurück und wickelte das Kondom in das Papiertuch, das er an die Seite gelegt hatte, um es am Morgen zu entsorgen. Dann kuschelte er sich in das Bett aus Kissen, zog eine Decke über sie beide und schlang seine Arme um Lucie. Ihr Kopf passte ganz natürlich in die

Kuhle zwischen seiner Brust und seiner Schulter, und ihr Arm lag über seinem Bauch. Binnen Sekunden hörte er ihr leises Schnarchen und spürte, wie ihr Körper beim Einschlafen alle Anspannung verlor. Und mit einem glücklichen Lächeln, obwohl er dieses Glück nicht ganz verstand, glitt auch er in den Schlaf.

# 12

Lucie hatte sich mit einem Buch auf ihr Sofa gekuschelt und starrte schon wieder auf die Seiten, ohne ein einziges Wort zu erkennen. Aber diesmal lag ihr kein Stein im Magen, sondern sie ertappte sich dabei, dass sie idiotisch über etwas lächelte, das sie nur als Schwindelgefühl bezeichnen konnte. Ihre Nacht mit Reid war so leidenschaftlich gewesen, so allumfassend, dass sie sich schon den ganzen Tag über im längsten sexuellen Hoch ihres Lebens befand.

Als sie an diesem Morgen aufgewacht war, hatte er bereits mit seinen Dehnübungen begonnen. Sofort bekam sie Angst. Angst, dass es peinlich zwischen ihnen sein würde, dass er im grellen Tageslicht seinen Fehler erkennen und sich wünschen würde, er könnte alles wieder rückgängig machen. Also beschloss sie, ihm aus dem Weg zu gehen. Sie musste jetzt erst mal nachdenken und ihre blöden Gefühle in den Griff bekommen, die es ihr unmöglich machten, selbst die eine Nacht mit ihm zu bereuen.

Entschlossen wickelte sie sich in die weiche Decke und zog sie bis unter die Arme, dann hielt sie den Atem an und gab sich die größte Mühe, unsichtbar zu sein, während sie am Fitnessraum vorbeiging.

»Wurde auch langsam Zeit, dass du aufwachst, du Schlafmütze.« Lucie erstarrte, als seine starken Arme sich von hinten um sie schlossen. Seine Brust fühlte sich warm an ihrem Rücken an. Offenbar trug Reid kein Hemd. »Warum sieht es so aus, als wolltest du dich an mir vorbeischleichen?«, fragte er, bevor er ihr Haar mit dem Kinn beiseitestrich, sodass er feuchte Küsse auf ihren Hals hauchen konnte. »Ich … ähm …« *Was hat er gerade gefragt? Mist.*

Plötzlich versteifte sich sein Körper, wurde hart und angespannt. »Bereust du die letzte Nacht, Luce?«

Sie konnte nur hoffen, dass ihrer Stimme nicht diese verdammte Nervosität anzuhören war. »Tust du es?«

Er drehte sie herum und drückte ihr Kinn hoch. Seine Augen wirkten im Morgenlicht eher hellbraun. »Ich will nicht lügen. Der Sex war umwerfend, und ich bereue *nie* umwerfenden Sex mit einer umwerfenden Frau.« Er stieß einen kleinen Seufzer aus, während er ihr Gesicht betrachtete und ihr das Haar hinters Ohr schob. »Aber ich will auch unsere Freundschaft nicht gefährden.«

»Nein, natürlich nicht.« Sie räusperte sich und versuchte ihm gerade in die Augen zu sehen, damit er die Lüge nicht bemerkte. »Ich meine, es ist für uns beide das Beste, wenn es eine einmalige Sache bleibt.«

»Genau.« Sein Blick fiel auf ihre Lippen. Er leckte sich mit der Zunge über seine eigenen. »Wir wollen nicht, dass es irgendwie komisch zwischen uns wird. Schließlich bist du auf dem besten Weg, mit deinem Doktor zusammenzukommen, und ich bin bald wieder in Vegas.«

Der Glanz auf seinen Lippen bannte ihren Blick, und ihr Herz pochte hart im Takt der verstreichenden Sekunden. Okay, erinnerte sie sich plötzlich. Jetzt war sie dran mit der Erklärung, warum eine Affäre mit einem der heißesten Männer der Sportwelt und ihrem großen Kindheitsschwarm eine ganz schlechte Idee war. Aber ihr fiel absolut nichts ein, was sie hätte sagen können.

»Luce«, sagte er mit leiser Stimme, die Hände an ihren Hüften, den Blick unaufhörlich auf ihren Mund gerichtet. »Wir sollten nicht … stimmt's?«

Sie versuchte zu antworten und öffnete mehrmals den Mund, um etwas zu sagen, irgendwas. Schließlich gab sie es auf und entschied sich, mit einer Hand seinen Hinterkopf zu umfassen und ihn bis zur Besinnungslosigkeit zu küssen.

Reid reagierte entsprechend, riss sie an sich und übernahm die Führung mit einer simplen Justierung des Winkels und einem Vorstoß seiner Zunge. Es war ein geschickter Angriff, gegen den sie sich nicht wehren konnte, selbst wenn sie es gewollt hätte.

Er drückte sie rücklings gegen die Wand, rieb sich an ihr, was die Bettdecke schnell in einen zusammengeknüllten Klumpen zwischen ihnen verwandelte. Reid, ganz Gentleman, half ihr mit ihrer improvisierten Garderobe, indem er sie auf den Boden warf. Problem erledigt.

Er löste sich von ihren Lippen, strich mit dem Mund ihr Kinn entlang und hinauf zu der empfindlichen Stelle hinter ihrem Ohr. Während eine Hand zu ihrer Brust wanderte, umklammerte er mit der anderen ihren Hintern. Seine Erektion erzeugte durch den Stoff der Shorts hindurch eine köstliche Reibung an ihrer Klitoris, was Lucie schier den Verstand raubte.

»Oh, Gott, Reid«, keuchte sie. »Was machen wir? Das ist verrückt.«

»Nein«, widersprach er, biss ihr ins Ohrläppchen und ließ sie bei dem seltsamen Lustschmerz, den sie gerade erst kennenlernte, nach Luft schnappen. »Das ist das Vorspiel.« Er sog ihr Ohrläppchen für einen kurzen, heißen Moment in seinen Mund, dann fügte er hinzu: »Die Tatsache, dass ich meine gottverdammten Hände nicht von dir lassen kann, ist verrückt.«

»Das auch.« Gerade als sie beide kurz davor waren, den Verstand zu verlieren, fing ihr Handy im Schlafzimmer an, »Jackson« von Johnny Cash zu spielen. »Mist! Das ist mein Bruder.«

Reid ließ von ihr ab und warf ihr einen Sag-das-es-nicht-wahr-ist-Blick zu, aber Lucie riss die Decke vom Boden, wickelte sich darin ein und raste zu ihrem Telefon. Ihr Bruder war die schlimmste Glucke überhaupt, und wenn sie nicht dranging, würde er ihre ältliche Nachbarin anrufen, damit sie kam und nach ihr sah.

Sie klappte das Telefon auf und sagte: »Hey, Jackson. Was gibt's?«

»Seit wann muss es etwas *geben*, damit ich meine kleine Schwester anrufe? Und warum klingst du so, als wärst du gerade zum Telefon gerannt?«

»Äh, weil ich genau das getan habe. Ich hatte es in meinem Zimmer vergessen und bin gerannt, um es zu holen, weil ich dich kenne. Ich wollte nicht, dass du grundlos die Kavallerie rufst.«

»Ich würde Mrs Egan kaum als Kavallerie bezeichnen«, antwortete er trocken. »Außerdem hat sie dir, als ich sie das letzte Mal bat, nach dir zu sehen, frisch gebackene Brownies mitgebracht. Das war natürlich eine gewaltige Last, die du für das Seelenheil deines Bruders ertragen musstest.«

»Schön, da hast du wohl nicht ganz unre… *ah!«* Reids große Hand hatte sie fast zu Tode erschreckt, als sie von hinten unter der Decke ihren Bauch berührte und sich jetzt zu ihren Brüsten hochschlängelte.

»Alles okay?«

Sie schlug nach der Hand und schob sie weg. Als Reid belustigt lachte, funkelte sie ihn böse an, aber das schien ihn nicht im Mindesten zu beeindrucken. »Nichts, Jax. Ich hab nur, ähm …« *Denk nach, Mädchen, denk nach.* »… hab mir nur den Zeh am Couchtisch gestoßen.«

Jacksons Lächeln war durchs Telefon zu hören. »Immer noch so tollpatschig wie früher, hm? Gut zu wissen, dass manche Dinge sich nie ändern.«

Ihr Haar wurde zur Seite geschoben, und Reids heißer Mund versengte ihren Hals mit feuchten Küssen und dem gelegentlichen Gefühl seiner Zähne an ihrer Haut. Ein Pochen von ganz tief innen sandte mit jedem Herzschlag kribbelnde Stoßwellen durch Lucies Körper. Ihre Glieder wurden schwach. Es gelang ihr nur mit Mühen, den Hörer weiter ans Ohr zu pressen und sich auf den Beinen zu halten. Worüber, zum Teufel, hatten sie gerade geredet? *Tollpatschig! Das war es.* »Ja, na ja, es wäre schön, wenn sich das … ah … ändern könnte, ähm … egal.«

»Hey, geht es dir gut?«, fragte Jackson. »Du klingst eigenartig.«

Reid leckte ihr über die Ohrmuschel und flüsterte: »Häng ihn ab, oder ich gehe zur Sache, während er noch dran ist und mithört.«

Die Vorstellung, Sex zu haben, während ihr Bruder zuhörte, war ungefähr so attraktiv wie ein Eimer mit eiskaltem Wasser, der auf einem Felsvorsprung stand und sich beim kleinsten Ruck an dem langen Seil über sie ergießen würde. *Neiiiiin, danke.*

»Hör mal, Jackson, kann ich dich später zurückrufen? Ich habe mir wirklich wehgetan, und ich muss meinen Zeh kühlen und so was.« Sie machte die erforderlichen Pausen und Schmerzenslaute, während er seinen brüderlichen Rat zum

Besten gab, wie man einen verstauchten Zeh behandelt und wie man erkannte, ob er gebrochen ist, und dergleichen. Schließlich beendete Jackson seine Ausführungen, und sie riss sich das Telefon vom Ohr, bevor sie ihr gehetztes »Okayhabdichauchlieb« überhaupt zu Ende gesprochen hatte.

Kaum waren die letzten Töne ihres unzusammenhängenden Geplappers verklungen, schob Reid auch schon von hinten seine Hand zwischen ihre Beine. Ohne zu zögern stieß er zwei Finger tief in sie hinein, während seine freie Hand eine ihrer Brüste eroberte. Plötzlich wurde sie von einer Vielzahl an Sinneseindrücken überschwemmt. Seine raue Hand schürfte über ihre straffe Brustwarze, und seine Finger entfachten eine solche Wonne tief in ihr, dass sie eine Gänsehaut bekam, als er sie wieder und wieder in ihren Körper hineinstieß.

Sie presste den Kopf nach hinten an seine Brust, bog den Rücken durch und hob die Hände hinter den Kopf, um die Fingernägel in seine Schultern zu graben. Er keuchte in ihr Ohr. Sie wusste, dass er den Schmerz durch ihre Nägel und Zähne liebte. Also gab sie ihm, wonach er verlangte. Er antwortete, indem er die Finger fest um ihren Nippel zusammendrückte, was prompt ein Feuerwerk in ihrer Brust entzündete.

»Ah, ja!«

»Das ist es, Baby. Gott, du fühlst dich so heiß an. Komm für mich. Ich will spüren, wie du meine Finger tief in dich einsaugst.«

Seine Worte waren Öl auf den Flammen ihrer Leidenschaft, was zu einem sofortigen Flächenbrand führte. Mit einem letzten Stoß seiner Hand und seinen Zähnen an ihrer angespannten Halssehne, explodierte Lucie. Das Gefühl war unglaublich. Als wäre sie nicht länger in derselben Dimension wie die übrige Welt.

Nachdem es ihr endlich gelungen war sich umzudrehen, streichelte sie eifrig über seine Shorts, aber er packte schnell ihr Handgelenk und zog es weg. »Warte.«

»Was ist los?«

»So *liebend* gern ich das hier zu Ende bringen würde, aber wenn ich dich jetzt ins Bett bringe – oder aufs Sofa, auf den Boden, den Küchentisch oder sonst wohin –, sind wir den ganzen Tag beschäftigt. Dann bleibt keine Zeit mehr für irgendetwas anderes.«

Lucie fühlte, wie sie nicke, obwohl ihr Körper ihr doch den Befehl gab, über ihn herzufallen. »Du hast recht, wir haben … äh, Dinge zu erledigen, wie …«

Sein Mundwinkel zuckte. »Übungen, Training, solche langweilige Sachen.«

»Richtig, ja, danke.«

»Gern geschehen. Warum tust du nicht das, was du sonst immer morgens tust, und wenn du damit fertig bist, treffen wir uns im Fitnessraum.«

*Was genau hatte er gesagt?* Sie fühlte sich noch immer ziemlich high, aber vermutlich machte sie nichts falsch, wenn sie einfach allen seinen Vorschlägen zustimmte. »Gute Idee. Ich gehe einfach und … mache das.«

Ein leises Lachen kam tief aus seiner Brust – seiner wunderbar nackten, muskelbepackten Brust –, und dann drehte er sie in Richtung Schlafzimmer. Mit einem leichten Klaps auf den Hintern gab er ihr zu verstehen, dass sie einen Zahn zulegen sollte.

Irgendwie gelang es ihnen, sich zusammenzureißen und nicht übereinander herzufallen, während Reid seine Physiotherapieübungen und Lucie reguläres Training durchzog. Den

Rest des Tages verbrachten sie dann damit herauszufinden, wie sie Reids strapaziöse Trainingsübungen so abändern konnten, dass er trotz seiner noch nicht ausgeheilten Verletzung in Kampfform kommen würde.

Nachdem sie geduscht hatte, setzte Lucie sich aufs Sofa und wartete darauf, dass er mit dem Duschen fertig wurde, damit sie zusammen entspannen und nach einem anstrengenden Tag einen Film anschauen konnten.

Sie hatte vorgehabt zu lesen, aber das Einzige, was sie derzeit im Kopf hatte, war ein prachtvoll nackter Reid Andrews, an dessen Körper Wasser herunterlief. Ihre Temperatur nahm schon wieder fiebrige Ausmaße an, also drehte sie ihr Buch um und fächelte sich damit Luft zu. *Zumindest benutze ich es irgendwie.*

Als sie die Badezimmertür hörte, hielt sie sich das Buch schnell wieder vors Gesicht und tat so, als wäre sie nicht gerade dabei gewesen, sich unartige Dinge vorzustellen, die sie unter dem heißen Sprühnebel der Dusche mit ihm hätte machen können. Nein, in ihrem Gehirn ging nichts Lüsternes vor sich. Sie gönnte sich einfach ein bisschen leichte Lektüre. Total. Unschuldig.

»Donnerwetter, in diesem Buch müssen ja einige ziemlich heiße Szenen stehen.«

Aufgeschreckt sah sie ihn an, als er sich neben sie auf das Sofa setzte. »Wie kommst du denn darauf?«

»Ich komme darauf, weil deine Wangen ziemlich rot sind, und du vom Draufbeißen eine Kerbe in der Unterlippe hast.« Er hielt ihr Kinn fest und strich mit dem Daumen über ihre geschwollene Lippe. »Und inzwischen weiß ich, dass du das tust, wenn du unglaublich scharf bist. Bist du scharf, Lucie?«

*Soviel zu total unschuldig.*

»Ich wollte schon immer mal *Warrior* sehen …«

Reid ließ die Hand sinken und lächelte über ihren abrupten Themenwechsel. Er konnte nicht anders. Trotz einer Nacht voller Gänsehaut-Sex und einem Orgasmus in ihrem Wohnzimmer war sie ihm gegenüber immer noch schüchtern.

Lucie legte ihr Buch auf den Beistelltisch und spielte mit einem Sofakissen herum. »Der Film handelt von zwei Brüdern, die am selben MMA-Wettbewerb teilnehmen und gegeneinander antreten müssen.«

»Ich weiß. Ich hab ihn gesehen.«

»Oh.« Sie runzelte die Stirn.

»Aber ich würde ihn mir gern noch mal ansehen. Ich hab ihn mit ein paar von den Jungs aus dem Training angeschaut, und sie waren ziemlich nervig, also habe ich eine Menge verpasst.« Das stimmte zwar nicht ganz, aber eine kleine Lüge, um die Falten auf ihrer Stirn wieder zu glätten, war es wert. Ihr Lächeln war ein zusätzlicher Bonus.

»Wunderbar. Okay, du lädst ihn runter, und ich mache das Popcorn.«

Sie sprang eilig von der Couch und machte sich auf den Weg zur Küche. Doch kaum war sie zwei Schritte gegangen, ertönten plötzlich ein *Rums* und ein *Uff*, und sie landete direkt vor seinen Füßen auf dem Boden.

»Immer mit der Ruhe, Lubert.« Er half ihr hoch und setzte sie neben sich, die Beine quer über seinen Schoß gelegt. »Du hast wohl den Couchtisch hier übersehen, was?«

Sie funkelte ihn an und zog durch zusammengebissene Zähne die Luft ein, während sie gleichzeitig die Hände zu Fäusten ballte. »Oh Mann, warum tut es so weh, sich die Zehen zu stoßen? Autsch, Autsch, Autsch.«

»Komm, lass sie mich festhalten.« Er nahm die Zehen ihres

rechten Fußes behutsam in die Hände und drückte sie ganz leicht zwischen den Handflächen. Als ihm klar wurde, dass sie schon eine ganze Weile so gesessen hatten, hob er den Kopf und sah, dass Lucie seine Hände betrachtete. In ihren Augen schimmerten Tränen. »Hey«, sagte er leise und legte eine Hand an ihre Wange. »Tut es so schlimm weh? Vielleicht hast du dir was gebrochen.«

Sie schüttelte kaum merklich den Kopf. »Das hat meine Mom immer gesagt, wenn wir uns gestoßen haben. ›Festhalten‹. Ich fand es zwar immer albern, so etwas zu sagen, aber es hat jedes Mal geholfen.«

»Machst du Witze? Es war super, so was zu sagen. Weißt du, wie viele Male ich was ›festhalten‹ musste, nachdem ich beim Ringen herumgestoßen worden war? Hunderte, wenn nicht sogar Tausende von Malen. Und es hilft immer.« Mit einem schiefen Grinsen fügte er hinzu: »Entweder das oder ein Eisbad. Tatsächlich kannst du eine Münze werfen. Kommt nur darauf an, wie viel Zeit du hast.«

Sie schnaubte angesichts dieser lächerlichen Feststellung und ließ dem Schnauben ein nervöses Lachen folgen, während sie sich eine Hand vors Gesicht schlug. Reid zog ihre Hand beiseite. »Dein Schnauben gefällt mir.«

»Ach, sei still«, sagte sie und versetzte ihm einen leichten Schubs, bevor sie die Füße auf den Boden schwang. »Ich mache das nicht absichtlich, weißt du.«

»Ich weiß, deshalb ist es ja so verdammt süß.«

Sie blieb am Ende des Sofas stehen, drehte sich um und kniff ihre grauen Elfenaugen zusammen. »*Niemand* findet es süß, wenn eine Frau schnaubt.«

Er zuckte die Achseln und legte dann die Arme rechts und links auf der Rückenlehne des Sofas ab. »Ich hätte dieser

Einschätzung zugestimmt, bis ich *dich* vor über einer Woche habe schnauben hören.«

Sie schüttelte den Kopf und ging lachend in die Küche. Ganz offensichtlich glaubte sie ihm nicht, aber das war okay. Eines Tages würde sie ihm glauben. Eines baldigen Tages würde sie ihren Wert erkennen und beginnen, sich selbst zu mögen – einschließlich ihrer Neigung zu schnauben und mit Gegenständen zusammenzustoßen.

Während Lucie das Popcorn machte und ihnen etwas zu trinken holte, ging er die Filme durch, die angeboten wurden. Schließlich fand er *Warrior* und drückte auf Pause, sobald der Film begann. »Hey«, rief er. »Weißt du, wie man den Grund dafür nennt, dass du dir eben den Zeh gestoßen hast?«

»Genauso, wie ich es jedes Mal nenne, wenn ich so was mache: Ungeschicklichkeit.«

»Nein, diesmal nennt man es Karma. Du hast deinem Bruder heute Morgen eine Lüge aufgetischt. Und prompt wurde die Wahrheit daraus.«

Sie schaute mit weit aufgerissenen Augen um die Ecke. »Ach du meine Güte, du hast recht! Tja, das ist Mist.« Sie verschwand wieder in der Küche und fügte hinzu: »Erinnere mich daran, mir in Zukunft keine Lügen mehr auszudenken, die was mit körperlichen Schäden zu tun haben.«

Er lachte noch immer, als sie in den Raum zurückkam, eine große Schüssel Popcorn und zwei Flaschen Wasser in den Händen. »Du musst deine Lügen einfach entsprechend anpassen. Damit du Spaß hast, wenn das Karma vorbeischaut, wie man so schön sagt.«

Sie schaffte es ohne weitere Missgeschicke, die Schüssel auf den niedrigen Tisch vor ihnen zu stellen und sich aufs Sofa zu setzen. Als sie sich in die Kissen lehnte, fragte sie: »Ach ja? Was denn zum Beispiel?«

Reid beugte sich dicht zu ihr vor. »Zum Beispiel: ›Es tut mir leid, ich kann gerade nicht reden, weil Reid meine Brüste leckt, als seien sie ein leckeres Eis.‹« Er hatte noch nie jemanden so schnell rot werden sehen. Lucie auf den Arm zu nehmen wurde so langsam zu einer seiner absoluten Lieblingsbeschäftigungen, und er konnte es sich nicht verkneifen, die Sache noch weiter auf die Spitze zu treiben. »Obwohl ich mir nicht sicher bin, ob das so sehr unter Karma fällt, oder eher in den Briefkastenschlitz für Vorschläge und Wünsche an das Universum gehört.« Er senkte den Blick zu der Stelle, wo ihre Oberschenkel sich trafen, verborgen hinter kurzen, schwarzen Pyjamashorts. »Apropos Schlitz …«

Weiter kam er nicht, da sie ihn mit einer Hand über seinem Mund zum Schweigen brachte. Obwohl sie sich Mühe gab, entrüstet auszusehen, konnte sie kaum ihr Lächeln verbergen. »Reid Michael Andrews! Was ist bloß in dich gefahren?«

Er zog ihre Hand weg und lachte. »Das muss wohl an dir liegen, denn ich hatte seit Ewigkeiten nicht mehr so viel Spaß mit einem Mädchen.«

Sie neigte kokett den Kopf und schaute ihn durch ihre verführerischen Elfenwimpern an. »Na ja. Streng genommen bist ja wohl du derjenige, der in mich gefahren ist.« Reid war sich nicht bewusst, dass ihm der Unterkiefer heruntergeklappt war, bis sie ihn mit den Fingerspitzen wieder nach oben schob und sagte: »Wenn du den Mund weiter so offen stehen lässt, fängst du noch Fliegen.« Dann zog sie sich mit einem äußerst selbstzufriedenen Grinsen die Popcorn-Schüssel auf den Schoß.

Er brach in ein langes, schallendes Gelächter aus, legte den Arm um sie und zog sie an sich. Nachdem er den Film gestartet hatte, verfielen sie in ein behagliches Schweigen, aßen Popcorn und entspannten einfach. Seine Aufmerksamkeit war jedoch mehr auf Lucie gerichtet als auf den Bildschirm. Denn das war auch viel spannender. Während der Kampfszenen bemerkte er, dass sie ihren ganzen Körper anspannte. Wenn sie etwas überraschte, stieß sie ein leises Keuchen aus. Und wenn sie einen Filmkuss beobachtete, hob sie ihre Fingerspitzen, um sanft ihre eigenen Lippen zu berühren, als könne sie den Kuss ebenso spüren wie die Darsteller.

Lucie war von Natur aus eine stille Person. Sie hatte ihr Leben eher hinter den Kulissen verbracht, zufrieden damit, anderen Leuten die Bühne zu überlassen. Aber das bedeutete nicht, dass sie weniger leidenschaftlich war als diejenigen, die das Rampenlicht bevorzugten. Sie liebte ihren Job und ihre Freunde, war extrem engagiert und loyal und im tiefsten Herzen eine Romantikerin.

Reid wusste, dass er selbst sich niemals niederlassen und eine Familie gründen würde. Er hatte einfach nicht das »Familienvater-Gen« in sich, wie die meisten anderen Menschen. Darüber hinaus lebte er nicht die Art von Leben, in der Familien gediehen.

Stan Andrews, sein Vater, war einer der führenden Profiboxer seiner Zeit gewesen. Er hatte gegen viele der Großen gekämpft und auch gegen ein paar von ihnen gewonnen. Seine Frau hatte Stan in der Trainingshalle kennengelernt, wo sie als typisches Boxgroupie herumlungerte, alle Kämpfe verfolgte und nach Kräften versuchte, sich einen der Fighter zu angeln. Zunächst war die Ehe der beiden recht glücklich verlaufen. Bis Reid schließlich fünf Jahre alt wurde, und der große Stan Andrews einen Kopftreffer kassierte, der seine Karriere endgültig beendete. Danach hatte Stan angefangen zu trinken, und seine Frau war nur noch angewidert gewesen, einen abgehalfterten Ex-Boxer zum Mann zu haben. Der Kitzel, am Ring zu stehen und ihm zuzujubeln, war verschwunden. Und dann war sie auch weg.

Sie hatte ihren Sohn bei einem Mann gelassen, der keine Ahnung hatte, wie man ein Kind großzog. Genauer gesagt verstand Stan nur von zwei Dingen im Leben etwas: trinken und kämpfen. Also hatte er, statt einen Sohn großzuziehen, einen Fighter trainiert.

Reid konnte nicht viel gegen das Training seines Vaters einwenden. Es war hart gewesen, manchmal sehr hart, aber am Ende hatte sich das alles gelohnt. Er war zu einem der weltbesten MMA-Fighter im Halbschwergewicht geworden, und hatte Ruhm und Reichtum errungen. Er lebte ein verdammt gutes Leben in Las Vegas und tat etwas, das er liebte.

Aber da gab es noch eine andere Seite an ihm. Die Seite, die kein Fighter war, die bildhauern und ein Sohn sein wollte. Und das war die Seite, die Stan Andrews und alles, wofür er stand, verachtete. Nur, dass es dieser Seite nichts gebracht hatte zu rebellieren. Schon früh war Reid bewusst geworden, dass er von seinem Vater außerhalb des Rings keinerlei Lob oder Zuneigung zu erwarten hatte. Und für irgendwelche Hobbys oder sonstigen Kontakte blieb neben dem Training keine Zeit. Das hatte sein Vater ihm ein für alle Mal klargemacht.

Also, nein, Reid Andrews würde nie ein begnadeter Beziehungsmensch werden, geschweige denn ein geeigneter Familienmensch. Er blickte nicht weiter in die Zukunft als bis zu seinem nächsten Kampf. Bis die Hand von einem der beiden Fighter im Käfig zum Sieg hochgerissen wurde, aß, schlief und atmete er je nach Bedarf, um sich auf seinen Gegner vorzubereiten. Und danach begann er für den nächsten Kampf wieder von vorne. Immer Kämpfer. Niemals Zuschauer.

Als Lucie bei einem besonders blutigen Hieb zusammenzuckte, stellte er das Popcorn weg und zog sie zwischen seine Beine, sodass sie den Kopf an seine Brust kuscheln konnte. Er gab sich verdammt große Mühe, zu ignorieren, wie sehr es ihm gefiel, wie sie sich an ihn schmiegte und so lange hin- und herrückte, bis ihre Wange genau an der richtigen Stelle lag.

Lächelnd spielte er mit ihrem Haar, griff nach einzelnen Strähnen und zog sie durch die Finger. Er liebte das seidige Gefühl und den blumigen Duft, den er inzwischen automatisch mit ihr assoziierte.

Er war sich nicht sicher, wie viel Zeit verstrichen war, aber bevor der Film endete, war ihre Atmung plötzlich sehr tief und gleichmäßig. Also schnappte er sich die Decke von der Rückenlehne des Sofas, wickelte die schlafende Lucie darin ein und rückte in die Ecke, um es sich bequemer zu machen.

»Träum süß, Lu.« Er gab ihr einen Kuss aufs Haar und bekam gar nicht mit, wie er selbst die Augen schloss.

# 13

Reid sank in die Sofakissen zurück und streckte die Beine aus. Er hatte nach einem verdammt langen Tag gerade geduscht und wollte nur noch daliegen und das eine Bier trinken, das er sich am Abend gestattete.

Seit dem entspannten Filmabend mit Lucie war eine Woche vergangen, aber statt Zeit für Spaß zu haben, waren die letzten sieben Tage stressiger gewesen denn je. Wenn sie nicht an seiner Schulter arbeiteten und trainierten, hatte er zu PR-Veranstaltungen fahren müssen, und Lucie war ins Krankenhaus gerufen worden, um bei einigen besonders schwierigen Fällen zu helfen.

Einziger Lichtblick waren die Quickies, für die sie immer irgendwie Zeit fanden. Wobei die Kürze dieser Begegnungen durch die heiße Leidenschaft mehr als wettgemacht wurde. Wann immer er und Lucie aufeinandertrafen, entstand eine chemische Reaktion, die in einer heftigen Explosion endete und sie beide bis ins Innerste aufwühlte.

Bei einem dieser Zusammentreffen waren ihnen die Kondome ausgegangen, was eine offene – wenn auch hastige – Diskussion über Verhütung nach sich zog. Da sie beide ein einwandfreies Gesundheitszeugnis besaßen, und Lucie sich auf Wunsch ihres Ex ein Hormonimplantat in den Arm hatte einsetzen lassen, beschlossen sie, für die Dauer ihrer gemeinsamen Zeit auf das lästige Latex zu verzichten.

Bei der Erinnerung daran, wie er zum ersten Mal ohne irgendetwas zwischen ihnen in sie eingedrungen war, spürte er sofort ein Ziehen in seinen Kronjuwelen. Es war ein unglaubliches Gefühl gewesen. Ihre Muskeln hatten seinen nackten Schwanz fest umklammert und ihn geschickt gemolken, bis er sich tief in ihrer feuchtheißen Spalte ergoss. Danach hatten sie länger als sonst gebraucht, um von der Ekstase wieder runterzukommen. Aber als sie langsam abebbte, hatte er seine eigene Hochstimmung auch in Lucies Augen leuchten sehen.

Bedauerlicherweise waren ihre Tageslichtintermezzi die einzigen, die sie während der ganzen Woche hatten. Abends, wenn sie nach Hause kamen, reichte ihre Energie nur noch aus, um zu duschen und ins Bett zu fallen.

Reid hatte den Verdacht, dass Dr. Arschloch Lucie nur gebeten hatte im Krankenhaus einzuspringen, damit er sie sehen konnte. Vielleicht wollte er einfach sichergehen, dass ihre Verwandlung von Dauer war. Oder er suchte nach einem Vorwand, um sie zu treffen und seine mädchenhaften Grübchen aufblitzen zu lassen. Wer, zum Henker, konnte das schon wissen?

Was er aber wusste, war, dass er nichts gegen diesen ganzen Zustand tun konnte. Kaum hatte die UFC erfahren, dass er in Reno war, um Physiotherapie und ein spezielles Training zu bekommen, hatten sie eine Pressekonferenz und öffentliche Autogrammstunden angesetzt. Letztendlich war ihm nichts anderes übrig geblieben, als mitzumachen. Dazu hatte er sich vertraglich verpflichtet.

Es war jedoch verdammt schwer gewesen, sich auf die immer gleichen Fragen zu konzentrieren, während Lucie in der Zwischenzeit vermutlich von diesem Chirurgen angegafft wurde. Vielleicht begrabschte er sie sogar, wenn er die Chance dazu bekam. Scheiße, dachte Reid. Daran hatte er noch gar nicht gedacht. Hatte Dr. Mann sie vielleicht schon geküsst? Aber spielte das wirklich eine Rolle? Während er hier auf dem Sofa lag, machte Lucie sich gerade fertig für ein Date mit diesem Burschen, also war sie bis zum Ende dieses Abends so gut wie geküsst.

Seine Hand schloss sich fester um die Bierflasche, und er biss die Zähne zusammen.

Ein Schlag und ein Klappern kamen aus dem Badezimmer vom anderen Ende des Flurs. »Mist!«

Er drehte den Kopf in die Richtung, aus der der Aufruhr kam. »Alles in Ordnung da drin?«

»Ja«, antwortete sie mutlos. »Ich habe mir nur gerade das Knie am Waschtisch gestoßen und mir eine Laufmasche geholt, und das ist mein einziges Paar Strumpfhosen.«

»Soll ich dich schnell zur nächsten Drogerie fahren?« Er könnte auf dem Rückweg falsch abbiegen, sodass sie zu spät kam, und Dr. Arschloch denken würde, sie hätte ihn versetzt. Vielleicht würde er das Interesse an ihr verlieren.

»Nein, ist schon gut, dafür haben wir keine Zeit. Ich geh einfach ohne.«

*Ohne?* Der Bursche würde Zugang zu ihren nackten Beinen haben. Anders gesagt: Es bedurfte dann nur einer einzigen Regung seiner ärztlichen Hand, um unter dem Tischtuch allerhand Dinge zu veranstalten. Und das in aller Öffentlichkeit. Verdammt, dachte Reid. Er konnte sich das nur zu gut vorstellen. Schließlich hatte er so etwas selbst schon oft getan, wenn er sich während eines Dinners mit den höchsten Rängen der Kampfwelt gelangweilt hatte.

»Warum ziehst du nicht einfach einen Hosenanzug an?«

Er hörte Absätze auf dem Dielenboden klappern, dann bog Lucie um die Ecke in sein Sichtfeld. Sofort lief ihm das Wasser im Mund zusammen, als würde jemand die reifste Erdbeere, die er je gesehen hatte, direkt vor seiner Nase baumeln lassen. Genau daran erinnerte sie ihn.

Leuchtend rot von den Brüsten bis zum Hintern, raubte sie ihm in ihrem schlichten Cocktailkleid schier den Atem. Spaghettiträger, die so schmal waren, dass sie praktisch gar nicht existierten. Ein Dekolleté, das bis hinunter zum Brustansatz reichte, und ein Saum, der ihre Schenkel umspielte, nur Zentimeter unter den Rundungen ihres Hinterns.

Sie hatte sich das Haar zu großen Locken frisiert, mit denen sie superheiß und wie gerade dem Bett entstiegen aussah. Ihr Make-up war dezent, mit Ausnahme des roten Lippenstifts, der genau zum Kleid passte.

Ihrer Anziehungskraft nachzugeben, unmittelbar bevor sie ein Date mit einem anderen Mann hatte, war in jeder Hinsicht falsch. Deshalb hatte er beschlossen, es lieber zu vermeiden. Heute Abend würde zwischen ihnen alles rein platonisch ablaufen.

Aber das Bild dieser saftigen Lippen, die sich um einen bestimmten Teil seiner Anatomie schlossen, bombte ein panzerfaustgroßes Loch mitten durch den Tugendwall, den er um sich errichtet hatte.

»Ich habe gar keinen Hosenanzug, Reid. Du hast mir neulich keinen zum Anprobieren rausgesucht.«

Natürlich hatte er das nicht. Welcher Mann wollte ein Mädchen in einem potthässlichen Hosenanzug sehen? Nur die vielen winzigen Kleidchen hatten seinen Blick gefesselt. Was für ein verfluchter Trottel er war.

»Sieht das nicht gut aus? Ist es zu viel?«, fragte sie und versuchte sich möglichst von allen Seiten im Spiegel zu betrachten, indem sie sich um sich selbst drehte. Genau in dem

Moment brummte ihre Gegensprechanlage so laut wie ein Nebelhorn durch das ansonsten stille Apartment. »Oh Gott, ich bin so nervös. Ich kann das nicht. Ich sage ihm, dass ich nicht mitkommen kann. Ich sage, ich hätte eine Lebensmittelvergiftung oder einen spontanen Anfall von Pankreatitis.«

Er war kurz davor, ihr zuzustimmen. So gottverdammt kurz davor. Aber dann brachte er es doch nicht fertig. Nur weil er ihretwegen einen seltsamen und kindischen Anfall von Eifersucht durchlitt, hatte er nicht das Recht, ihr bevorstehendes Glück mit Dr. Grübchen zu sabotieren.

Also gab er seinem inneren Neandertaler einen Tritt, sodass der zurück in seine Höhle flog, stand auf und ging zu Lucie hinüber. »Hier«, sagte er und reichte ihr die Bierflasche. »Nimm einen Schluck und entspann dich. Du sagst das Date nicht ab und machst all die Mühe zunichte, die ich als deine gute Fee in dich investiert habe.«

Sie legte sich eine Hand auf den Bauch, als versuche sie, die Schmetterlinge darin zu beruhigen, während sie mit der anderen Hand das Bier entgegennahm und es in weniger als fünf Sekunden leerte. Soviel zu seinem einen Bier.

Als sie ihm die leere Flasche zurückgab, sagte sie: »Danke, das musste ich jetzt hören.«

»Weil du dir gerne vorstellst, wie ich mit Flügeln und einem Zauberstab aussehe?«, entgegnete er grinsend.

Sie lachte und wirkte von Sekunde zu Sekunde entspannter. »Nein, du Blödmann, weil ich Ermutigung brauchte, um das hier wirklich durchzuziehen.«

*Ermutigung?* Reid betrachtete ernüchtert ihr Gesicht und suchte nach etwas – irgendetwas, das er vielleicht übersah. Der Summer ertönte abermals, und obwohl das Geräusch identisch mit dem ersten war, hätte er schwören können, dass die Ungeduld des Mannes zwei Stockwerke unter ihnen irgendwie den Ton verändert hatte.

Verärgert über die Störung stürmte er zur Tür, drückte den Sprechknopf und bellte: »Wir haben Sie gehört, Moment noch«, bevor er zu ihr zurückkehrte.

Er sprach leise und in entschlossenem Ton. »Du brauchst keine Ermutigung, Lu. Denn das hier wolltest du die ganze Zeit. Dafür hast du das Ganze doch gemacht … stimmt's?«

Ihr Blick huschte nervös von seinem einen Auge zum anderen. Sie hatte die Lippen leicht geöffnet, als wolle sie die Frage gerne beantworten, wenn nur ihr Gehirn endlich mal eine Antwort zustande brächte. Die Anspannung und *irgendetwas* in ihm stiegen immer weiter an und wurden geradezu greifbar.

Er strich ihr eine Locke aus dem Gesicht und schob sie zurück zu den anderen, wo sie hingehörte. Lucies Blick blieb auf seinen Lippen haften; ein Stichwort, das er nur zu gut kannte. Reid überlegte ernsthaft, ob die Rolle des Gentleman nicht überschätzt wurde. Aber wenn er dem nachgeben wollte, musste er sicher sein.

»Lucie? Willst du auf dieses Date mit ihm gehen?«

»Ich …«

Der Titelsong von *Rocky*, der aus der Küche kam, unterbrach sie. Er brauchte eine Sekunde, um zu begreifen, dass es sein Handy war. Lucie hatte darauf bestanden, all seinen Kurzwahlkontakten persönliche Klingeltöne zu geben. Gemeinsam hatten sie rumgeblödelt und sich schlappgelacht, während sie für jeden Kontakt nach dem perfekten Song suchten. Diesen Klingelton hatten sie für Butch ausgewählt.

Reids Kiefermuskel begann zu mahlen. *Tolles Timing, Alter.* Hatte sich denn das ganze Universum gegen ihn verschworen?

Dann traf es ihn wie ein rechter Haken gegen die Schläfe: Ja, so war es. Das Universum versuchte, ihn daran zu erinnern, dass er kein Recht hatte, Luce mit einem Traum, der niemals wahr werden würde, an sich zu binden. Er benahm sich wie ein selbstsüchtiger Arsch. Wollte Lucie ganz für sich allein haben, solange er bei ihr war.

Bis er sie dann verlassen würde.

Er brauchte einen kräftigen Tritt in seinen Allerwertesten. »Na, geh schon«, sagte er und entfernte sich aus ihrer unmittelbaren Nähe. Dann ging er in die Küche zu seinem Telefon und rief über seine Schulter: »Viel Spaß bei deinem Date, Lubert. Vergiss nicht, mit dem Kellner zu flirten.«

Als er auf den Knopf drückte, um Butch zurückzurufen, hörte er, wie die Tür geöffnet und wieder geschlossen wurde, und ihm war plötzlich speiübel.

»Ich müsste eigentlich wissen, dass man kein Bier trinkt, wenn man für einen Wettkampf Gewicht reduzieren will.« Er hielt das Telefon ans Ohr und lachte verächtlich. Er hätte gedacht, dass es laut ausgesprochen überzeugender klang, als nur im Kopf. »Das kommt vom Denken, du Trottel.«

»Andrews?«, die raue Stimme von Butch beruhigte ihn ein bisschen. Der Mann war mehr ein Vater für ihn, als sein richtiger Vater es je gewesen war. Absurd, wenn man bedachte, dass sein Vater und sein Trainer eigentlich die Rollen tauschen könnten, und es dann stimmiger wäre, als es sein sollte.

»Hey, Butch. Tut mir leid, dass ich es nicht gleich ans Telefon geschafft habe. Was liegt an? Was machen die Jungs?«

»Die Jungs machen das Gleiche wie immer. Aber ich hab dich nicht angerufen, um über andere Leute zu plaudern. Ich habe gute Neuigkeiten.«

Reid schnappte sich eine Wasserflasche aus dem Kühlschrank und ging zurück ins Wohnzimmer, um in seine Liegeposition auf dem Sofa zurückzukehren. »Schön, denn ich könnte genau in diesem Moment ein paar gute Neuigkeiten gebrauchen.«

»Scotty kommt zurück. Die Dinge haben sich bei ihm zu Hause schneller als erwartet geregelt, und er wird in einer Woche hier in Vegas zurückerwartet.«

Reid schoss vom Sofa hoch. Er hätte sich unter einer guten Nachricht allerhand vorstellen können. Aber der Gedanke, einen Monat früher als erwartet zurückzufahren, gehörte nicht unbedingt dazu.

»Also kannst du deine Zelte abbrechen und nach Hause traben. Kannst mit deinen Teamkameraden trainieren und dich auf deinen Meisterschaftskampf im eigenen Trainingsraum vorbereiten. Wie ich dich kenne, gehst du wahrscheinlich schon die Wände hoch in diesem Kaff.«

Butch lag nicht ganz falsch. Er war in letzter Zeit unruhig geworden. *Wirklich* unruhig. Aber das hatte nichts damit zu tun, dass er sich nicht in seiner gewohnten Umgebung befand. Es lag wohl eher daran, dass er nicht genug schöne Momente zusammen mit Lucie verbrachte. In der kurzen Zeit mit ihr hatte er gelernt, sich darauf zu freuen, einfach ihre Gegenwart zu genießen. Sei es, dass sie morgens still zusammen am Tisch saßen, während er seinen Protein-Shake trank und sie an ihrem Kaffee nippte, sei es ein Streit um die Fernbedienung, der mit den Argumenten ausgefochten wurde, wem sie gehörte beziehungsweise wer älter war.

»Junge, hast du gehört, was ich gesagt habe?«

Reid räusperte sich und strich sich mit einer Hand übers Gesicht. »Ja, Butch, hab's gehört. Es ist großartig, dass Scotty zurückkommt. Ich bin mir sicher, dass ein paar von den anderen Jungs ebenfalls ziemlich froh sind.«

»Hm, ja, aber er wird trotzdem den größten Teil seiner Zeit für die Arbeit mit dir reservieren. Er weiß, was dieser Kampf für deine Karriere bedeutet.«

»Und ich bin durchaus dankbar dafür, aber weißt du, Luce hat extra ihren Urlaub genommen, um mir zu helfen …«

»Luce? Wer ist das denn? Was ist aus dieser Miller-Lady geworden?«

»Von der spreche ich doch. Ihr Name ist Lucie. Ich meine nur, es wäre unprofessionell, wenn ich ihr Engagement als selbstverständlich hinnähme und mich früher aus dem Staub mache als geplant.«

Funkstille. *Shit.* Butch war ein sanftmütiger Mann … bis man ihm bei etwas widersprach, das mit dem Training zu tun hatte. Dann war sein Schweigen nur die Ruhe vor dem Sturm. In diesem einen Punkt war er Reids Vater ähnlich. Aber selbst da ging Butch nie so weit, gemein zu werden.

»Du willst mich wohl verarschen! Werd ich hier für blöd verkauft, oder wie zum Teufel man das nennt? Denn es fällt mir ziemlich schwer zu verstehen, warum ein Starkämpfer *professionelle* Hilfe durch seinen Trainer und einen Sportarzt ablehnt, wenn er sich auf den größten Kampf seiner Karriere vorbereitet!«

Reid begann in dem kleinen Raum auf und ab zu tigern wie ein Löwe in Gefangenschaft, der den Typ mit der Peitsche vor sich hat. »Verdammt, Butch, komm mir nicht so. Ich habe doch bloß gesagt …«

»Ich habe gehört, was du gesagt hast. Was mir Sorgen macht, Kleiner, ist, was du *nicht* sagst.«

»Was zum Teufel soll das denn heißen?«

»Das heißt, dass der Reid, den ich kenne, sich ein Bein ausreißen würde, um ins Trainingscamp zurückzukehren und sich darauf zu konzentrieren, sich seinen Gürtel zurückzuholen. Es heißt, ich glaube, dass du mit deinem Schwanz denkst, statt mit deinem Kopf.«

Reid erstarrte. Butch kam der Wahrheit mit dieser Bemerkung ein wenig zu nahe. »Bloß weil ich kein herzloser Scheißkerl sein will, muss das nichts heißen.«

»Gut. Freut mich, das zu hören.« Ein tiefer Seufzer kam vom anderen Ende der Leitung. »Hör mal, Junge, du weißt, dass ich dir kein Glück missgönne. Aber jetzt kommt es drauf an. Du wirst nicht jünger. Wenn du diesen Kampf verlierst, bedeutet das nicht das Ende deiner Karriere. Aber es könnte der Anfang vom Ende sein. Man wird dir Kämpfe mit den Jungs ganz unten in der Hierarchie geben. Und diese Kids sind jünger und hungriger als du. Und dann, sobald du ein paar Niederlagen eingesteckt hast, hört man ganz auf, dir Kämpfe zu geben.«

»Ich weiß.« Reid ließ sich aufs Sofa fallen und legte den Kopf zurück. Aus irgendeinem Grund machte ihm die Vorstellung, seine Karriere könne enden, nicht mehr so viel Angst wie früher. Und das war wirklich besorgniserregend.

»Okay, bleib noch diese Woche, wenn du willst. Aber dann stehst du hier im Camp auf der Matte, und wir sorgen dafür, dass du bereit bist.«

Reid hasste die Idee immer noch, seine Zeit mit Lucie zu verkürzen, aber je länger er darüber nachdachte, umso klarer wurde ihm, dass es so besser war. Sie hatte ihr Ziel erreicht, und mit ihrer Hilfe war er kurz davor, seins zu erreichen. Sie hatte Wunder an seiner Schulter gewirkt, die fast zu hundert Prozent wieder okay war. Und wenn er schon nach zwei Wochen so an ihr hing, würde es nach weiteren fünf oder sechs noch viel schlimmer sein. Also, es war definitiv der richtige Schritt.

»Alles klar, Butch. Ich seh dich dann in einer Woche.«

»Ehrlich, ich hätte dem Burschen kein Trinkgeld geben sollen«, brummte Stephen. »Er war so damit beschäftigt, um Sie herumzuscharwenzeln, dass er während des ganzen Essens kaum etwas richtig hinbekommen hat.«

Lucie trat durch die Tür, die Stephen ihr aufhielt, dankbar, die warme Nachtluft um sich zu spüren, die sie aus der Kühle der Klimaanlage rettete. Egal wie oft sie im Restaurant schon gefroren hatte, sie dachte trotzdem nie daran, einen Pullover mitzunehmen.

»Ich finde, Sie tun ihm Unrecht. Ich bin mir ziemlich sicher, dass er als Kellner noch neu und unsicher war. Das hatte bestimmt nichts mit mir zu tun.«

»Na, wie dem auch sei. Auch wenn das Essen selbst viel zu wünschen übrig ließ, verdient meine Begleitung mühelos fünf Sterne«, verkündete Stephen, während er ihre Hand hob, um einen Kuss darauf zu drücken.

Es war ein abgeschmackter Spruch und eine kitschige, altmodische Geste. Und das Ganze führte dazu, dass Lucie in Gelächter ausbrach.

Und schnaubte.

Stephen riss die Augen auf und vergaß ganz, ihre Hand loszulassen, als sei er nicht sicher, ob er richtig gehört hatte. Sie spürte, wie sie errötete, bis sie sich sicher war, dass ihr Gesicht jetzt farblich genau mit ihrem Kleid übereinstimmte.

»Tut mir leid, ich, äh …« *Denk nach, Lucie, denk nach!* »Ich hatte in letzter Zeit Probleme mit den Nebenhöhlen.«

Schließlich setzte er sich wieder in Bewegung, ließ ihre Hand los und bedeutete ihr, den kurzen Weg zurück zu ihrer Wohnung anzutreten. Als sie losging, sagte er: »Sie sollten das mal untersuchen lassen. Sie müssen aufpassen, dass es sich nicht zu einer Nebenhöhlenentzündung auswächst.«

Lucie war unsicher, wie sie reagieren sollte, und entschied sich deshalb dafür, das Thema zu wechseln. »Nachdem wir jahrelang zusammengearbeitet haben, ist es so schön, einmal ein wenig Zeit mit Ihnen auf eine persönlichere Weise zu verbringen, Stephen.«

»Sie haben ja so recht. Obwohl wir beim Essen unsere Sache in dieser Hinsicht nicht besonders gut gemacht haben, oder? Wir haben die ganze Zeit über die Arbeit geredet.«

Lucie grinste, erfreut, dass es ihr gelungen war, das Gespräch in eine angenehmere Richtung zu steuern. »Ja, das stimmt.«

»Na, dann erzählen Sie mir doch etwas von sich. Was sind Ihre kurzfristigen und Ihre langfristigen Ziele, Ms Miller?« Stephen wich einem riesigen, leeren Pappbecher aus, der neben einem Mülleimer lag.

Lucie hielt kurz an, um den Becher aufzuheben und wegzuwerfen, und musste sich dann beeilen, um ihren Begleiter wieder einzuholen. Er hatte gar nicht bemerkt, dass sie zurückgefallen war.

»Ähm, nun, ich schätze, meine kurzfristigen Ziele wären so was wie neue Anschaffungen für den Therapieraum und ein paar Fortbildungen zu den aktuellen Techniken. Ach ja, und ich sollte dafür sorgen, öfter mal rauszukommen.«

Er schaute sie an. »Öfter mal rauszukommen?«

»Ja, Sie wissen schon, *weggehen.*« Als er nur fragend eine Augenbraue hochzog, senkte sie den Blick auf den Gehweg und versuchte, ihr verlegenes Lächeln zu verbergen. »Dates.«

Er verschränkte die Hände hinter dem Rücken und erwiderte: »Ah, ich verstehe. Nun, ich hoffe, Sie geben mir die Chance, dieses spezielle Ziel von Ihrer Liste zu streichen.«

Lucie bedachte ihn mit einem schnellen Augenaufschlag, bevor sie sich wieder darauf konzentrierte, über nichts zu stolpern. »Das wäre schön.«

»Gut. Okay, also, was sind Ihre langfristigen Ziele? Wo sehen Sie sich, sagen wir, in fünf Jahren?«

*War das hier ein Vorstellungsgespräch?* So langsam fühlte es sich fast so an. Obwohl erste Dates vielleicht einfach so abliefen. Sie war da keine Expertin, denn bei ihrer einzigen ernsthaften Beziehung hatten sie das klassische Ausgehen übersprungen. Vielleicht waren Stephens viele Fragen ja doch ganz normal.

»Also, beruflich sehe ich mich in fünf Jahren genau da, wo ich jetzt bin. Mein Job gefällt mir sehr.«

»Wirklich, Sie verspüren keinerlei Verlangen, es zu etwas mehr zu bringen? Wie wäre es damit, Klinikdirektorin zu werden, statt bloß Therapeutin zu sein?«

»Ich soll Annies Stelle übernehmen?« Sie lachte, als sie sich das Szenario vorstellte. »Diese Frau führt ein strengeres Regiment als ein General. Sie haben mein Büro doch gesehen. Wenn ich das Kommando übernähme, würden wir schneller untergehen als Napoleon bei Waterloo.«

Er kicherte einige Sekunden lang mit, aber dann sagte er: »Aber mal im Ernst, warum wollen Sie sich denn nicht weiterentwickeln? Ich persönlich werde erst zufrieden sein, wenn ich es so weit gebracht habe wie irgendwie möglich. Ich meine, was glauben Sie denn, warum ich so viele Abende damit zubringe, an meinen Fällen zu arbeiten? Ich mache das ganz bestimmt nicht wegen des warmen und schummrigen Gefühls, Patienten zu helfen.«

Lucie drehte abrupt den Kopf zur Seite. »Sie wollen mir doch nicht erzählen, dass Ihre Patienten Ihnen vollkommen gleichgültig sind, oder?«

»Natürlich nicht«, antwortete er und schob die Hände in die Taschen. »Sie sind mir nicht gleichgültig. Aber ich kann mich während meiner Schichten um sie kümmern, ohne Überstunden zu machen. Ich unternehme diese Extraanstrengung, weil ich weiterkommen und befördert werden will. Und wenn ich gelegentlich einen besonders interessanten Fall habe, kann ich sogar darüber schreiben und den Artikel in einer medizinischen Zeitschrift veröffentlichen. Mir liegen die Menschen schon am Herzen, die ich operiere. Ich will ihnen wirklich helfen, sonst wäre ich nicht Chirurg geworden. Aber ich finde, es ist kein Verbrechen, auch an mich und meine Zukunft zu denken.«

Lucie runzelte die Stirn und betrachtete aufmerksam die Risse im Bürgersteig. Sie hatte immer gewusst, dass Stephen nicht spätabends Überstunden mit ihr machte, um einen Vorwand zu haben, in ihrer Gesellschaft zu sein. Aber sie hatte doch fest angenommen, dass er es aus Verantwortungsgefühl gegenüber seinen Patienten tat.

Andererseits hatte er ja gerade erklärt, dass diese Menschen ihm nicht gleichgültig waren. Er war eben nur gewissenhaft, was seine Karriere betraf. Er hatte Ziele, und das war doch eigentlich etwas Bewundernswertes. Sie lächelte zustimmend und erwiderte: »Ich verstehe. Und ich finde es großartig, dass Sie hohe Ansprüche haben.«

Als sie vor ihrem Apartmentgebäude haltmachten, drehte Stephen sich zu ihr um und stellte einen Fuß auf die unterste Treppenstufe. »Jetzt haben wir es schon wieder gemacht.«

Sie war plötzlich so nervös wegen der Frage, was in den letzten Minuten ihres Dates passieren würde, dass sie seinem Gedankengang nicht folgen konnte. »Was haben wir gemacht?«

Er lächelte breit. »Wir haben es geschafft, das Gespräch schon wieder auf die Arbeit zu lenken.«

»Ach, das ist okay. Es ist etwas, das wir gemeinsam haben. Ich finde es wichtig, dass man gut zusammenpasst.«

Stephen machte einen Schritt auf sie zu, und ihr wurde flau im Magen. Er war nicht so groß wie Reid, und sein schlanker Körperbau gab ihr nicht das Gefühl, als würde seine bloße Gegenwart sie schwach machen. Aber die Tatsache, dass sein Blick sich auf ihre Lippen heftete, reichte für einen Fluchtimpuls in Richtung Tür.

Da stimmte doch etwas nicht, oder? Sie sollte scharf drauf sein, dass er sie küsste. Jahrelang hatte sie von diesem Moment geträumt. Dem Moment, in dem er die Arme um sie legen und der Rest der Welt zu existieren aufhören würde, wenn ihre Lippen sich endlich trafen.

*Ich bin nur nervös.* Sie hatte sich so lange nach diesem Moment gesehnt, dass sie kaum fassen konnte, dass er nun wirklich da war.

»Na, wenn das kein perfektes Timing ist.«

Lucie drehte sich abrupt um und sah Reid auf sie zukommen. Er wirkte wie eine lebende Werbetafel für diese *Just-Do-It*-Kampagne von Nike, bekleidet mit nichts als einer schwarzen Sporthose und neonblauen Laufschuhen, die Hände in die Hüften gestemmt und schwer atmend nach seinem Lauf. Als er einen halben Meter entfernt stehen blieb, betonte das

Licht der Straßenlaterne die Schweißbäche, die ihm über die Muskeln rannen, bevor sie unter dem Bund der tief sitzenden Shorts versickerten.

Er streckte den Arm aus, um ihrem Date die Hand zu schütteln. »Freut mich, Sie wiederzusehen, Mann.«

Obwohl sie sich nicht rührte, hörte Lucie, wie Stephen Reids Hand nahm und sah sie aus dem Augenwinkel einige Male auf und ab schwingen. »Ganz meinerseits, Andrews. Tut mir leid, dass wir neulich Abend keine Chance hatten, viel miteinander zu reden. Aber bei diesen Partys mit Arbeitskollegen werde ich immer total in Beschlag genommen.«

»Verständlich.« Sie ließen ihre Hände wieder los, aber Reid zeigte sofort auf Stephens Füße. »Vorsicht, ich glaube, Sie sind da in was reingetreten.« In den zwei Sekunden, in denen der Arzt vorübergehend abgelenkt war, beugte Reid sich vor und flüsterte Lucie ins Ohr: »Du siehst so aus, als wolltest du wieder Fliegen fangen, Lu.«

Sie klappte den Mund so heftig zu, dass sie befürchtete, mindestens drei ihrer Backenzähne hätten einen Knacks bekommen.

»Ich sehe nichts«, sagte Stephen, als er sich von seiner Inspektion wieder erhob.

»Mein Fehler. Muss ein Schatten gewesen sein oder so was.« Reid schenkte ihr ein teuflisches Grinsen und verschränkte seine muskulösen Arme vor der Brust. »Also, habt ihr Kids Spaß gehabt?«

»Wir hatten einen wunderbaren Abend«, antwortete Stephen hinter ihr. »Oder, Lucie?«

»Oh, äh, allerdings«, sagte sie und nickte wie eine Wackelkopffigur auf dem Armaturenbrett eines Geländewagens. »Ja, wirklich. Wunderbar.«

Lieber Gott, was plapperte sie da? Warum hatte ihr Gehirn beschlossen, ausgerechnet *jetzt* in Urlaub zu fahren? Stephen musste sie für schwachsinnig halten. Oder schlimmer noch, er nahm es ihr nicht ab. Das war zu viel, sie musste hier weg, in ihre schöne, sichere Wohnung. Sie vollführte eine Vierteldrehung, sodass sie beide Bedrohungen, mit denen sie es zu tun hatte, im Auge behalten konnte. »Oh, Mist! Ich hab ganz vergessen, dass ich Remy füttern sollte, Mrs Egans Frettchen, weil sie … ähm … ihre Schwester besucht.«

»Frettchen?« Auf Stephens Gesicht war deutlich Enttäuschung zu erkennen. Reid zog lediglich eine Augenbraue hoch, als warte er auf den Rest der Geschichte.

»Ja, Frettchen«, sagte sie. »Sie wissen schon, diese kleinen wieselartigen Kreaturen. Ich selbst mag sie nicht besonders, aber Mrs Egan himmelt den kleinen Strolch einfach an.«

»Ich weiß, was ein Frettchen ist, Lucie. Und ich bin mir sicher, dass es noch etwas durchhält«, erklärte Stephen mit einer Spur von Schärfe in der Stimme.

Bevor sie eine weitere Lüge ausspucken konnte, kam Reid ihr so geschickt zu Hilfe, als hätten sie sich abgesprochen. »Nein, leider nicht. Remy hat Diabetes und muss daher streng nach der Uhr essen und Insulin bekommen. Ich würde diese Aufgabe ja gerne für Lucie übernehmen, aber ich bin leider stark allergisch.«

»Ja!«, sagte sie mit viel zu viel Enthusiasmus. »Ähm, ich meine, Reid hat recht. Ich muss wirklich los. Aber wir hatten einen wirklich schönen Abend, Stephen. Vielen, vielen Dank.«

Er bedachte sie mit einem angespannten Lächeln, war aber höflich genug, um nachzugeben. Allerdings nur unter der Bedingung, dass er sie wieder ausführen durfte, damit sie die Dinge nächstes Mal auf einer persönlicheren Ebene diskutieren konnten. Nachdem sie zugestimmt und unter Reids Augen eine unbeholfene Umarmung entgegengenommen hatte, zog Lucie sich endlich in ihren sicheren Hafen zurück, um zu duschen und sich ins Bett zu legen, während ihr tausend Gedanken durch den Kopf gingen.

Reid war ihr nicht ins Haus gefolgt, aber sie hatte ihn mehrere Stunden später heimkommen hören. Das Wissen, dass er da war, beruhigte ihren Verstand endlich so weit, dass sie in einen wunderbaren, traumlosen Schlaf sank.

# 14

Donner grollte in der Ferne, vermutlich hallte er in den leeren Straßen noch lauter als sonst. »Reid, diese Gewitterwolken werden sich gleich über uns öffnen. Wohin gehen wir?«

In der letzten halben Stunde hatte Lucie dieselbe Frage nicht weniger als zehn Mal gestellt und bisher keine Antwort bekommen. Im Hinblick auf ihr Ziel und den Zweck desselben, blieb Reid bemerkenswert wortkarg, trotz seiner offensichtlichen Aufregung. Er zog sie über das Pflaster des Künstlerviertels hinter sich her und sah sie immer wieder mit einem geheimnisvollen Lächeln an, das ihm einen jungenhaften Charme verlieh und sie wie ein junges Mädchen kichern ließ.

Ihr Date mit Stephen war jetzt zwei Tage her und Reid hatte sich außerhalb der Trainingszeiten extrem rar gemacht. Dann hatte er plötzlich verkündet, dass er sie zu einem späten Dinner ausführen wolle, und sie sich danach etwas ansehen sollten. Der Stadtteil, in den sie gefahren waren, hatte Lucie zunächst vermuten lassen, dass es sich um irgendeine Show handelte, aber sie hatten das Restaurant erst nach elf verlassen, also war sie immer noch ahnungslos.

»Ein Sommergewitter hat noch niemandem geschadet. Wir sind fast da, komm weiter«, sagte er, während er sie in eine Gasse zog.

Mit einem Ruck blieb sie stehen, sodass er ebenfalls anhalten musste. »Was um alles in der Welt musst du mir in irgendeiner dunklen Gasse zeigen?«

Er trat ganz dicht an sie heran und legte ihr seine freie Hand auf die Wange. Mit dem Daumen streichelte er sie. »Vertraust du mir nicht, Lu?« Sie starrte in haselnussbraune Augen, deren Glut ihr Inneres schmelzen ließ und flüsterte: »Natürlich vertraue ich dir.«

Seine vollen Lippen verzogen sich zu einem Lächeln. »Dann schließ die Augen.«

Sie hätte beinahe dagegengehalten, dass das nicht nötig sei, aber etwas an der Art, wie er sie ansah, ließ sie die Augen doch schließen.

Ein zarter Kuss auf jedes ihrer Lider war die Belohnung.

Reid führte sie noch ein paar Meter weiter in die Gasse und blieb dann stehen. Sie hörte, wie mit einem Schlüssel ein Schloss geöffnet wurde, und eine schwere Tür knarrend aufging. Er führte sie hindurch. Sie hätte nur zu gern die Augen geöffnet, wollte ihm aber seine Überraschung nicht verderben. Auf der Unterlippe kauend wartete sie, während er die Tür schloss, umherlief und dabei irgendetwas tat. Was genau, war anhand der Geräusche leider nicht herauszufinden. Trotzdem widerstand sie der Versuchung, die Augen zu öffnen.

Schließlich näherte er sich ihr von hinten, schlang einen Arm um ihre Taille und hielt die andere Hand über ihre immer noch geschlossenen Augen. »Scheiße, mir kommen langsam Zweifel an der Sache.«

Sie konnte die Unsicherheit in seiner Stimme hören. »Warum?«

»Weil ich nicht weiß, was du davon halten wirst. Ich mach mir Sorgen, dass es dir nicht gefällt.«

Lucie legte den Kopf schräg und wiederholte seine Frage. »Vertraust du mir nicht?«

Reid holte tief Luft und versuchte, seine Nervosität in den Griff zu kriegen. Der Raum war pechschwarz – mit Ausnahme des Deckenstrahlers, den er eingeschaltet hatte, um die große Staffelei zu beleuchten. Darauf befand sich eine Korkplatte, an die eine Zeichnung geheftet war … Lucie, nackt.

*Vertraust du mir nicht?*

Tat er es? Kunst war extrem persönlich, und eine Darstellung wie diese – wie er Lucie sah, wenn sie sich liebten – war ganz besonders intim. Sie hatte jedes Recht, gekränkt zu sein, selbst wenn sie die einzigen beiden Menschen waren, die seinen Versuch je zu Gesicht bekommen würden. Denn das änderte nichts an der Tatsache, dass er gehandelt hatte, ohne sie um Erlaubnis zu fragen.

Natürlich. Er könnte jetzt behaupten, er wüsste gar nicht, was da in ihn gefahren war. Dass er die Aktzeichnung einfach nur so gemacht hatte, aus einer Laune heraus. Aber das stimmte nicht. Irgendetwas an Lucie – an der Art, wie er sich fühlte, wenn er mit ihr zusammen war – hatte seine Kreativität aus einem jahrelangen Schlummer geweckt. Das ging so weit, dass er bei verschiedenen Ateliers angerufen hatte, bis er schließlich jemand fand, der ihm den Raum und einige Utensilien zur Verfügung stellte – im Tausch gegen ein paar Tickets für seinen nächsten Kampf.

Und *das hier* war, wozu er sich inspiriert gefühlt hatte. Diese Zeichnung von Lucie.

Zusammengefasst sah die Lage also so aus: Ob sie seinen künstlerischen Versuch nun als Geschenk betrachtete oder nicht, war eigentlich egal. Denn das Bild vor ihr verborgen zu halten, wie ein schmutziges kleines Geheimnis, kam nicht infrage. Jetzt gab es kein Zurück mehr.

*Wer nicht wagt, der nicht gewinnt.*

Er holte ein letztes Mal tief Luft und nahm die Hand von ihren Augen. »Okay«, sagte er. »Mach die Augen auf.«

Lucie keuchte leise, bevor sie ihren Mund mit einer Hand bedeckte und flüsterte: »Oh mein Gott.«

Ob es ein gutes »Oh mein Gott« oder ein schlechtes war, konnte er noch nicht erkennen. Er hoffte inständig, dass es sich um Ersteres handelte.

Obwohl er jeden Strich auswendig kannte, betrachtete er eingehend die Zeichnung und versuchte, sie durch Lucies Augen zu sehen. Mit Kohlestift hingeworfene Linien und Kurven zeigten sie auf einer Chaiselongue ausgestreckt, gebannt im Rausch der Leidenschaft. Ihr Rücken war durchgebogen, ihr Kopf zur Seite gedreht, während ihr Haar sich auf dem Kissen ergoss. Das rechte Bein hing über den Rand des Sofas herunter, ein Fuß auf den Boden gestemmt. Das andere Bein war angewinkelt, die Zehenspitzen schwebten gestreckt in der Luft. Während ihre rechte Hand zwischen den Schenkeln verschwand, hielt die andere eine Brust umfasst, eine erigierte Brustwarze lugte zwischen ihren gespreizten Fingern hervor.

Am liebsten mochte er ihr Gesicht.

Der dichte Pony bedeckte einen Teil der vor Ekstase umwölkten Stirn. Lucies Augen waren geschlossen, ihre langen zarten Wimpern überschatteten anmutig die Wangen. Die sinnlichen Lippen, vom Küssen leicht geschwollen, standen halb offen, als wolle sich ein lustvoller Schrei seinen Weg bahnen. Und dann war da noch die herzförmige Sommersprosse an ihrem Augenwinkel. Ein winziges Detail, das die wenigsten Menschen bemerken würden, doch für ihn war es der entscheidende Unterschied: Das hier war nicht irgendeine Frau. Es war *Lucie*.

Er kam wieder zu sich, als sie langsam auf die Skizze zuging.

Während sie das Bild auf sich wirken ließ wie in einem Kunstmuseum, blieb er am Rand des Lichtkegels stehen, die Hände in den Jeanstaschen, und genoss ihren Anblick.

Heute Abend hatte sie ein hübsches, leuchtend rosafarbenes Sommerkleid mit Spaghettiträgern angezogen. Das Oberteil passte ihr wie angegossen, schmiegte sich um ihre schmale Taille, und der Rock fiel über die kleine Rundung ihrer Hüften bis hinunter zum Saum, der bei jedem Schritt um ihre Oberschenkel tanzte.

»Reid, ich …« Ihre Stimme verlor sich, und er befürchtete das Schlimmste.

»Was denkst du? Kein Problem; du kannst mir die Wahrheit sagen.«

Sie schaute sich mit Tränen in den Augen zu ihm um.

»Es ist großartig. Du bist unglaublich talentiert«, sagte sie und richtete ihre Aufmerksamkeit wieder auf die Zeichnung. »Du hast mich …« Sie holte tief Luft und stieß sie zittrig wieder aus, »… wunderschön gemacht.«

Seine Schritte hallten in dem spärlich möblierten Raum wider, als er die wenigen Meter überwand und sie in die Arme nahm. Seine Hand lag an ihrem Gesicht und wischte eine einzelne Träne weg, die ihr über die Wange lief. »In dem Punkt irrst du dich vollkommen, Schätzchen. Ich habe deine Schönheit erst nach mehreren Versuchen wenigstens ansatzweise getroffen.«

Sie lächelte matt. »Lieb von dir, das zu sagen, aber ich sehe nicht mal im Traum so aus.«

Ein Blitz erhellte den Raum, gefolgt von einem Donnerschlag. Dann begann der Regen sein misstönendes Lied auf die Fensterscheibe zu trommeln. Reids Frustration schien zusammen mit dem Gewitter zu eskalieren.

Am liebsten hätte er jeden erwürgt, der jemals dazu beigetragen hatte, dass diese Frau sich nicht wie das unglaubliche Geschöpf fühlte, das sie war. Lucie war nicht nur ganz genauso hinreißend wie auf seiner Zeichnung, sondern alles an ihr – ihr Humor, die Tollpatschigkeit, ihr Mitgefühl und die Hingabe – machte sie tausendmal besser als jede andere Frau, die er kannte.

Er wollte ihr das gerade sagen, als sie hinzufügte: »Ich meine, komm schon. Wenn ich *so* aussähe, hätte ich Stephen um den kleinen Finger gewickelt.«

Vorübergehender Wahnsinn, dachte Lucie. Das war die einzige Erklärung dafür, dass sie so etwas unglaublich Unsensibles zu Reid hatte sagen können.

Natürlich gehörte es zu ihrer Abmachung, Stephen zu erobern. Außerdem hatten Reid und sie sich darauf geeinigt, dass ihre ungewöhnliche Beziehung nur vorübergehend sein sollte. Doch all das spielte jetzt keine Rolle. Reid hatte ihr etwas Besonderes von sich selbst gegeben, indem er dieses erstaunliche Kunstwerk für sie – *von* ihr – erschuf, und sie hatte ihm einfach ins Gesicht geschlagen, indem sie Stephen in ihren gemeinsamen Abend trug.

Vorsichtig betrachtete sie Reid. Die Wut in seinen Augen glich dem aufziehenden Gewitter dort draußen. Sie sah, wie seine Kiefermuskeln sich verkrampften, als versuche er, mit aller Macht die heftigen Worte zurückzuhalten, bei denen sie zweifellos zusammengezuckt wäre.

»Es tut mir so leid, ich …«

Er wartete den Rest nicht ab, sondern drehte auf dem Absatz um und stürmte durch die Tür in das Unwetter hinaus. Sie hastete ihm nach, blieb direkt vor dem Atelier stehen und beobachtete, wie er in Richtung Straße hetzte. Sein Anzughemd war bereits fast völlig durchnässt.

»Reid, warte, komm zurück!«

Er blieb abrupt stehen, drehte sich jedoch nicht zu ihr um. Mit seinem breiten Kreuz und den zu Fäusten geballten Händen sah er wild, gefährlich und – Gott bewahre – äußerst sexy aus. Sie zitterte am ganzen Leib und hatte eine Gänsehaut auf den Armen, aber das lag nicht an dem kühlen Regen, der ihr auf die Haut prasselte und ihr Haar durchnässte. Nein, der Grund war ein anderer. Selbst schäumend vor Wut rührte dieser Mann an ihre primitivsten Instinkte, erregte und frustrierte sie gleichermaßen.

Als er sich umdrehte und mit einem bedrohlichen Glanz in den Augen auf sie zukam, fragte Lucie sich, ob sie ihn nicht besser hätte gehen lassen sollen, damit er sich beim Laufen abreagieren konnte. Sie hätte sich später entschuldigen können. Aber nun drängte er sie gegen die Ziegelsteinmauer. Sie wollte ihn besänftigen, etwas sagen, *irgendetwas*, aber ihr fehlten die Worte. So hatte sie Reid noch nie gesehen. Seine Haltung hatte etwas absolut Animalisches, und das ging ganz offensichtlich nicht in die niedliche und kuschelige Richtung.

»Was ist das bloß mit diesem Arschloch, das dich so verrückt macht?«, brüllte er. »Ernsthaft, sag es mir bitte, denn ich habe versucht, es zu verstehen, aber ich kann es verdammt noch mal nicht!«

Verrückt machte? Wenn irgendjemand sie verrückt machte, dann war es Reid. Es hätte ein unverbindliches Arrangement zwischen ihnen sein sollen. Lehrstunden zum Thema: »Wie werde ich die Art von Frau, die einen gewissen Facharzt für spezielle Orthopädische Chirurgie anzieht, sodass wir in einer kameradschaftlichen Beziehung bis ans Ende unserer Tage glücklich werden.«

Aber so wie es jetzt lief, war sie sich gar nicht mehr sicher, was sie wollte. Nein, das war gelogen. Ihr Kopf sagte ihr, dass sie Stephen wollte. Aber ihr Körper – und wohl leider auch ihr dummes Herz – schrien nach Reid.

Sie schüttelte den Kopf, und nasse Haarsträhnen klatschten gegen ihre Wangen. Heiße Tränen rannen ihr übers Gesicht, und sie betete, dass sie zwischen den Regentropfen nicht weiter auffallen würden, damit sie nicht so jämmerlich aussah, wie sie sich fühlte. »Ich weiß nicht, was du von mir hören willst.«

Die Spitze seines Iro zeigte in Richtung Stirn, wie eine Pfeilspitze. Sein hellgraues Hemd mit den silbernen Nadelstreifen, das er am Kragen offen gelassen und dessen Ärmel er über seine muskulösen Unterarme hochgekrempelt hatte, war jetzt komplett durchnässt und klebte ihm am Körper.

Er stützte die Hände gegen die Mauer links und rechts von ihrem Kopf und beugte sich noch dichter zu ihr. Sein starrer Blick bannte sie so machtvoll, dass sie unfähig war wegzuschauen, und als er sprach, waren seine Worte rasierklingenscharf. »Denkst du an ihn, wenn ich in dir bin, Luce? Wünschst du dir, es wäre *sein* Schwanz, der in dich eindringt, statt *meinem?*«

Sie hatte ihn verletzt. Genauer gesagt, seine weichere Seite. Die Seite, die ihn zu einem nachdenklichen Freund und einem rücksichtsvollen Liebhaber machte. Die Seite, die ihren Körper berührte, als beteten seine Finger jede ihrer Kurven an, um seine Verehrung dann auf eine Leinwand zu übertragen.

Jetzt aber übernahm seine Kämpferseite, befestigte seine Verteidigungswälle mit harschen und groben Fragen, in dem Versuch, seine Wunden zu verbergen. Doch obwohl es die Worte des Kämpfers sein mochten, die aus seinem Mund quollen, waren es die Gefühle des Künstlers, die dahinter standen. Zum ersten Mal verstand sie den Bruch, der durch Reid Andrews ging, ganz.

Lucie schob alle Gedanken an das, was sie brauchte, beiseite und konzentrierte sich auf das, was *er* brauchte. Mit neuer Zuversicht legte sie ihre Hände an sein Gesicht, seine kurzen Bartstoppeln kitzelten sie unter ihren Fingern.

»Niemals.« Überraschung flackerte in seinen Augen auf, bevor die Maske wieder über sein Gesicht glitt. »Sobald du mich berührst, bin ich verloren, Reid.« Sie stellte sich auf die Zehenspitzen und drückte einen Kuss auf seine Lippen. »Jedes. Einzelne. Mal.«

Ein Donnerschlag krachte über ihnen, als ein Lichtblitz Reids animalische Züge in einem Muster aus Hell und Dunkel einfror und seine unmittelbare Absicht verriet. Sie hatte nur einen Moment Zeit, um sich vorzubereiten, dann stürzte sich sein Mund auf sie, schneller, als eine Viper angriff, und genauso tödlich.

Sie stöhnte und öffnete sich ihm, genoss seine heißen Zungenschläge, während er mit der Hand fest ihren Hintern packte, sie an sich zog und gegen seinen steifen, drängenden Schwanz drückte. Sie bog ihr Kreuz durch, zu ihm hin, und versuchte, jedes Luftmolekül, das sie trennte, auszulöschen. Sie brauchte jetzt so viel Berührungsfläche mit ihm wie möglich, sonst würde sie sterben.

Er schob eine Hand zwischen ihre beiden Körper, zog ihren Slip beiseite und stieß zwei Finger tief in sie hinein. Sie unterbrach ihren Kuss, außerstande, sich einen Aufschrei in das Unwetter hinaus zu verkneifen.

»Gott verdammt, Luce«, sagte er schroff. »Ich liebe es, dass du immer so feucht für mich bist. Ich habe noch nie etwas so Enges und Heißes gefühlt. Ich will für immer in dir sein und dich nie verlassen.«

Sprechen war unmöglich, daher begnügte sie sich mit einem Wimmern und einem Stoß ihrer Hüften, um ihn dazu zu bringen, sich zu bewegen. Es funktionierte, aber nicht so, wie sie es beabsichtigt hatte. Anstatt sie weiter mit den Fingern zu bearbeiten, zog er sich vollkommen aus ihr heraus und ließ sie unausgefüllt zurück.

»Reid, bitte …«

»Keine Sorge, Baby, nur für eine Sekunde.« Sie sah zu, wie er den Hosenschlitz seiner Jeans aufriss und sie weit genug herunterzog, um seine Erektion herauszulassen. Lang und dick, mit Adern überzogen und mit glatter, runder Spitze, weckte er das plötzliche Verlangen in ihr, auf die Knie zu fallen und ihn in den Mund zu nehmen, aber Reid ließ sie nicht.

Er grub die Finger in ihre Pobacken, zog sie hoch und rammte sich ganz in sie hinein. Lucie vergrub das Gesicht an seinem Hals und biss sich auf die Unterlippe, während Pfeile der Lust durch ihre Mitte schossen. Sofort zog er sich zurück und stieß wieder zu, gab ein fiebriges Tempo vor, als ginge es ums Überleben.

Mineralische Gerüche von nassem Stein mischten sich mit dem blumigen Duft ihres durchnässten Haares und dem würzigen Rasierwasser auf Reids Hemd. Das Grollen des Donners über ihnen und Regen, der auf sie herabprasselte und die Welt um sie herum verschwinden ließ, hüllte sie in einen urgewaltigen Kokon. Fast schien es Lucie, als seien sie die einzigen Menschen auf Erden.

Sein Mund wütete über ihre Lippen, ihr Kinn, ihre Kehle, ihre Schulter. Seine Fingerspitzen bahnten sich einen Weg zu der Stelle, wo er in sie eingedrungen war, seine massigen Hände spreizten sie noch mehr, um die harten Stöße weiter zu vertiefen.

Schmerzhaft schürften die Mauersteine über ihren Rücken, während sie ihre Fingernägel in Reids Nacken vergrub. Regen strömte über ihre Gesichter, doch sie blinzelten nicht, schauten einander in die Augen und vereinigten ihre Seelen, so wie sich ihre Körper miteinander vereinigten. Nie könnte sie an einen anderen Mann denken, wenn sie mit Reid zusammen war. Sie war nicht in der Lage, überhaupt zu denken, wenn sie in seinen Armen lag.

Alles um sie herum, ihr ganzes Leben, schmolz zu diesem Moment zusammen, diesem Mann, der die Macht hatte, sie zu nehmen, bis nichts mehr zählte als die Art, wie er sie ausfüllte, weitete … vervollständigte.

Nur allzu schnell spürte Lucie, dass sie kommen würde. Sie wollte nicht, dass es endete. Sie wollte, dass es ewig dauerte. So fest sie konnte, biss sie die Zähne zusammen, um den drohenden Orgasmus zurückzuhalten, aber die Anspannung in ihren Muskeln baute sich immer weiter und weiter auf.

»Lass los, Baby. Ich will spüren, wie du meinen Schwanz melkst. Komm für mich«, knurrte er.

Ein paar weitere Stöße, ein Biss in ihren Hals, und sie verlor den letzten Rest Selbstbeherrschung. Sie kamen gemeinsam, in einer gewaltigen, berauschenden Explosion. Reids Aufschrei war der einer wilden Bestie, als er seinen heißen Samen in ihr zuckendes Geschlecht ergoss.

Lucie hatte das Gefühl, in tausend Stücke zu bersten, die eine Zeit lang in den Donnerwolken über ihnen tanzten, bevor sie mit dem Regen zurück auf die Erde fielen … zurück zu Reid.

Als sie wieder atmen konnten, ließ er sie sachte auf den Boden gleiten und hielt sie in seinen Armen, bis er sicher war, dass ihre Beine sie tragen würden. Dann legte er eine Hand an ihre Wange, küsste sie auf die Lippen und sagte: »Lass uns nach Hause gehen und dich ins Trockene bringen, hm?«

Sie schenkte ihm ein kleines Lächeln und nickte. »Was ist mit der Zeichnung? Der Regen wird sie ruinieren.«

»Wir können sie im Atelier lassen und sie ein andermal abholen. Komm. Ich stecke dich unter die heiße Dusche und dann ins Bett.«

Sie zog aufreizend eine Augenbraue hoch. »Hast du immer noch nicht genug?«

Grinsend sagte er: »Ich glaube nicht, dass ich jemals genug von dir haben könnte, Lu, aber nein, das meinte ich nicht. Ich will dich nach Hause bringen, mich um dich kümmern, und dich in dein warmes Bett stecken, damit ich dich im Arm halten kann, bis die Sonne aufgeht.«

»Oh.« Eine sarkastische Erwiderung. Ein anzüglicher Satz. Ein schmutziger Witz. Irgend so was hätte sie als Antwort erwartet. Aber niemals etwas, das ihr Inneres so vollständig schmelzen ließ.

Er schloss das Atelier ab, küsste sie auf die Stirn und hielt sie an sich gedrückt, als sie zum Auto zurückgingen.

War es möglich, den Moment, in dem man sein Herz an jemanden verlor, körperlich zu spüren? Denn Lucie war sich ziemlich sicher, dass sie ihres gerade verloren hatte. Und die Stelle, wo es eigentlich sein sollte, tat buchstäblich weh.

# 15

»Danke, Fritz. Schreib's an, ja?«

Der Barbesitzer zwinkerte zur Antwort, bevor er sich um den nächsten Gast kümmerte, während Lucie die großen Biergläser nahm und sie zu der Nische in der hinteren Ecke des Raums trug. Vanessa telefonierte gerade mit ihrem Handy und stritt wie gewöhnlich mit jemandem.

»Auf gar keinen Fall. Es ist mir egal, was die anbieten, wir lassen uns nicht auf einen Vergleich ein. Hören Sie, ich muss jetzt zu einem sehr wichtigen Meeting, ich rufe Sie morgen zurück. Ja, genau, wiederhören.« Sie warf ihre wilden Locken über die Schulter und ließ das Telefon mit einem dramatischen Seufzer der Erleichterung in ihre Handtasche plumpsen. Wie immer stießen sie an und prosteten sich zu. »Also, was ist los? Du hast kein EDM mehr einberufen, seit du im Abschlussjahr wegen der Prüfungen ausgeflippt bist.«

Das stimmte. Für gewöhnlich war Vanessa diejenige, die ein Emergency Drinks Meeting einberief, sei es aufgrund eines persönlichen oder eines beruflichen Dramas. Sie hatte einen Hang zum Melodramatischen, was sie im Gerichtssaal zu einem Ereignis machte, aber es bedeutete auch, dass ihre Stimmung zwischen himmelhoch jauchzend und zu Tode betrübt schwankte. Lucie war immer die Ausgeglichene gewesen. Noch ein Gebiet, auf dem sie sich ergänzten.

Lucie nahm einen weiteren Schluck, um sich Mut zu machen, dann sprach sie ihr Problem zum ersten Mal laut aus, seit es sich in ihren Kopf geschlichen hatte. »Ich glaube, ich verliebe mich gerade in Reid.«

Ihre Freundin stieß ein Jubelgeschrei aus, als hätte sie gerade ein paar hundert Dollar mit einem Rubbellos gewonnen, das sie für wertlos gehalten hatte. »Das ist ja umwerfend! Herzlichen Glückwunsch, Schätzchen, er ist ein prächtiges Exemplar von einem Mann. Also, wie ist er denn so im Bett? Fantastisch, oder? Verdammt! Ich will jede Einzelheit wissen, einschließlich Länge, Umfang und ob er krumm ist.«

»Um Himmels willen, würdest du bitte etwas leiser sein?«, zischte Lucie. »Ich verrate dir *keine* Details seiner Anatomie.«

Sofort griff Vanessa zu ihrem Lieblingstrick und machte riesige, flehentliche Miezekatzenaugen. »Lass mich nicht betteln, Lucie. Für die meisten Typen hier in dieser Stadt lohnt es sich nicht einmal, die Folie von einem Kondom zu ziehen, ganz zu schweigen von der Enttäuschung danach. Du musst mir erzählen, wie es ist, einen echten Hengst wie ihn zu reiten.«

Lucie schlug sich eine Hand über Nase und Mund, bis sie erfolgreich ihr Bier geschluckt hatte, ohne daran zu ersticken. »Wie kommst du überhaupt auf den Gedanken, dass wir Sex hatten?«

»Jetzt beleidigst du meine Intelligenz.«

Sie schnaubte. »Wohl eher deinen gruseligen sechsten Sinn.«

Vanessa zuckte die Achseln. »Jacke wie Hose. Komm schon, gib mir *irgend*was.«

Sie schaute sich um, um sicherzustellen, dass niemand lauschte, dann sagte sie: »Na gut, okay. Wir waren …«

»Ihr habt gerammelt wie die Karnickel?«

»… waren intim«, sagte Lucie mit einem strengen Blick. »Und es war …«

»Phänomenal, nicht von dieser Welt, so gut, dass du sofort dein Höschen fallen lässt, wenn er dich auch nur ansieht?«

Lucie starrte sie mit offenem Mund und großen Augen an. »Das war ein wenig übertrieben, selbst für deine Verhältnisse, Nessie.«

»Tut mir leid, ich habe mich mitreißen lassen. Sprich weiter.«

»Es war wunderbar.«

Vanessa verzog das Gesicht, als hätte sie gerade schales Bier geschluckt. »Wunderbar? Dir fällt kein besserer Ausdruck ein als wunderbar?«

Lucie schaute einen Moment lang nachdenklich zur Decke, dann zurück zu der geknickten Frau ihr gegenüber. »Nö. Es war wirklich wunderbar, im wahrsten Sinne des Wortes.«

»Okay, schön, ich hab's kapiert. Ich muss warten, bis du betrunken bist, bevor ich irgendwas Saftiges aus dir herausquetschen kann.«

Lucie lachte und bedankte sich bei Fritz' Tochter, die gerade, als sie ihre Gläser leerten, die nächste Runde brachte. »Also, warum ist es so schlimm, dich in Reid zu verlieben? Mir muss da etwas entgangen sein, denn spontan würde mir jetzt kein Grund dafür einfallen.«

»Wie meinst du das?«

»Na ja, ich hab den Typen nur ein paar Mal getroffen, aber wir wissen beide, dass ich eine exzellente Menschenkenntnis besitze. Der Mann ist ein Volltreffer.« Sie hob die linke Hand und begann an den Fingern seine Charakterzüge abzuzählen. »Abartig attraktiv, witzig, charmant, reich, abartig attraktiv, erfolgreich, Freund von deinem Bruder, und er verzehrt sich offensichtlich nach dir. Habe ich abartig attraktiv erwähnt?«

»Nein, ich glaube nicht«, sagte Lucy trocken. »Und was soll das mit dem sich nach mir verzehren? Es klingt wie etwas, das meine Großmutter gesagt hätte.«

Vanessa verdrehte die Augen. »Zuerst bin ich dir zu unanständig, jetzt bin ich zu sittsam. Schön, der Bursche hat offensichtlich einen Dauerständer bei dir. Besser?«

»Ja, das ist perfekt. Genau das, was ich will: Einen Mann, der mich für eine schnelle Nummer nebenbei mag.«

»Das habe ich nicht gemeint«, entgegnete Vanessa, und ihre grünen Augen wurden weicher. »Ich hab doch gemerkt, wie er dich ansieht. Er steht total auf dich. Ich meine, *wirklich*. Tatsächlich würde es mich nicht überraschen, wenn er …«

Lucie hob die Hand. »Nein. Sag es nicht. Du irrst dich. Solche Gefühle hat er nicht für mich.«

»Woher weißt du das?«

Sie lehnte sich gegen die hohe Rückenlehne der Sitznische und hielt dem entschlossenen Blick ihrer Freundin stand. »Komm schon, Nessie, du bist nicht meine Mutter. Du brauchst mein Ego nicht zu streicheln. Männer wie Reid Andrews verlieben sich nicht in Mädchen wie mich.«

»Warum fällt es dir so schwer zu glauben, dass du die Liebe eines anständigen Mannes verdienst? Du bist der schönste Mensch, den ich kenne, innerlich *und* äußerlich. Er wäre ein Idiot, wenn er sich nicht in dich verlieben würde.«

Lucie hob ihr Glas und trank mehrere große Schlucke. Hatte Vanessa recht? Empfand Reid tatsächlich etwas für sie? Sie dachte an die letzten paar Wochen, und im Geiste ordnete sie die Dinge in Kategorien. Dinge, die ein Freund tun würde. Und solche, die ein Liebhaber tat. Die Liebhaberspalte füllte sich schnell, während die Freundschaftsspalte jämmerlich leer blieb. Schmetterlinge begannen in ihrem Bauch herumzuflattern, als ihr Blick auf Nessies selbstgefälliges Grinsen fiel.

Sie schüttelte den Kopf. »Selbst wenn du recht hast, wie sollte das gehen? Wir sind total gegensätzlich. Ich habe das schon mal gemacht, erinnerst du dich?«

»Nein«, entgegnete ihre Freundin entschieden. »Was du getan hast, war Folgendes: Du hast dich mit einem Mistkerl eingelassen, der niemand außer sich selbst wirklich geliebt hat. Die Beziehung ist gescheitert, weil der Armleuchter jedem Rock nachgestiegen ist, Lucie. Nicht weil er gern Kühe rettete und du sie gern gegessen hast.«

»Amen, Rotschopf!« Fritz ließ eine neue Runde Bier auf den Tisch krachen und stemmte die Fäuste daneben. »Ich konnte diese verweichlichte Baumversteher-Tunte nie leiden.« Er schüttelte beim Reden einen dicken, arthritischen Finger in ihre Richtung. »Vertraue keinem Mann, der nich' wenigstens Bier trinkt. Ein Mann, der nur Sachen trinkt, die mit ›tini‹ aufhören, ist kein richtiger Mann. Man könnte denken, er sagt die Größe seines Pullermanns an, wenn er so einen Drink bestellt, wenn ihr wisst, worauf ich hinauswill.«

Die Mädchen lachten, bedankten sich für den Rat und versicherten Fritz, dass sie von jetzt an jeden Mann an dieser Weisheit messen würden.

»Also gut. Diese Runde geht auf mich, wenn ich dafür was Süßes kriege.« Der alte Mann beugte sich vor, sodass sie jeder einen lauten, schmatzenden Kuss auf seine mit weißen Bartstoppeln bedeckten Wangen drücken konnten. Er stand auf und sagte: »Also besser kann man den Abend nicht beenden. Ich lass Michelle heute abschließen und geh nach oben. Ihr Mädels benehmt euch, hört ihr?« Nachdem sie es versprochen und ihm gute Nacht gesagt hatten, wandte Lucie sich an

Vanessa, gleichermaßen aufgeregt, entsetzt und entschlossen. »Okay, sag mir, was ich tun soll.«

Vanessas grüne Augen funkelten buchstäblich vor Übermut, und ein Mundwinkel zuckte in die Höhe. »Er hat dir Lektionen in der Kunst der Verführung erteilt, richtig?«

»Ja«, antwortete Lucie argwöhnisch.

»Dann ist es doch ganz einfach.« Vanessa legte die Arme vor sich auf den Tisch und beugte sich vor. »Du gehst nach Hause, machst was aus diesen Lektionen und zeigst deinem Lehrer ganz genau, was für eine gute Schülerin du wirklich bist.«

Reid zog die Tür zu seinem alten Trainingsraum auf und ging langsam hinein. Die vertrauten Gerüche und Geräusche versetzten ihn augenblicklich in eine frühere Zeit. Eine Zeit, in der er jung und hilflos gewesen war und unter der Knute seines Vaters stand.

»Was zum Teufel ist los mit dir? Zum letzten Mal, verdammt, *hoch mit den Händen!*«

Die Stimme seines Vaters hallte durch den großen, offenen Raum und wirkte wie eine Überdosis Milchsäure in seinen Muskeln. Er folgte dem Geräusch strenger Anweisungen hin zu einem Ring, in dem es aussah, als kämpfe ein Highschool-Junge gegen den ausgewachsenen Stürmer eines College-Footballteams.

»Nimm dich vor seinem Angriff in Acht. Er zielt auf ...« Der größere Typ schlug nach dem Unterleib des Jungen, schlang die Arme um seine Hüften und rang ihn auf die Matte. Stan Andrews befahl eine Auszeit, und die Fighter lösten sich voneinander; einer schnappte gequält nach Luft, der andere wirkte gelangweilt. »Scheiße, Peterson, warum müh ich mich überhaupt mit dir ab?«

»Tut mir leid, Coach«, sagte der Junge und senkte den Blick auf die Matte.

»Wie ich sehe, haust du die Leute immer noch in die Pfanne«, sagte Reid mit zusammengebissenen Zähnen.

Sein alter Herr bewegte kaum den Kopf, aber seine Augen wurden schmal, als er Reid aus dem Augenwinkel musterte, bevor er sich endlich aufrichtete und die Arme über der Brust verschränkte. »Sieh mal an, wenn das nicht der verlorene Sohn ist.«

»Es ist wohl eine Weile her, seit du die Bibel gelesen hast, Pop. Der verlorene Sohn kehrt nach Hause zurück, nachdem er ein irregeleitetes Leben geführt hat, und fleht seinen Vater um Vergebung an. Ich kehre nicht zurück. Ich bin nur auf Besuch. Und alles, was ich je getan habe, war, das Leben zu führen, für das du mich trainiert hast. Also habe ich keinen Grund, mich zu entschuldigen.«

»Ach, hast du nicht, nein? Wie wär's, wenn du dich dafür entschuldigst, alles genommen zu haben, was ich dir geben konnte – all das Wissen, das Training, die Hingabe –, um mich dann im Dreck zurückzulassen, während du ein ach so großer Held wirst.«

»Ich habe dich nicht im Dreck zurückgelassen«, verteidigte sich Reid. »Ich habe dir angeboten, bei mir zu leben. In meinem großen Gästehaus, ganz für dich allein. Du hast das Angebot abgelehnt.«

Stan lachte höhnisch. »Als was sollte ich dort denn leben? Ein pensionierter Ex-Fighter, der von den Almosen seines Sohnes abhängig ist? Nein danke. Ich hätte dein Manager sein müssen.«

Reid bewegte seine Kiefermuskeln und sprach ein beruhigendes Mantra im Kopf, bevor er sich gestattete, wieder zu reden. »Hör mal, ich bin nicht hergekommen, um zu streiten. Ich war in der Nähe und dachte, ich sag mal Hallo – wir könnten reden –, aber wenn du zu beschäftigt bist, ist das auch in Ordnung.«

Nachdem sie einander ein paar Minuten lang angestarrt hatten, rührte sein Vater sich endlich. »Peterson. Grady. Trainiert erst mal an den Boxsäcken. Du«, fügte er hinzu und zeigte auf Reid, »kommst mit mir.«

Reid folgte seinem Vater in das kleine Büro, in dem nur ein abgenutzter Metallschreibtisch und zwei Klappstühle standen. Stan setzte sich hinter den Schreibtisch auf den ramponierten Vinylstuhl, dessen abgerissene Ränder mit silbernen Klebebandstreifen geflickt waren. Reid drehte einen der Stühle um, setzte sich rittlings darauf und legte die Arme auf die Rückenlehne. Sein Gefühl sagte ihm, dass er aufstehen und gehen solle. Er würde von seinem Vater nichts bekommen, wovon ihm warm ums Herz wurde. Zumindest kannte er das so von früher. Doch vielleicht war sein Vater im Laufe der Jahre ja weicher geworden.

Klar, und vielleicht würde seine Mutter gleich durch die Tür kommen und sagen, dass sie nicht vorgehabt hatte, ihn und seinen Vater hinter sich zu lassen wie ein Paar Schuhe, das ihr nicht länger gefiel.

Reid hatte von seinem Vater zumindest gelernt, die Körpersprache von Menschen zu analysieren. Wenn man darauf achtete – ob im Kampf oder sonstwo –, konnte man fast immer den nächsten Schritt seines Gegners vorhersehen.

Der ältere Mann lehnte sich auf dem Stuhl zurück und verschränkte die Arme vor seinem breiten Brustkorb. Er war offenbar misstrauisch und nicht besonders glücklich über den Überraschungsbesuch seines Sohnes. »Also, was willst du? Sicher bist du nicht wegen irgendwelcher Tipps hier, bei all den supertollen Trainern, die du in Las Vegas hast. Bist du gekommen, um mit deinem Erfolg anzugeben?«

»Meine Güte, Pop, kannst du deinen Hass auf das Leben nicht mal eine verdammte Minute lang beiseitelassen?« Als Stan nur verächtlich guckte, holte Reid tief Luft und versuchte es mit Höflichkeit. »Ich habe einen Kampf vor mir. Einen Titelkampf, um meinen Gürtel zurückzugewinnen.«

»Ja. Das weiß ich alles.« Stan deutete auf Reids Arm. »Schulter verheilt?«

Die Tatsache, dass sein Vater von seinem Kampf und seiner Verletzung wusste, hätte ihn nicht überraschen sollen. Da Stan als Trainer aktiv war, war es klar, dass er dem aktuellen Sportgeschehen folgte. Und trotzdem schwoll das kleine Kind in Reid verdammt noch mal vor Stolz an, bei dem Wissen, dass sein Pop genau wusste, was in seinem Leben gerade los war. Dummes Kind.

»Ja, fast wie neu. Ich habe mit einer wirklich großartigen Physiotherapeutin gearbeitet. Sie hat ein Wunder an meiner Schulter vollbracht. Du kennst sie sogar: Lucie, Jackson Maris' kleine Schwester. Erinnerst du dich an sie?«

Dass Reid die Familie Maris aus welchem Grund auch immer seinem Vater gegenüber erwähnte, war riskant. Da Reid seine gesamte Freizeit in Jacksons Haus verbracht hatte, war die Beziehung zwischen den Erwachsenen, gelinde gesagt, angespannt gewesen.

Sein Vater strich sich über die Bartstoppeln an seinem Kinn und dachte zurück. Dann grunzte er. »Stilles kleines Ding. Irgendwie schlaksig und unbeholfen, wenn ich mich recht erinnere.«

»Nicht mehr«, sagte Reid mit einem leichten Lächeln. »Sie

ist hinreißend, davon abgesehen ist sie total faszinierend. Aber ja, die meine ich.«

Stan beugte sich vor und kniff seine Augen zusammen. »Bist du etwa verliebt in die Kleine oder was?«

»Nein, nicht so. Ich meine, doch, sie bedeutet mir wirklich viel ...« Reid stieß einen resignierten Fluch aus. »Ich überlege, das ganze Beziehungsding vielleicht mal zu versuchen. Mal sehen, wo es hinführt.«

Stan stach mit einem Finger in seine Richtung. »Jetzt hör mir mal zu, Junge. Du magst den Höhepunkt deiner Karriere bereits überschritten haben, aber ich will verdammt sein, wenn du es nicht geschafft hast, trotz deines Alters ganz oben zu bleiben. Du wärest ein verdammter Idiot, das für eine Frau wegzuwerfen.«

Reid starrte seinen alten Herrn an, bis dieser den Blick senkte, und biss die Zähne zusammen, um nicht loszubrüllen und eine Szene zu machen. »Ich werfe gar nichts weg. Es gibt jede Menge Typen, die es schaffen, Beziehungen und UFC-Karrieren miteinander zu vereinbaren. Manche sind sogar verheiratet.«

»Und wie viele von diesen« – Stan hielt tatsächlich inne, um Anführungszeichen für das nächste Wort in die Luft zu malen, – »›Beziehungen‹ sind tatsächlich von Dauer? Ich sage dir hier und jetzt, dass es nur zwei Arten von Frauen da draußen gibt. Die, die diesen Lebensstil lieben, die Publicity, das Reisen. Das wollen sie unbedingt haben, und es macht all den Scheiß wett, mit dem sie sich abfinden müssen, um es zu bekommen. Aber sobald das vorbei ist, sind sie weg. Und dann gibt es die Frauen, die sich mit diesem Lebensstil nicht abfinden können. Sie tun es vielleicht zu Anfang, und sie sagen sich, dass es mit der Zeit besser wird und die Beziehung diese Opfer wert ist. Aber am Ende begreifen sie, dass sie etwas Besseres verdienen als das, was wir ihnen geben können. Und dann sind sie ebenfalls weg.«

Reid stand auf und schob den Stuhl aus dem Weg. »Hör mal, nur weil deine Frau dich verlassen hat, bedeutet das nicht, dass der Rest der Welt dazu verdammt ist, das gleiche Schicksal zu erleiden. Lucie ist nicht so.«

Stan schlug mit beiden Händen auf den Schreibtisch, sprang auf und stürmte durch den Raum, bis er direkt vor Reids Nase stand. »Glaubst du! Aber das stimmt nicht. Niemand wüsste das besser als ich. Du *denkst,* du kennst jemanden. Liebst ihn mit allem, was du hast, und dann beschließt dieser Jemand plötzlich, dass er ohne dich besser dran ist, und geht. Das ist die Realität, Junge! Also glaub ja nicht, du wärst verdammt noch mal was Besonderes und die Regeln würden für dich nicht gelten.«

Reids Zorn loderte auf, und er hob ebenfalls die Stimme. »Ich denke, ich sei was *Besonderes?* Wo zum Teufel sollte ich eine so blöde Idee her haben? Fuck, bestimmt nicht von dir. Du hast mich nie vergessen lassen, dass ich nur so gut bin wie mein nächster Sieg.«

»Das liegt daran, dass es die Wahrheit ist! Wir sind Kämpfer, Reid. Der nächste Kampf ist, was uns ausmacht.«

Reid verlor die Schlacht um seine Beherrschung und ließ seinen Emotionen freien Lauf. Wie in seinen jüngeren Jahren brüllte er zurück: »Ich liebe das Kämpfen, aber ein Kämpfer zu sein, ist *nicht* das Einzige, was ich bin! Es ist *nicht* alles, worin ich gut bin!«

»Ach, wirklich?« Stans Stimme verlor etwas an Lautstärke, aber obwohl er nicht länger rumbrüllte, war seine Erwiderung nicht weniger bissig. »Ich nehme an, du spielst auf deine alberne Zeichnerei und Bildhauerei an. Das ist genau das, was sich jede Frau wünscht: Einen erwachsenen Mann, der den ganzen verdammten Tag mit Ton herumspielt. Das kann doch nicht dein Ernst sein.«

Die alte Unsicherheit kehrte zurück und drohte, ihm die Luft abzuschnüren. Reid hatte eigentlich angenommen, dass er den ganzen Bullshit seines Vaters schon vor Jahren hinter sich gelassen hatte. Aber kaum begegnete er Stan, fühlte er sich aus irgendeinem Grund wieder ganz wie das unsichere Kind von früher.

Sein Vater fluchte, ließ sich erneut auf den Vinylstuhl sinken und fuhr sich mit beiden Händen über sein müde aussehendes Gesicht. »Mach, was du willst. Es ist deine Entscheidung. Aber wenn du einen Rat hören willst, hier ist er: Du hast ein verdammt gutes Leben, Junge. Du hast Ruhm, Reichtum und du kannst ohne jede Verpflichtung rumvögeln. Belass es dabei – und erspare dir den Schmerz.«

Reid lachte höhnisch und öffnete kopfschüttelnd die Bürotür. Er hatte gewusst, dass dieser Besuch nicht gut laufen würde, aber etwas in ihm verhinderte, dass er seinen Vater komplett zum Teufel jagte. Wahrscheinlich sein verdammtes Gewissen, das in den dümmsten Momenten aufpoppte wie diese Grille bei Pinocchio. Vielleicht sollte er endlich mal kurzen Prozess machen und es zertreten, bevor er wieder so etwas Dummes tat wie jetzt.

»Danke für das aufmunternde Gespräch, Pop«, rief er über seine Schulter hinweg, als er ging. »Es war mir wie immer ein Vergnügen.«

# 16

Kaum hatte Reid die Wohnung betreten, ging er schnurstracks zum Kühlschrank. Er schnappte sich zwei Flaschen Bier, kippte die eine binnen Sekunden hinunter und öffnete dann die zweite, während er auf den Balkon hinausging.

Da kein Licht in der Wohnung brannte, vermutete er, dass Lucie noch immer mit Vanessa in der Bar war, was ihm sehr entgegenkam, weil in seinem Kopf totales Durcheinander herrschte und er Zeit brauchte, um sich zu sortieren. Er nahm einen riesigen Schluck von der kalten Flüssigkeit und wünschte, es könnte auch seine Gefühle von innen abkühlen. Vielleicht würde er seinen Ernährungsplan für einen Abend in den Wind schießen und trinken, bis er sternhagelvoll war. Sich für einige Stunden betäuben, damit er nicht an seinen bevorstehenden Kampf denken musste oder an die Tatsache, dass er Lucie in wenigen Tagen verlassen würde.

Verflucht, er hatte es ihr noch nicht einmal gesagt. Wann immer er es versuchte, krampften sich seine Eingeweide zusammen, und er brachte es einfach nicht über sich. Stattdessen küsste er sie lieber. Und das führte dann so gar nicht zu einer Konversation. Jedenfalls keiner mit Worten.

*Lucie.*

Was zum Kuckuck sollte er ihretwegen unternehmen? Er hatte noch nie für irgendeine andere Frau dasselbe empfunden, wie für sie. Er liebte es, *bei* ihr zu sein, und er liebte sie als Mensch. Andererseits konnte er das Gleiche von Butch sagen. Aber nein, seine Gefühle für Lucie waren viel, viel stärker als die für seinen Trainer. Doch was bedeutete das? Dass er in sie verliebt war? Er wusste es einfach nicht. Woher auch, zum Teufel.

Er runzelte die Stirn und nahm noch einen Schluck von seinem Bier. Sternhagelvoll klang eindeutig immer besser.

»Für einen so schönen Abend wie diesen siehst du viel zu ernst aus.« Erschrocken fuhr er herum und wollte schon mit ihr schimpfen, weil sie sich an ihn angeschlichen hatte, als es ihm schlichtweg die Sprache verschlug.

Lucie stand in der offenen Balkontür, die Hände zu beiden Seiten an den Türrahmen gelegt, ein Bein leicht angewinkelt und nur auf den Fußballen gestützt. Bis zu diesem Moment hätte er behauptet, dass das erotischste Kleidungsstück einer Frau Dessous waren.

Aber Lucie, mit nichts anderem bekleidet als einem seiner Hemden, das sie von den Schultern bis zur Mitte ihrer Schenkel bedeckte, übertraf alles, was sie bei Victorias Secret hätte kaufen können. Ihr Haar war offen und voll, als hätte er mit den Fingern bereits hindurchgepflügt, und sie hatte ein Glitzern in ihren silbern schimmernden Augen, das Bände sprach.

»Wo wir gerade von Schönheit sprechen«, brachte er mit rauer Stimme hervor.

Sie wich langsam zurück, bedeutete ihm aber mit einem gekrümmten Finger, ihr zu folgen. Reid kippte den Rest seines Biers hinunter, ging in die Wohnung zurück und schloss die gläserne Schiebetür, ohne den Blick von Lucie abzuwenden. Als sie um die Ecke in Richtung Schlafzimmer verschwand, stellte er seine leere Flasche auf den Tisch, kickte seine Sportsandalen von den Füßen und ging den Flur entlang, bis er sie vor ihrem Bett fand.

Kurz bevor er die Türschwelle überschritt, hob sie die Hand und sagte: »Warte«, woraufhin er wie angewurzelt stehen blieb. »Du darfst unter einer Bedingung hier reinkommen.«

Er ballte die Hände zu Fäusten, um den Drang zu unterdrücken, sich einfach auf sie zu stürzen. »Und welche wäre das?«

»Du tust, was ich sage. Wenn du meine Regeln brichst, ist es vorbei.«

Langsam breitete sich ein Lächeln auf seinem Gesicht aus. Sie versuchte, ihn zu verführen. Er neigte den Kopf. »Einverstanden.« *Vorläufig,* fügte er im Geiste hinzu.

»Dann komm her und küss mich.«

Einen langsamen, bedächtigen Schritt nach dem anderen pirschte er sich an sie heran und überlegte, ob er durch ein wenig Einschüchterung die Oberhand gewinnen konnte. So leicht würde er ihr die Kontrolle nicht überlassen. Er würde sie testen. Sie bedrängen. Sehen, ob sie ihn im Zaum halten konnte. Oh ja, dachte er, als er sie erreichte, das würde Spaß machen.

Er legte ihr eine Hand in den Nacken und die andere um ihre Mitte, kurz bevor er ihren Mund in Besitz nahm. Und wie er ihn nahm. Er packte mit der ganzen Hand ihr Haar, zog ihren Kopf in die richtige Position und stieß die Zunge in ihren Mund. Ihr Körper verschmolz mit seinem, und er fragte sich, ob ihr Ausflug in das Land der Verführung nicht bereits vorbei war.

Kaum war ihm dieser Gedanke gekommen, da stieß sie ihn auch schon so stark gegen die Brust, dass sein Griff sich lockerte. Sie starrten einander an, und ihre Oberkörper hoben und senkten sich deutlich sichtbar bei jedem der heftigen Atemzüge. Lucies rubinrote Lippen, von seinem Kuss entsprechend geschwollen, lockten ihn, wollten ihn verführen. Zwischen ihren Körpern lagen nur ein paar Zentimeter, und er begehrte sie so sehr. Der Kämpfer in ihm bäumte sich auf gegen die passive Rolle, der er zugestimmt hatte. Er wollte die Oberhand zurückgewinnen, wieder die Kontrolle übernehmen.

Und doch wartete er.

Wartete, bis diese aufgeblühten Lippen sich zu dem allererotischsten Lächeln verzogen. Einem Lächeln, das ihm Belohnungen der laszivsten Art versprach, was zufällig seine Lieblingsbelohnung war. Vielleicht war Geduld doch eine Tugend.

Sie drehte ihn um sich selbst, sodass er mit dem Rücken zum Bett stand. Dann griff sie nach dem Saum seines T-Shirts und zog es langsam nach oben. Ihre Finger streiften kaum seine Haut, und doch fühlte es sich an, als schickten sie Stromschläge direkt in seine Eier. Sobald sie ihm sein Shirt abgenommen hatte, legte sie ihm die Hände auf die Schultern und bewegte sie über jeden Zentimeter seines Oberkörpers. Ihre Finger befühlten die Wölbungen seiner Muskeln, als wolle sie sie auswendig lernen.

Als Nächstes arbeiteten sie an seinem Gürtel und an dem Reißverschluss seiner Jeans. Er war schon von Lucies Anblick in seinem Hemd halbwegs hart gewesen, aber jetzt, ihren Händen hilflos unterworfen, war er voll erigiert und drängte darauf, herauszukommen.

Um ihm die Jeans herunterzuziehen, kniete sich Lucie auf den Boden und ermöglichte seinem Gehirn, sich alle erotischen Möglichkeiten in dieser Position auszumalen. Sobald seine Jeans aus dem Weg war, fuhren ihre Hände wieder an seinen Oberschenkeln nach oben, während sie ihm tief in die Augen blickte. Ihr Mund war so nah, dass sein Schwanz die

Wärme ihres Atems spüren konnte, die durch die Baumwolle seiner Boxershorts drang und ihn steifer machte, als er es je für möglich gehalten hätte.

Sie hielt den Blick fest auf ihn gerichtet, als sie die Unterlippe über die Länge seines Glieds wandern ließ und dann mit den Zähnen leicht über die Spitze fuhr. Er stieß ein kehliges Knurren aus, und sein Schwanz zuckte als Antwort auf ihre Berührung. »Ah, Fuck. Du bringst mich um«, knirschte er.

Sie sah lächelnd zu ihm hoch, sichtlich stolz auf sich, wozu sie allen Grund hatte. Entweder war sie ein Naturtalent, das endlich entfesselt worden war, oder er war ein besserer Lehrer, als er gedacht hatte.

Sie schob die Finger unter seine Unterwäsche, und eine Sekunde später war er vollkommen nackt. Sein Schwanz stand von seinem Körper ab, um direkt auf das zu zeigen, was er haben wollte. Ihre sonst so sanften, grauen Augen verbrannten ihn wie heißes, geschmolzenes Silber, als sie mit Blicken seine Erektion verschlangen.

Ganz leicht strich sie mit den Fingerspitzen die Konturen nach, von der Wurzel bis zur Spitze. Das zarte Kratzen ihrer Nägel über die geschwollene Eichel trieb ihn fast in den Wahnsinn. Instinktiv griff er in ihre Haare, um ihren süßen Mund zu seinem Schwanz zu dirigieren.

»Nein«, sagte sie entschieden. »Halt dich an den Bettpfosten fest.«

Er bedachte sie mit einem schiefen Lächeln, befolgte aber ihren Befehl. Er hatte vergessen, wer hier das Kommando hatte. Macht der Gewohnheit.

»Lass die Hände dort. Wenn du sie bewegst, höre ich sofort auf und entferne mich.«

Als sie die Augenbrauen mit der stummen Frage hochzog, ob er die Konsequenzen von Ungehorsam verstand, nickte er. Dann fügte er ein stummes Gebet hinzu, dass er nicht in dem Moment explodierte, wenn ihre Lippen ihn zum ersten Mal berührten.

Sie ging in die Hocke, legte eine zarte Hand um den Ansatz seines Schwanzes und drückte ihn hinunter zu ihrem Mund. Ein Lusttropfen drang aus der Spitze. Wenn er gedacht hatte, Lucie würde deswegen zögern oder schüchtern sein, hatte er sich geirrt. Stattdessen flackerte ein hungriger Blick in ihren sturmgrauen Augen auf und mit einem langen Zungenschlag leckte sie die Perle auf. Er zog scharf die Luft ein, das Gefühl ihrer seidigen Zunge zusammen mit dem Anblick – nicht irgendeiner Frau, sondern *seiner* Frau – vor ihm auf den Knien, gehörte zu den erotischsten Dingen, die er je erlebt hatte.

Endlich öffnete sie ihren süßen Mund und umfasste ihn so tief sie konnte, während ihre Zunge unablässig um ihn kreiselte. Jedes Mal, wenn seine Erregung ins Unermessliche stieg, entließen ihn ihre rubinroten Lippen wieder, bis sie sich dann von Neuem über ihn stülpten und ihn tief in sich hineinsaugten.

Die nächsten Minuten verwandelten sich in kleine Ewigkeitssplitter, während sie ihn mit der süßesten aller Folterarten traktierte. Mit ihrem heißen Mund und ihrer sündhaften Zunge brachte sie alle sechshundertvierzig Muskeln in seinem Körper dazu, sich anzuspannen wie eine Bogensehne. An einem bestimmten Punkt befürchtete er schon, dass er ihre Bettpfosten entzweibrechen würde. Aber vor Angst, Lucie könne dann aufhören und er das bisschen Verstand verlieren, das er noch besaß, war er außerstande, seinen verkrampften Griff zu lockern.

Die Lust, die sie in ihm entfachte, war, als würde man ein Streichholz in einen Raum mit Feuerwerkskörpern werfen. Es begann mit nur ein oder zwei kleinen Stichflammen, aber diese entzündeten weitere Brände und so weiter und so fort, bis sein ganzer Körper sich anfühlte wie ein verdammtes Spektakel am 4. Juli.

Sein Höhepunkt kam so schnell und stark, dass er keine Chance hatte, Lucie zu warnen. Er versuchte, sich wie ein Gentleman zurückzuziehen, aber sie packte seinen Hintern und grub die Finger hinein, schluckte gierig. Jeder seiner höflichen Vorsätze ging mit dem Kratzen ihrer Nägel in Rauch auf, und er warf brüllend den Kopf in den Nacken und stieß die Hüften nach vorn, als er kam, bis sie auch den kleinsten Tropfen bekommen hatte, das er zu geben hatte.

Als die Sterne vor seinen Augen verschwanden, stand Lucie auf und wich langsam zurück, strich mit den Fingern über den offenen Ausschnitt des Hemdes, das sie trug.

»Was führst du jetzt wieder im Schilde?«

»Ich habe mich um dich gekümmert.« Sie setzte sich schicklich auf die gepolsterte Bank der Ankleidekommode, die gegenüber vom Bett stand. »Jetzt kümmere ich mich um mich selbst.«

»Ich glaube, das ist mein Privileg«, sagte er und ließ die Bettpfosten los.

Bevor er auf sie zugehen konnte, hob sie mahnend den Finger. »Sei ein braver Junge und bleib genau da, wo du bist.«

»Junge?«, spottete er. »Lass mich rüberkommen, und ich zeige dir, wie viel Mann wirklich in mir steckt, Schätzchen.«

Sie löste den untersten Knopf des Hemdes. Dann den nächsten, wodurch sie ihren blauen Seidenslip entblößte. Mit einem unartigen Lächeln entgegnete sie: »Wenn du beweisen willst, wie viel Mann in dir steckt, dann wirst du deine mächtigen Triebe bekämpfen, und genau da bleiben. Wo. Du. Bist.«

Verdammt schlau. Wenn er sich jetzt bewegte, machte er sich zur Muschi. Und das nur, weil er *ihre* mehr wollte, als alles andere auf der Welt. Wenn das hier vorüber war, würde er Lucie klipp und klar sagen, dass von jetzt an genau eine Person für die Verführung zuständig war. Und das war er. So heiß es sich auch anfühlte, sie in dieser Rolle zu beobachten, so wenig passte ihm doch diese verdammte Passivität. Nein, in Zukunft würde er wieder bestimmen, wo es bei ihren heißen Intermezzi langging. Die Kontrolle würde in seinen Händen liegen. Er konnte es kaum erwarten.

Dann wurde ihm schlagartig etwas klar. Er hatte nicht mehr viel Zeit, um mit ihr zu schlafen. Je nachdem, wie ihre Terminkalender aussahen, würden sie noch ein paar Mal miteinander haben, maximal. Die Erkenntnis traf ihn wie ein Schlag in die Magengrube und trieb ihm schmerzhaft die Luft aus den Lungen.

*Denk jetzt nicht dran.* Er wollte nicht, dass irgendetwas die kostbare Zeit verdarb, die er mit ihr noch hatte. Er würde dafür sorgen, dass jede Sekunde zählte, bis der letzte Glockenschlag ertönte.

»Wie Ihr wünscht, Prinzessin.«

Ein weiterer Knopf wurde geöffnet, und ein warmes Lachen erklang. »Ich liebe diesen Film. Also bist du jetzt mein Bauernjunge, ja?« Er ließ eine Augenbraue hoch- und runterzucken, was sie erneut zum Kichern brachte, aber dann legte sie den Kopf schief und wurde wieder ernst. »Weißt du, so süß und heroisch Westley ist, ich kann mich nicht dazu bringen, so zu tun, als seist du jemand anders.« Der letzte Knopf, der das Hemd zusammenhielt, glitt durch sein Knopfloch, und die

Seiten fielen auseinander, um ihre perfekten Brüste zu entblößen. »Du, Reid Andrews, bist genau der Mann, den ich will.«

Obwohl sein Gehirn versuchte, ihm zu sagen, dass sie nur hier und jetzt meinte – denn es war kein Geheimnis, wen sie langfristig wirklich wollte –, konnte er nicht verhindern, dass sein Herz einen Satz tat.

»Das ist gut, Luce. Denn auch du bist genau die, die ich will.« *Jetzt und an jedem Tag danach.*

Scheiße, er musste aufhören, so zu denken. Er musste überhaupt aufhören zu denken, Punkt, und sich dem Moment überlassen. Der Frau, die er in diesem Moment hatte.

»Hmmm«. Sie stöhnte, während sie sich mit Daumen und Zeigefinger in die Brustwarzen kniff. »Wie sehr?«

Sein Blick klebte an ihren Brüsten, während sie fortfuhr, sie zu streicheln und zu liebkosen. »Wie sehr was?«, krächzte er.

Sie lehnte sich an die Wand. Eine Hand glitt über ihren flachen Bauch zu ihrer Scham und rieb über den dünnen, blauen Stoff. »Wie sehr willst du mich?«

Reids ganzer Körper zitterte von der Anstrengung, die es ihn kostete, an seinem Platz zu bleiben. Er ballte die Hände zu Fäusten, weil es ihn in allen Fingern juckte, ihre seidige Haut zu berühren. Das Wasser lief ihm im Mund zusammen bei dem Gedanken daran, an den straffen Spitzen ihrer Brüste zu saugen und die Creme zwischen ihren Beinen aufzulecken.

Sie zog den Slip zur Seite und benutzte die andere Hand, um ihre geschmeidigen Schamlippen zu massieren und einen Finger zwischen sie gleiten zu lassen, um in die Nässe vorzustoßen. Dieser Anblick schien direkt aus einem seiner feuchten Träume zu stammen. Mit dem Hintern auf der Sitzkante und den Schultern an der Wand glitt Lucie sein geöffnetes Hemd fast von den Schultern, während ihr Haar üppig auf beiden Seiten ihres Halses hinabfiel. Ihre schlanken Beine waren weit gespreizt, die Fußspitzen aufgestellt, während ihre Finger sein gelobtes Land erkundeten.

»Unbedingt« Seine Stimme war tiefer und knurrender als gewöhnlich. Diese Frau brachte wie keine andere seine animalische Seite zum Vorschein.

Ihr Mittelfinger tauchte tief ein, ihre Augen waren bei den schnellen Bewegungen, die sie machte, geschlossen und der Rücken durchgebogen. Als sie den Finger herauszog, entspannte ihr Körper sich wieder, und ihre Lider öffneten sich flatternd. Sie fixierte Reid mit einem lustverklärten Blick, während sie den Finger an den Mund hob und ihre Unterlippe mit ihren Säften bestrich.

Er hörte ein lautes Stöhnen, und brauchte eine Sekunde, um zu begreifen, dass es von ihm selbst gekommen war.

»Wie sehr?«, fragte sie und leckte sich mit der Spitze ihrer himbeerroten Zunge die Lippen.

»So sehr, verflucht, dass es wehtut.« Er schaute auf seinen Schwanz hinunter, der so kurz nachdem sie ihn mit ihrem Mund hatte kommen lassen, schon wieder stocksteif war. Dann schaute er wieder zu ihr. »Buchstäblich.«

Ein verführerisches Lächeln glitt über ihre Züge. »Dann komm und nimm mich, du Casanova.«

Er bewegte sich so schnell wie sonst nur bei seinen Kämpfen im Oktagon. Seine Hände gruben sich in ihr Haar und er beugte sich über sie, um ihren Mund zu erobern und das aufzusaugen, was noch auf ihren Lippen war.

Ihr Kuss war nicht sanft und zärtlich, sondern tief und wild, und in ständig wechselnden Positionen verschlangen sie einander.

Schließlich löste er seinen Mund von ihrem und kniete sich

zwischen ihre Beine. Er fuhr mit den Händen über ihren Körper, bis er ihre perfekten Brüste erreichte, die er nachformte, knetete und in deren reife Nippel er kniff, bis Lucie sich auf der Bank hin und her wand und ihre Atemzüge immer schneller wurden.

»Du bist so verdammt schön«, sagte er, kurz bevor er den Mund um eine hart gewordene Knospe schloss und heftig daran saugte.

Sie schrie auf und packte seinen Kopf; ihre Nägel kratzten ihn durch sein Haar hindurch, als sie verzweifelt versuchte, ihn noch näher heranzuziehen. Mit den Händen an ihrem Rücken hielt er sie an sich gedrückt, damit sie nicht versehentlich wegzuckte. Abwechselnd küsste er ihre Brustwarzen und dann ihren Mund mit peitschender Zunge, beißenden Zähnen, saugenden Lippen.

»Oh Gott, Reid …«

Sie presste ihren Bauch gegen seine Brust, und ihre Beine waren unterhalb seiner Arme fest um seinen Rücken geschlungen. Und dazwischen rieb sie ihre heiße Öffnung gegen seine Bauchmuskeln und suchte nach Möglichkeiten für einen Orgasmus.

Er küsste ihren ganzen Körper und kostete die lustvollen Laute seiner Frau voll aus. Dann drückte er ihr einen letzten Kuss aufs Herz und hob den Kopf. Sie starrte ihn mit *dem Blick* an. Jenem Blick, der einem Mann sagte, wann eine Frau die Lass-Uns-Unverbindlich-Rumvögeln-Straße verließ und den Lass-Uns-Zusammenziehen-Pfad einschlug.

Normalerweise führte dieser Blick dazu, dass ihm ganz plötzlich dringende Termine einfielen und er in die entgegengesetzte Richtung davonrannte. Er schob ihr eine Haarsträhne hinters Ohr und musterte sie sekundenlang, wartete auf das

Einsetzen der vertrauten Fluchtreaktion. Aber er fühlte nur das Verlangen, sie enger an sich zu drücken. Das Verlangen, sie zu lieben, bis ihre Muskeln so erschöpft waren, dass sie sich beide ausruhen mussten.

Und plötzlich wusste er es: Selbst wenn er wirklich einen Termin gehabt hätte, hätte er ihn ohne zu zögern abgeblasen, um bei Lucie zu bleiben. Weil er sie liebte.

»Reid?«, fragte sie leise. »Du siehst mich so komisch an.«

»Tu ich das?«

Sie nickte.

Er zog ihr das Hemd aus, dann hielt er sie zärtlich in den Armen, als er sich mit ihr erhob und zu ihrem Bett hinüberging. Sobald er sie in der Mitte der Matratze abgesetzt hatte, glitt er neben sie und stützte den Kopf auf eine Hand, während er mit der anderen Hand träge Muster über ihren Körper zeichnete. »Inwiefern komisch?«

»Ich bin mir nicht sicher. Diesen Blick habe ich noch nie bei dir gesehen.«

Ihre Atemzüge wurden schneller, und ihre Brustwarzen kräuselten sich zu festen, kleinen Knospen, während er einen Finger um die weichen Rundungen ihrer Brüste wandern ließ. »Ich bezweifle, dass irgendjemand das je getan hat … aber du bist nicht einfach irgendjemand, nicht wahr?« Er küsste sie auf die Schulter und hob den Blick, um eine zarte Falte zwischen ihren Brauen vorzufinden und ihre Unterlippe als Gefangene zwischen ihren Zähnen. »Du bist etwas Besonderes. Das weißt du doch, oder, Lucie?«

Sie lächelte und nickte.

Sie log.

Ihr Lächeln war das traurigste, das er je gesehen hatte, und es brachte ihn schier um, dass sie immer noch so unsicher war.

Solche Unsicherheiten hatten bei einer so wunderbaren Frau wie ihr nichts zu suchen.

Er wertete es als einen persönlichen Affront. Einen, den er zu korrigieren beabsichtigte.

Lucie spürte, wie ihr Herz immer schneller schlug. Als sie vor ein paar Stunden ängstlich auf Reids Rückkehr nach Hause gewartet hatte, hatte sie eine Entscheidung getroffen. Sie würde nicht länger ignorieren, was direkt vor ihrer Nase war, nur wegen einer bescheuerten Kompatibilitätstheorie, die auf einer gescheiterten Beziehung basierte. Es war Zeit, ehrlich zu sich selbst zu sein – ehrlich zu *Reid* zu sein – und ihre wahren Gefühle für den Mann zu akzeptieren, der sie kannte, wie kein anderer sie je gekannt hatte.

Und diese Zeit war jetzt.

Reid musterte sie mit einer Intensität, die sie noch nie erlebt hatte. Seine Augen, moosgrüne Ringe, durchsetzt mit Streifen von Topas, bohrten sich in ihre. Ihr Bauchgefühl drängte sie wegzuschauen, sich nicht nur gegen ihn zu schützen, sondern gegen das, was sie für ihn empfand. Doch gerade wegen dieses Gefühls hielt sie seinem Blick stand und ließ ihn ein.

Ein Zittern erfasste sie, während sie so dalag, ihr Herz und ihre Seele vor einem Mann entblößt, der die Macht hatte, sie zu zerquetschen. Es ließ sich nicht leugnen, dass sie ihn liebte, nicht wenn sie sich so verletzlich fühlte, so ängstlich.

Seine rauen Fingerspitzen strichen über ihre Wange, bevor sie in ihr Haar eintauchten. Sein Gesicht war nur Zentimeter von ihrem entfernt, und doch hätten es genauso gut Kilometer sein können.

»Baby, du zitterst ja«, flüsterte er.

»Nein, tu ich nicht.«

Er lächelte, als er mit der Nase ihre Wange anstupste und ihr Kinn küsste. »Doch, tust du. Keine Sorge … ich kümmere mich um dich.«

Bevor ihr Gehirn Gelegenheit bekam, über die Frage nachzugrübeln, ob er sich damit auf die nächsten sechzig Minuten bezog oder auf die nächsten sechzig Jahre, nahm er ihre Lippen mit dem sinnlichsten Kuss des Jahrhunderts in Besitz und tötete jede Hoffnung auf Gehirnaktivität für die nähere Zukunft.

Seine Lippen bewegten sich über ihre, erkundeten die Kurven und Konturen ihrer Unterlippe, während seine Zunge den Bogen der Oberlippe nachzeichnete. Wann immer ihre Zunge sich vorwagte, zog er sich zurück, erlaubte ihr nicht, wirklich teilzunehmen. Ein ums andere Mal versuchte sie, seinen Kuss zu erwidern, aber er umging geschickt ihre Versuche, während er seine Erkundungen fortsetzte.

Frustration und sexuelle Spannung setzten sich tief in ihrem Zentrum fest. Sie packte seinen Kopf, um ihn festzuhalten und wurde mit einem kurzen Zungenkuss belohnt. Sie stöhnte, schmeckte sich selbst auf seiner Zunge. Vor Reid hatte sie nie gewusst, wie gut es war, wenn ein Mann ihr Geschlecht mit dem Mund anbetete. Und sie hatte sich nicht vorstellen können, wie sehr sie es liebte, ihn anschließend zu küssen.

Doch ihr kleiner Sieg war nicht von langer Dauer. Nach einigen kurzen Momenten packte Reid ihre Handgelenke und drückte sie auf die Matratze über ihrem Kopf, während er sich über sie schob. Seine Hüften schmiegten sich in die Wiege ihrer Schenkel, und seine kräftige Erektion bettete sich zwischen ihren Liebesfalten.

Er neigte den Kopf, um ihren Hals zu küssen und einen Pfad zu ihrem Ohr zu lecken. Aufreizend knabberte er an ihrem Ohrläppchen, dann saugte er es in den Mund, um den Schmerz zu besänftigen. Schließlich ließ er es los und sein heißer Atem strich durch ihr Haar. »Lu, Baby, du machst mich verrückt, weißt du das? Du hast ja keine Ahnung, welche Selbstbeherrschung es mich kostet, um nicht wie ein komplett Wahnsinniger in dich hineinzustoßen.«

Sie bog den Körper durch und ermutigte ihn. »Halt dich nicht zurück. Nimm mich«, flehte sie.

Er drückte sich gerade weit genug hoch, um ihr in die Augen zu schauen, und antwortete: »Oh, das werde ich. Aber diesmal koste ich jeden Moment aus. Heute Nacht lasse ich mir Zeit, wenn ich dich liebe.«

Lucie öffnete den Mund, um zu widersprechen, als er leicht die Hüften bewegte und seinen Schwanz hochschob, bis sein harter Ständer über ihre Klitoris glitt, und ihr Widerspruch verwandelte sich in ein schrilles Stöhnen.

»Reden verboten. Nur fühlen.« Er wiederholte die Bewegung. »Kapiert?«

Sie nickte. *Oh ja*. Egal, was er sagte, sie würde allem zustimmen, solange er damit weitermachte.

Reid küsste sich seinen Weg ihren Körper hinab und hinterließ feuchte Spuren auf ihren Brüsten, ihrem Brustkorb und ihrem Bauch. Dann spreizte er ihre Schenkel so weit wie möglich. Sie schaute an sich herunter zu seinem Kopf, der direkt über ihrem Becken schwebte, seine Atemzüge strichen über ihre nasse Haut und sandten einen Schauer der Lust durch ihren Körper, der ihre Brustwarzen erneut hart werden ließ.

Diesmal behielt er die Augen offen und schenkte ihr einen Blick voller Intimität, während sein erstes langes Lecken quer durch ihr Zentrum sie erschütterte.

Sie schnappte nach Luft, und ihre Hüften zuckten.

»Ich liebe es, dich an den Rand zu bringen«, sagte er, seine Stimme tief und rau. »Wie du aussiehst, kurz bevor du kommst, ist pure Schönheit.«

Ein weiteres Lecken und ein Schnellen seiner Zunge über ihre Klitoris.

»Oh!«

»Gut so, Baby. Sieh mir weiter zu. Sieh zu, wie ich dich mit dem Mund liebe.«

Das waren die letzten Worte, die er sprach, bevor er seiner Absicht Taten folgen ließ. Reid leckte und saugte, als küsse er ihren Mund, seine Zunge tauchte in sie hinein und summte seine Würdigung ihres Geschmacks.

Sie keuchte und krallte die Hände in die Laken. Ihre Hüften begannen instinktiv gegen seine Zunge zu stoßen, sie brauchte die ständige Bewegung über ihrer Klitoris, um mit dem Pulsieren tief in ihrem Inneren mitzuhalten.

»Oh Gott, ich will dich in mir«, rief sie. »Ich muss dich spüren. Reid, bitte!«

»Noch nicht«, antwortete er mit einer Stimme, die seine Anspannung klar und deutlich widerspiegelte. »Du bist noch nicht an der Grenze.«

Sollte das ein Witz sein? Nicht an der Grenze? Sie war so dicht dran, wie man nur sein konnte. Wenn sie nicht in den nächsten paar Sekunden etwas in sich hineinbekam, würde sie den Verstand verlieren.

Er machte mit zwei Fingern weiter, wo er mit dem Mund angefangen hatte, strich schnell über den empfindlichen Nervenpunkt, saugte an ihren Lippen und biss leicht zu. Der Schweißfilm, der jetzt ihren Körper bedeckte, und der Duft ihrer Erregung, der schwer in der Luft hing, bestätigten seine oralen Talente. Er trieb sie in den absoluten Wahnsinn und genoss offenbar jede einzelne Sekunde.

Sie ließ das Laken los, um ihre Nippel zu stimulieren und ihre Brüste zu kneten. Früher war sie immer zu gehemmt gewesen, um mit sich selbst zu spielen, aber diesmal war der Wunsch nach Berührung zu dringlich für irgendwelche Skrupel. Das Zwicken in den Brustwarzen schoss direkt in ihr Zentrum, und die Spannung in ihrem Unterleib wurde stärker und stärker.

Die Welt begann, vor ihren Augen zu verschwimmen. Aber wenigstens ihre Ohren schienen noch zu funktionieren, denn sie hörte Reid knurren: »So verflucht schön«, während er mit einem Ruck in ihren Körper eindrang, gerade als sie diese Grenze erreichte und dann darüber hinausschoss.

Außerstande, sich zu beherrschen, schrie sie auf und bog sich ihm entgegen, während ihr Inneres implodierte und die massive Erektion umklammerte, die sie jetzt, Gott sei Dank, zur Gänze ausfüllte. Reid stöhnte an ihrem Hals und drückte sie fester an sich, während ihre Muskeln sich zusammenzogen und kribbelnde Vibrationen durch ihren Körper liefen, bis in die Zehenspitzen und Haarwurzeln hinein.

»Gott verdammt, das fühlt sich unglaublich an.«

Sie hätte zugestimmt, aber sie kriegte selbst die einfachsten Worte nicht heraus. Alles, was sie von sich geben konnte, war ein lauter Schrei, mit dem sie den Gipfel ihrer Leidenschaft erklomm.

Als sie wieder zu sich kam, eingehüllt in eine Euphorie, von der sie nicht gewusst hatte, dass sie existierte, fing Reids Mund den ihren in einem süßen, langsamen Kuss ein.

Sie verlor sich in dem berauschenden Nebel nach dem Orgasmus und dem sinnlichen Tanz ihrer Zungen. Ihr Körper zuckte, als Reid sich zurückzuziehen begann und sein harter Schaft über die empfindliche Haut in ihrem Inneren strich.

Doch kaum war er draußen, drängte er wieder in sie hinein, langsam und absichtsvoll, bis sie ihn erneut ganz in sich aufgenommen hatte. Sie keuchte und warf den Kopf zurück, brach den Kuss ab. Zu viele Gefühle, zu bald. Das konnte sie unmöglich überleben.

Sie legte die Hände auf seine Schultern und drückte mit der Kraft eines Kükens zu, während ihre Augen ihn anflehten. »Reid, ich kann nicht …«

»Pst«, sagte er dicht an ihren Lippen. »Doch, du kannst.« Er zog ihre Hände weg, fädelte ihre Finger zwischen seine und hielt sie direkt über ihren Kopf, als er sich wieder zurückzog. Während er an ihrer Öffnung verharrte, flüsterte er: »Vertrau mir.«

Es war keine Aufforderung, noch nicht mal eine Bitte. Als Lucie in die unergründlichen Tiefen seiner hellen Augen schaute, begriff sie, dass es ein Flehen war. Es sagte: *Vertraue mir, dass ich dir Vergnügen bereiten kann. Vertraue mir, dass ich für dich sorge.* Und vielleicht, ganz vielleicht auch: *Vertraue mir, dass ich dich liebe.*

»Ich vertraue dir.«

Seine Lippen überwältigten sie mit einem schmelzenden Kuss, als er sich bis zum Ansatz in sie hineintrieb. Ihr kam der flüchtige Gedanke, dass das die Definition von Lustschmerz sein musste, ihn wegdrängen und gleichzeitig näher zu sich heranziehen zu wollen.

Aber es dauerte nicht lange, da hatte die Ekstase sie bereits wieder fest im Griff. Alles, was jetzt noch zählte, war das exquisite Gefühl, wie Reid sich stetig in ihr bewegte und sie vervollständigte.

Die Zeit stand still, die Welt hörte auf, sich zu drehen, damit dieser Liebesakt ewig dauern konnte. Ihre Körper, glitschig von Schweiß, bewegten sich im Einklang, so fließend wie die rollenden Wellen der Flut.

Reids quälendes, gemächliches Tempo änderte sich schließlich, seine Hüften wurden schneller, ihre Atmung flacher. Schon bald begann die vertraute Erregung sich tief in Lucie aufzubauen, sie wuchs und dehnte sich mit jedem Stoß seines Schwanzes aus, bis seine Leidenschaft sie verzehrte, sie vollkommen in Besitz nahm.

Sie kam tatsächlich noch einmal, und sein Name perlte von ihren Lippen. Aber während der letzte Orgasmus mit wilder Intensität pulsiert hatte, trug dieser sie auf einer endlosen, gleichmäßigen Strömung der Erfüllung entgegen.

»Gott … *Lucie*«, stieß Reid hervor, während sich seine Muskeln ein letztes Mal heftig anspannten. Und als er sich dann in ihren Körper ergoss, stellte sie sich vor, dass er zugleich ihr Herz randvoll mit seiner Liebe anfüllte.

# 17

Reid blickte auf die schlafende Frau in seinem Arm und zwang sich, sich jedes Detail einzuprägen. Wie sie perfekt in die Kuhle seiner Schulter passte. Wie sie mitten in der Nacht ihr Bein quer über seine Hüften gelegt hatte, als habe sie Angst, dass er sonst irgendwie abhauen könnte. Die Art, wie ihr Haar über seinen Arm floss und ihre Hand leicht über seinem Herzen ruhte.

Sie hatten sich in der vergangenen Nacht stundenlang geliebt und miteinander geredet, hatten einander auf Arten erkundet, wie er es noch nie mit einer anderen Frau getan hatte. Obwohl er begriffen hatte, dass er Lucie liebte, wusste er, dass seine Zeit mit ihr begrenzt war. Also blieb ihm nichts anderes übrig, als seine Fantasie im Schatten der Nacht auszuleben. Er hatte wach bleiben wollen, jede Sekunde ihrer Nähe voll auskosten, aber schließlich schliefen sie doch in den frühen Morgenstunden ein. Jetzt strahlte die Sonne hell durch das Schlafzimmerfenster und verjagte die Fantasie, ließ ihn in der hässlichen Realität zurück.

»Hallo du.«

Der Klang ihrer rauen Morgenstimme ließ sein Herz einen Schlag aussetzen. Und als sie den Kopf mit einem schelmischen Lächeln von seiner Brust hob, wäre es fast ganz stehen geblieben.

Sie stützte das Kinn in eine Hand und schien zufrieden damit, ihn einfach nur zu betrachten. Die langen, spitzen Wimpern hingen auf Halbmast, und ihre Lippen waren vom Schlaf aufgequollen oder vielleicht immer noch von seinen Küssen und Bissen wenige Stunden zuvor. Ihr dunkles Haar war zerzaust und an manchen Stellen sogar leicht verknotet, aber es umrahmte ihr Gesicht auf eine wunderschöne Weise.

»Selber hallo du. Hast du gut geschlafen?«

Ihr Lächeln wurde breiter. »Unglaublich gut.« Sie rutschte hoch und drückte ihm einen zärtlichen Kuss auf die Lippen, bevor sie sich wieder an seine Seite kuschelte und stöhnte. »Können wir den Tag freinehmen und im Bett bleiben?«

Sie hätte ihm das Problem kaum klarer machen können. Er lebte nicht nach normalen Maßstäben; in seiner Welt war es nicht möglich, gelegentlich einen Tag blauzumachen. Hastig schloss er die Augen und drückte einen Kuss auf ihren Kopf, zog sie ein letztes Mal an sich, bevor er sie losließ und aus dem Bett stieg.

Während er seine Jeans hochzog, antwortete er: »Tut mir leid, Schätzchen, aber ich habe keine freien Tage, und wir haben bereits ziemlich lange geschlafen.«

»Oh je, wahrscheinlich hast du recht. Okay, hier ist der Plan«, sagte sie auf dem Weg zum Badezimmer. »Du gehst joggen. Und wenn du zurückkommst, habe ich schon meine Yogaübungen gemacht, die notwendige Dosis an Koffein zu mir genommen und meinen Telefonanruf erledigt.«

Reid hob sein Hemd auf und schaute zur offenen Badezimmertür, wo er Wasser ins Waschbecken laufen hörte. »Welchen Anruf?«

Sie tauchte in einem kurzen Bademantel wieder auf, während sie sich lächelnd die Zähne putzte. Den Mund voller Zahnpasta erklärte sie: »Ich muss mein Date mit Stephen heute Abend absagen, bevor ich es vergesse. Kannst du dir vorstellen, wie es wäre, wenn er hier auftauchen würde, und ich dann absagen müsste?« Sie kicherte. »Das wäre doch ganz schön pein-liich«, fügte sie grinsend hinzu, während sie ins Badezimmer zurückkehrte.

Er erging sich in der Vorstellung, dass sie ihr Date mit Dr. Mann absagte … Aber nur ein selbstsüchtiges Arschloch würde nicht wollen, dass die Frau, die er liebte, glücklich war, selbst wenn sie es nicht mit ihm sein konnte. *Shit.* Er räusperte sich und schickte sich an, die härtesten vier Worte seines Lebens auszusprechen.

»Du solltest nicht absagen.«

Sie streckte den Kopf durch die halb geöffnete Tür, eine tiefe Falte zwischen den Brauen. Dann zog sie die Zahnbürste aus dem Mund. »Was meinst du mit, ich …« Hellblauer Schaum tropfte ihr übers Kinn. »Igitt. Moment.«

Als sie zurück ins Bad ging, um auszuspucken und zu spülen, erhaschte er im Spiegel des Toilettentisches einen Blick auf sich selbst. Beinahe hätte er zugeschlagen, um sein verdammtes Spiegelbild endlich zu zerschmettern.

»Wie meinst du das, ich sollte nicht absagen?«

Er drehte sich um und sah sie einige Schritte entfernt stehen, die Arme vor der Brust verschränkt, als versuche sie, sich selbst zu stützen. Sie bereitete sich darauf vor, etwas zu hören, das ihr Loser von einem Ex wahrscheinlich zu ihr gesagt hatte. Bereitete sich darauf vor, wieder verletzt zu werden.

Reid hatte das Gefühl, ein Messer würde sich tief in seine Eingeweide rammen, als er in diese großen, taubengrauen Augen schaute. Er brachte es nicht fertig. Er konnte das jetzt nicht mit ihr diskutieren. Verflucht, er war sich nicht einmal sicher, was für eine Diskussion das überhaupt werden sollte. Er musste hier raus und einen klaren Kopf bekommen, aber pronto.

Nachdem er mit nur zwei Schritten den Abstand zwischen ihnen überwunden hatte, drückte er Lucie einen keuschen Kuss auf die Stirn und tat sein Bestes, munter zu klingen. »Mir tut der Bursche einfach leid, das ist alles. Ich meine, nur ein einziges Date und dann am Tag, an dem das zweite ansteht, abserviert werden?« Er legte sich eine Hand aufs Herz. »Als mitfühlender Mann sage ich nur soviel: ›Autsch‹. Ein zweites Mal mit dem Typen zu Abend zu essen, scheint mir ein geringer Preis, um einen hässlichen Selbstmord zu verhindern.«

Lucie stieß eine Mischung aus Lachen und Schnauben aus, die ihm schier das Herz zerriss, dann stieß sie ihn spielerisch gegen die Brust. »Du übertreibst. Geh laufen, und wir reden, wenn du zurück bist«, sagte sie und verschwand in die Küche.

Reid atmete auf. Katastrophe abgewendet … für den Moment.

Er schlüpfte in seine Laufklamotten und rannte kurz darauf in Rekordzeit über das Pflaster. Die Hitze des Vormittags versengte seinen Körper, während er ihn härter rannahm als gewöhnlich. Der Rhythmus seiner Schuhe, die auf den Boden schlugen, hatte heute nichts Meditatives für ihn, sondern fühlte sich wie der Countdown einer tickenden Zeitbombe an. Er zählte die Sekunden, bis er Lucie seine Entscheidung präsentieren musste.

Bei dem Gedanken daran, sie zu verlassen, krampfte sich sein Magen automatisch zusammen, und seine Muskeln verhärteten sich.

Bevor er seinen Vater besucht hatte, war ihm der Gedanke gekommen, sie zu bitten, mit ihm nach Vegas zurückzukehren. Und obwohl er wusste, dass Stan nur ein bitterer alter Mann mit einer engstirnigen Sichtweise war, konnte er seinen Rat nicht völlig ignorieren.

Lu war definitiv nicht die Art von Frau, die den Lebensstil eines Kämpfers liebte. Seine Mutter hatte in diese Kategorie gepasst, aber nicht Lucie. Sie liebte ihre kleine Stadt und fand es toll, eine der wenigen Physiotherapeutinnen in der Gegend zu sein. Das gab ihr die Gelegenheit, ihre Patienten wirklich kennenzulernen. Und obwohl sie eine der chaotischsten Personen war, die er je kennengelernt hatte, begriff er langsam, dass sie Routine mochte. Sie wusste gern, was sie erwartete und wann es sie erwartete. Neue Dinge auszuprobieren und Spontanität – zwei Dinge, auf die Reid unglaublich stolz war –, fielen ihr nicht leicht.

Wenn er sie entwurzelte und nach Vegas verpflanzte, wäre das ein gewaltiger Kulturschock für sie. Sicher, es würde ihr gelingen, sich auch dort einen regelmäßigen Alltag zu schaffen, aber dieser Alltag würde beinhalten, dass sie ihn fast nie zu Gesicht bekam, wenn er sich gerade auf einen Kampf vorbereitete. Er verbrachte den größten Teil seiner Zeit mit Training, Ernährungsplänen und damit, herauszufinden, wie er seinen nächsten Gegner besiegen konnte. In seinem Alltag war kaum Zeit, um etwas anderes zu tun, als abends ins Bett zu fallen und im Morgengrauen aufzustehen und wieder von vorn anzufangen.

Und dann gab es da noch die Reisen, die Publicity. Die blödsinnigen Geschichten, die die Regenbogenpresse druckte. All das machte eine Beziehung verdammt schwer. Er hatte es bei einigen der anderen Jungs mit ansehen müssen. Der Stress führte zu Streitereien, und die Frauen wurden immer verbitterter und hassten den Sport, der die ganze Zeit ihrer Männer beanspruchte, und schließlich hassten sie die Männer selbst.

Es würde ihn umbringen, Lucies offene Zuneigung in etwas Hasserfülltes verwandelt zu sehen, nur weil er den Gedanken nicht ertragen konnte, ohne sie zu leben. Nur weil sie für ihn perfekt war, bedeutete das nicht, dass er auch nur ansatzweise der Richtige für sie war.

Sie hatte etwas viel Besseres verdient. Nicht nur den ersten Platz im Herzen eines Mannes, sondern auch in seinem Leben. Jemand, der sich gelegentlich einen Tag freinehmen und einfach mit ihr im Bett liegen bleiben konnte, der eine erfolgreiche Karriere hatte, zu der es nicht gehörte, möglicherweise eine Gehirnerschütterung zu bekommen oder fast erwürgt zu werden.

Jemand, der ganz anders war als *er*.

Als er um die letzte Ecke zurück zum Apartment bog, verlangsamte er sein Tempo und trödelte so lange herum wie möglich. Er stemmte die Hände in die Hüften und machte tiefe Atemzüge, als könnten sie ihn von der Übelkeit befreien, die sich in seinen Eingeweiden eingenistet hatte. Aber mit jedem Schritt, den er machte, wurde es nur schlimmer. Er konnte froh sein, wenn es ihm gelang zu duschen, ohne zwischendurch über der Kloschüssel zu hängen.

Zum ersten Mal in seinem Leben graute Reid vor einem Kampf.

Lucie saß am Küchentisch, den Kopf in die Hand gestützt, und trommelte mit der anderen die Titelmelodie von *The Lone Ranger.* Sie wartete darauf, dass Reid aus seinem Zimmer kam.

Nach dem Joggen hatte er ihr auf dem Weg zur Dusche halbherzig zugewinkt, und jetzt war er seit mindestens zwanzig Minuten in seinem Zimmer – was ungefähr achtzehn Minuten zu lang war, um in eine Shorts und ein T-Shirt zu schlüpfen. Also hatte sie jetzt natürlich Panik. Es schien, als hätte die

Verliebtheit sie in einen neurotischen Teenager verwandelt. Yippie.

Endlich hörte sie, wie hinten im Flur die Tür geöffnet wurde.

Sie griff nach ihrem Stift und tat so, als konzentriere sie sich auf das Sudoku-Rätsel vor ihr, in das sie willkürlich Zahlen eingetragen hatte. Gott sei Dank hatten sie noch nie über Zahlenrätsel gesprochen, sonst wüsste Reid, dass sie keine Ahnung davon hatte. Sie hätte so ein Ding nicht hinbekommen, selbst wenn ihr Leben davon abhinge.

Als sie so tat, als bemerke sie nicht, dass er in der Küchentür stand – sie wäre lieber gestorben, als ihn wissen zu lassen, wie verrückt seine Abwesenheit sie machte –, räusperte er sich.

Sie schaute von der Zeitung auf, lächelte … und bemerkte die Tasche in seiner Hand und den Ausdruck auf seinem Gesicht.

»Was ist los?«

»Ich habe einen Anruf von Butch bekommen. Scotty ist wieder da, deshalb will er, dass ich zurückkomme, um mich optimal auf den Diaz-Kampf vorzubereiten.«

»Oh.« Lucie ignorierte den kleinen Stich, den ihr das Wort ›optimal‹ versetzte. Machte sie ihren Job etwa nicht zufriedenstellend? Aber dann betrachtete sie die Situation von der logischen Seite. »Das ist doch gut. Es ist wichtig, dass du zu deinem normalen Ablauf und den Leuten da zurückkehrst.«

»Es hat nichts mit deinen Fähigkeiten zu tun, Lu. Du bist eine ausgezeichnete Physiotherapeutin. Du hast bereits Wunder an meiner Schulter gewirkt. Ich hätte mit niemand anderem so schnell so großen Erfolg gehabt. Das meine ich ernst.«

»Danke.« *Stolz besänftigt.* Sie schenkte ihm ein warmes Lächeln. »Ich versteh das, wirklich. Und da ich immer noch Urlaub habe, kann ich endlich Vegas sehen!«

»Ich glaube nicht, dass das so eine gute Idee ist. Ich werde keine Zeit haben, um mit dir zusammen zu sein, so wie hier. Dort läuft alles vollkommen anders. Ich kann dir nicht die Gegend zeigen. Du würdest von morgens bis abends allein bei mir zu Hause rumsitzen, und das jeden Tag.«

*Da stimmte doch was nicht.* Machte er sich wirklich solche Sorgen, dass sie sich nicht allein beschäftigen konnte? »Das macht nichts. Ich gehe tagsüber einfach auf Sightseeingtour.«

Er fuhr sich mit der Hand durchs Haar und rieb sich das Gesicht. »Ich werde nachts zu müde sein, um überhaupt Zeit mit dir zu verbringen, Lucie. Es wäre so, als würdest du mich gar nicht sehen.«

*Nein. Nein, nein, nein.* Das passierte jetzt gerade nicht. Sie stand auf, verschränkte die Arme vor der Brust und kniff warnend die Augen zusammen. »Was zum Teufel ist hier wirklich los, Reid? Du willst unbedingt erreichen, dass ich zu Hause bleibe. Mit wirklich lahmen Ausreden, ließe sich hinzufügen.«

»Hör mal, mach das Ganze bitte nicht noch schwerer. Du weißt, dass du mir viel bedeutest, aber das hier« – er deutete einige Male abwechselnd auf sich selbst und auf sie – »war nur vorübergehend. Erinnerst du dich?«

»Ob ich mich erinnere? Doch, Reid, ich erinnere mich. Ich erinnere mich auch an gestern Nacht, als sich das alles verändert hat. Du willst das doch nicht ernsthaft abstreiten, oder?«

Er schwieg mehrere Minuten lang. Oder waren es Sekunden? Verflucht, es hätte eine Stunde sein können, sie wusste es nicht. Sein Körper war völlig reglos, bis auf das Zucken seiner

Kiefermuskeln. Also war er aufgebracht. Und wenn schon. Sie war kurz davor, an die Decke zu gehen.

Endlich durchschnitt er das Schweigen mit Worten, die so scharf wie Samurai-Schwerter waren. »Gestern Nacht war großartig, Luce. Genau wie all die anderen Nächte. Aber wir haben unser Ziel erreicht. Du wolltest, dass Dr. Mann dich bemerkt und Interesse zeigt – das tut er –, womit ich meinen Teil der Abmachung erfüllt hätte. Dein Teil der Abmachung, mich rechtzeitig gesund zu kriegen, um für meinen Meisterschaftsgürtel zu kämpfen, ist ebenfalls erfüllt. Das war's also.«

»Nein, das war's *nicht*! Du läufst weg, weil du ein verdammter Feigling bist. Das ist der Grund. Mit den Bedingungen unseres sogenannten Deals hat das gar nichts zu tun.« Adrenalin strömte durch ihre Adern und machte sie leicht schwindelig, aber sie hielt sich einfach an einem Holzstuhl fest und preschte weiter vor. »Die Dinge haben sich zwischen uns verändert. Gib es doch zu, Reid. Du weißt es, und ich weiß es.«

»Ich gebe zu, dass das Ganze persönlich geworden ist, aber das war nicht zu vermeiden. Sex mit jemandem, der einem etwas bedeutet, ist immer persönlich. Als Basis für eine langfristige Beziehung reicht das allerdings trotzdem nicht, das ist dir ja sicher klar.«

Ihre Stimmen wurden lauter, und irgendwo in Lucies Hinterkopf erklang eine Warnung, dass Mrs Egan gleich an ihre Tür klopfen würde. Oder schlimmer noch, dass sie ihren Bruder anrief. Aber es war ihr egal.

»Was ist mit *Liebe,* du großer, blöder Mistkerl? Ist das nicht genug? Denn das empfinde ich. Ich bin total und unheilbar in dich verliebt!«

Die Welt verstummte. Nicht einmal die Uhr an der Wand wagte es, ein tickendes Geräusch zu machen, während Reid und sie einander anstarrten. Vielleicht war die Zeit stehen geblieben. Vielleicht war dies einer der Momente, in dem plötzlich ein Engel erschien, um ihr einen weisen Rat zu erteilen oder ihr die Chance zu geben, ein paar Minuten des Lebens zurückzuspulen. Damit sie ihre letzten Worte zurücknehmen konnte, die sie verletzlicher machten, als sie es je zuvor gewesen war.

Reids Augen waren kalt. So starrte er wahrscheinlich seine Gegner nieder, bevor der Schiedsrichter den Kampf beginnen ließ. Sie hatte ihn noch nie so gesehen, und es brachte sie schier um. Dann sprach er, und sie begriff, dass sie sich irrte …

»Du hast auch deinen Exmann geliebt, Luce. Denk dran, was dir das eingebracht hat.«

Es waren nicht seine Augen, die sie umbrachten, sondern seine Worte.

»Raus«, krächzte sie trotz ihrer völlig zugeschnürten Kehle. Sie blinzelte und versuchte, die heißen Tränen zurückzuhalten. »Ich will dich nie wiedersehen.«

Keine Entschuldigung. Kein Zögern. Er drehte sich auf dem Absatz um, und sechs Schritte später war er aus ihrem Leben verschwunden. Für immer.

# 18

Wochen, nicht Jahre. Reid musste sich ins Gedächtnis rufen, dass nur wenige Wochen vergangen waren, seit er Lucies Wohnung verlassen hatte. Es fühlte sich an, als läge ein ganzes Leben dazwischen. Manchmal, wenn er nachts allein in seinem riesigen Doppelbett lag – das ihm jetzt abscheulich leer erschien, nachdem er es so genossen hatte, wie Lucie sich in ihrem viel kleineren Bett um ihn schlang –, fragte er sich, ob das Ganze nicht nur ein Traum gewesen war.

Aber dann fiel ihm ihre letzte gemeinsame Nacht wieder ein. Wie Lucie auf ihn reagiert hatte, als er sie so langsam und sanft geliebt hatte, wie er es noch nie mit irgendeiner anderen Frau getan hatte. Wie er es nie wieder mit irgendeiner anderen Frau tun würde.

Ihr gemeinsamer Monat war so erfüllt gewesen ... und jetzt war sein Leben ohne sie so leer.

Sobald er nach Vegas zurückgekehrt war, hatte er seine gewohnte Routine von Trainingseinheiten wieder aufgenommen, zwischen denen noch Zeit für einige spezielle physiotherapeutische Sitzungen mit Scotty blieb. Obwohl der Mann ein ausgezeichneter Arzt war und Reids Schulter fast so gut verheilt, wie sie es vor dem großen Kampf nur sein konnte, musste er sich praktisch knebeln, damit er nicht laut alles, was Scotty tat, mit Lucies Techniken verglich.

Er dachte ständig an sie, und er ertappte sich dabei, dass er sie fast jedes Mal erwähnte, wenn er sein großes Maul aufmachte. Es ging so weit, dass er entschied, es wäre sicherer, sich auf nonverbale Kommunikation wie Grunzen zu beschränken. Es hatte für die verdammten Steinzeitmenschen funktioniert, warum nicht auch für ihn?

Noch ein Tag bis zum Kampf. Körperlich ging es ihm blendend. Er war in Topform, seine Schulter war in Ordnung, und beim Wiegen vor ein paar Stunden war er mit perfekten zweihundertfünf Pfund eingetragen worden.

Mental jedoch hatte er sich noch nie kaputter gefühlt. Normalerweise hatte er so kurz vor einem Kampf nur eins im Kopf: wie er seinen Gegner fertigmachte. Aber das einzige Bild, das ihm jetzt durch den Kopf ging, war der erschütterte Ausdruck auf Lucies Gesicht, als er ihr mit voller Absicht das Herz aus der Brust gerissen hatte.

Reid knurrte, seine Frustration wuchs schnell zu purem Zorn an, bis er brüllte wie ein schlachthungriger Spartaner. Er griff nach einem Medizinball zu seinen Füßen und schleuderte ihn quer durch den Trainingsraum gegen die Wand, wo zwei seiner Teamgefährten neben seinem imaginären Ziel standen.

»Mann!«, sagte Brian und stieß sich von der Wand ab. »Was hast du für ein verdammtes Problem, Andrews?«

Das einzig Richtige wäre gewesen, sich zu entschuldigen und zu gehen. Ein Jammer, dass sein Tu-das-Richtige-Kompass irreparabel beschädigt war. »Vielleicht hab ich ein Problem mit dir, Harty«, sagte er, während er sich vor dem Mann aufbaute.

»Vielleicht bist du aber auch sauer, weil du eine zu große Pussy bist, um dir das Mädchen zu holen, von dem du immer quatschst, bis deine Eier blau werden.«

Reids Gehirn schaltete sich in den Stand-by-Modus, während sein Körper die Kontrolle übernahm. Das Letzte, woran er sich erinnerte, war, dass er rot sah, seinen Freund an den Hüften packte und ihn mit einem mächtigen Brüllen auf die Matten warf, einem Brüllen, das zu dem Rauschen des Blutes in seinen Ohren passte. Als Nächstes nahm er wahr, dass von überall Arme kamen, die ihn von Brian herunterzogen, und Männer, die alle gleichzeitig durcheinanderriefen, ohne dass er etwas davon verstand.

»Das reicht! Auseinander und duschen gehen, bevor ich euch noch mehr Ausdauertraining aufbrumme, um euch eure Flausen auszutreiben.«

Butch. Endlich. Die Stimme der Vernunft. Reid schüttelte die letzten Hände ab, die ihn festhielten, und ging los, um seine Sachen zusammenzupacken.

»Andrews! In mein Büro, sofort.«

Reid fuhr auf dem Absatz herum und funkelte seinen Trainer an. »Ich brauche keine Predigt. Abkühlen, kapiert, Nachricht aufgenommen. Ich geh nach Hause.«

»Hey! Mir ist scheißegal, welche Nachricht du aufgenommen hast. Schwing deinen Arsch in mein Büro.«

Reid knirschte mit den Zähnen, als er in das Büro des Trainers stolzierte und sich auf einen der Gästestühle fallen ließ. Butch folgte ihm, schloss die Tür und setzte sich auf den Stuhl neben ihm, die Unterarme auf die Knie gestützt.

»Was ist los mit dir, Junge?«

»Ich hab keine Ahnung, wovon du sprichst.« Reid verschränkte die Arme vor der Brust. Der Alte starrte ihn nur an, also zeigte er in Richtung des Trainingsraums. »Ich versuche, mich auf meinen Kampf zu konzentrieren, und die wollen mich wegen irgendeinem Scheiß verarschen. Sie sollten es besser wissen, Coach.«

»Ich hab gesehen, was passiert ist. Du hast Harty fast mit einem Medizinball den Kopf weggeschossen.«

Reid wandte sich ab, außerstande, in die himmelblauen Augen des älteren Mannes zu blicken. Er wusste, dass er sich wie ein Arschloch benommen hatte – und er würde sich später bei Brian entschuldigen –, aber er wusste nicht, was er jetzt sagen sollte.

»Reid.« Der Ton, den Butch anschlug, sagte ihm, dass sein Trainer den ganzen Tag hier warten würde, bis Reid ihm gab, was er wollte.

Mit einem resignierten Seufzen blickte er seinen Trainer wieder an. »Als du aus Reno zurückgekommen bist, war ich beeindruckt von deiner körperlichen Verfassung. Ich hatte mir Sorgen gemacht, dass du dich ohne deine normalen Abläufe gehen lässt und Fett um die Mitte ansetzt, aber du hast alles gut gemacht und bist gesund und stark wie ein Ochse zu uns zurückgekommen. Aber psychisch …« Butch schüttelte den Kopf und schnalzte mit der Zunge. »Psychisch bist du mit ein paar lockeren Schrauben zurückgekommen, und ich hab den starken Verdacht, dass es mit dieser Physiotherapeutin zu tun hat, mit der du zusammen warst. Habe ich recht?«

Reid wusste nicht, wie er darauf reagieren sollte oder wo er hätte anfangen sollen. Also ließ er es.

»Okay, schön. Ich sag dir, was ich denke«, erklärte Butch und lehnte sich mit verschränkten Armen zurück. »Du hast dich in diese Miller verliebt, aber beschlossen, dass du nicht gut genug für sie bist. Statt ihr also zu sagen, was du für sie empfindest, hast du wahrscheinlich irgendetwas gesagt oder getan, um es zu vermasseln, kurz bevor du hierher zurückgekommen bist. Treffer?«

Reid stand auf und fuhr sich mit seinen immer noch getapeten Händen übers Gesicht. »Ins Schwarze.«

»Das dachte ich mir«, erwiderte Butch und erhob sich von seinem Stuhl. »Also, was ist dein Plan?«

Reid ließ die Arme sinken und sah seinen Trainer verwundert an. »Wie kommst du darauf, dass ich einen Plan habe?«

»Du gehst einen Kampf oder ein Problem nie ohne einen Plan an.« Butch schob eine Hüfte auf die Schreibtischkante und warf eins der Pfefferminzbonbons ein, durch die er die Zigaretten ersetzt hatte. »Aber wenn man nach deinem Benehmen geht, dann ist dein Plan bescheuert.«

»Was zum Henker soll das wieder heißen?«

»Genau das, was ich gesagt habe. Wenn du Vertrauen in deine Pläne hast, verhältst du dich wie ein normaler Mensch. Unser Plan für den Kampf steht auf soliden Füßen. Aber du bist trotzdem durcheinander. Ergo …«

Reid zog eine Augenbraue hoch. »Hast du wirklich gerade ›ergo‹ gesagt?«

»Ja, hab ich, Klugscheißer – ergo ist dein Plan bescheuert.«

Reid konnte nichts gegen die Logik des Mannes einwenden. Es stimmte ja. Wenn er einen guten Plan hatte, brachte ihn nichts aus dem Konzept. Keine Spielchen, die sein Gegner in den Medien austrug, keine Verletzung, von der er wusste, dass man sich nach dem Kampf darum kümmern konnte, gar nichts.

»Mein Plan ist bescheuert, weil ich keinen habe. Wie sehr ich mich auch bemühe, ich finde keine Lösung, die uns beide glücklich macht.«

Butch rieb sich das Kinn, während er über … na, worüber auch immer nachdachte. »Hm. Ja, verstehe, dass dich das bekümmert.«

Reid trat an das Fenster zum Trainingsraum und schaute auf all die Dinge, die sein Leben ausmachten, seit er sich erinnern konnte: der Trainingskäfig, Matten fürs Grappling, gepolsterte Dummies, Boxsäcke, Gewichte und Cardio-Geräte. Ein Gefühl völliger Gleichgültigkeit machte sich in seiner Brust breit. Er hatte das in letzter Zeit oft bemerkt, wenn er den Trainingsraum betrat. Nicht einmal die vertrauten Gerüche und Geräusche brachten die gewohnte Erregung mit sich.

Er zuckte die Achseln und spürte seine völlig verspannten Schultern. »Es ist, was es ist, Butch. Lucie ist nicht für dieses Leben geschaffen. Wenn ich sie hierherhole, wird sie am Ende nur wieder weggehen. Sie verdient jemand Besseren als mich. Jemand Besseren als einen Fighter.«

»Ach Gottchen.« Butch kehrte zu seinem Stuhl zurück und deutete auf den, auf dem Reid gesessen hatte. »Setz dich.« Zu müde, um zu widersprechen, tat Reid wie geheißen. »Jetzt hör mir mal gut zu, richtig gut. Ich bin sicher, du weißt das bereits, aber ich habe es noch nie laut ausgesprochen, also, pass auf: Du weißt, dass ich und Martha keine eigenen Kinder haben konnten. Teufel, aus diesem Grund ist sie Lehrerin geworden, und ich habe junge Männer wie dich unter meine Fittiche genommen. Also, mir liegen all meine Fighter am Herzen – wenn das nicht so wäre, würden sie sich auf ihre Hintern setzen und nach einem neuen Trainer suchen müssen –, aber du bist schon so lange bei mir, und du bist so was wie ein Sohn für mich. Und keiner *meiner* Söhne hat so ein verkorkstes Selbstbild. Das ist dein alter Herr, der aus dir spricht, genau so ist das, und es ist ein Haufen Bullshit.«

»Butch, bevor ich aufgetaucht bin, war sie halb in einen Chirurgen verliebt. Der Bursche hat sie ausgeführt und wollte mehr. Er hat Geld, sieht gut aus und sie haben total viele Gemeinsamkeiten.«

»Na und?«

»Und ich gehe da als Verlierer ins Rennen! Unterm Strich hat Dr. Volltrottel ganz lässig genau das, wonach Frauen bei einem Mann suchen.«

»Auf dem Papier. Das hat er nur auf dem Papier, Junge.« Butch beugte sich vor und lächelte. »Was hab ich dir immer gesagt, ist dein Trumpf in jedem Kampf?«

Reid hielt dem Blick seines Trainers stand und langsam erschien ein Lichtschimmer am Ende dieses langen, dunklen Tunnels, in dem er sich seit Wochen befand. »Courage. Ein Kämpfer kann gegen jede Wahrscheinlichkeit siegen, wenn er mehr Courage, mehr Herz hat als sein Gegner.« Butch schlug ihm auf die Schulter und setzte sich mit einem befriedigten Feixen wieder hin. »Genau. Und du hast nicht nur Courage und Herz, Junge, ich würde wetten, du hast auch *ihr* Herz, wenn du es willst. Aber das liegt bei dir. Jetzt geh nach Hause und ruh dich ein wenig aus. Egal, wie du dich entscheidest, du hast auf jeden Fall morgen einen Kampf, und ich brauche deinen Kopf auf deinen Schultern, oder er wird dir eingeschlagen. Verstanden?«

»Ja, Sir«, erwiderte Reid und erhob sich. Als er gerade die Bürotür öffnete, rief ihn sein Trainer noch einmal zurück.

»Was auch geschieht, ich bin für dich da. Viel Glück, Junge.«

Es war eine solch alltägliche Äußerung. Eine, die man normalerweise unzählige Male in seinem Leben hörte. Und doch war es das erste Mal, dass jemand diese Worte zu Reid sagte.

Er versuchte zu sprechen – selbst ein gemurmeltes »Danke« hätte ausgereicht –, aber seine Kehle war wie zugeschnürt, ganz zu schweigen davon, dass ihm die Augen feucht wurden.

Bevor er vollkommen auseinanderfiel, nickte er seinem Trainer knapp zu und schloss die Tür hinter sich.

Reid saß rittlings auf einem Stuhl, die Handgelenke auf die Rückenlehne gestützt, während Scotty Tapeverband um seine Hände und Finger wickelte, um ihn auf seinen Kampf gegen Diaz vorzubereiten.

Er hatte die ganze Nacht und den größten Teil des Tages Zeit gehabt, zu überlegen, was er wegen der Situation mit Lucie unternehmen wollte. Vor zwei Stunden hatte er eine Entscheidung getroffen. Eine Entscheidung, die er vor einigen Monaten nicht für möglich gehalten hätte, aber es war eine Entscheidung, die ihm überraschenderweise inneren Frieden brachte.

Es klopfte an der Tür, und Scotty sah Reid fragend an. Einige Fighter hassten jede Art von Ablenkung vor einem Kampf. Reid war nie der Typ gewesen, der die Welt ausblenden musste, indem er sich über Kopfhörer mit Musik zudröhnte und sich dadurch für den Kampf aufputschte. Er war eher wie eine Schlange, die sich im Gras versteckte. Still, geduldig und in sich gekehrt, bis die Ringtür sich hinter ihm schloss und es an der Zeit war, anzugreifen.

Reid nickte Scotty zu, der daraufhin »herein« rief.

In der Annahme, dass es einer seiner Teamgefährten war, der noch in der Kabine mit ihm abhängen wollte, schaute er nicht auf. Aber als er die Stimme des Mannes hörte, fuhr Reids Kopf hoch, und er sah in der Tür seinen Vater stehen, der sich an seiner graukarierten Schiebermütze festhielt.

»Hey«, sagte Stan, und räusperte sich. »Ich will dich ja nicht stören, aber ich wollte dich nur wissen lassen, dass ich hier bin, also …«

Scotty riss das letzte Stück Tape ab und steckte das Ende mit ein paar derben Handgriffen fest. »Du bist so weit, Andrews. Du hast noch etwa eine halbe Stunde.« Mit Blick auf Reids Vater fügte er hinzu: »Ich sag deinem Team, dass sie draußen im Flur auf dich warten sollen.«

»Danke, Scotty.« Er wartete, bis die Tür sich wieder schloss, bevor er sich erhob und das Wort an den Mann richtete, der noch nie zuvor zu einem seiner Profikämpfe gekommen war. »Warum bist du hier, Pop?«

»Hör mal, wenn du willst, dass ich gehe …«

»Das habe ich nicht gesagt. Ich will nur wissen … warum ausgerechnet jetzt?« Stan konnte seine defensive Haltung nicht verbergen, seine Schultern hingen leicht nach vorn, und seine Augen senkten sich auf die Mütze, die in seinen greisen Händen einen qualvollen Tod starb. Nach einigen Momenten seufzte der ältere Mann, rieb sich den Hinterkopf und sah Reid in die Augen.

»Als deine Mutter wegging, hatte ich das Gefühl, als hätte sie mir das Herz aus der Brust gerissen und es mitgenommen. Ich hab mich dafür entschieden, dass ich nie wieder jemanden lieben würde. Und ich schätze, das hat dich eingeschlossen.« Mit schweren Schritten ging er zu einem der Sofas im Raum und setzte sich. »Ich war so gottverdammt wütend auf sie, und wenn ich dich ansah, war es so, als ob …«

Er schüttelte den Kopf, als wolle er sich selbst sagen, dass er diesen Gedanken nicht zu Ende bringen dürfe. Trotzdem war es ziemlich offensichtlich, was er hatte sagen wollen. »Ich dachte wohl, wenn ich hart genug zu dir wäre, würdest du meine Theorie bestätigen und aufgeben … genau wie sie uns aufgegeben hat.«

Reid setzte sich wieder rittlings auf den Stuhl, auf dem er

zuvor gesessen hatte, aus Angst, dass er ohne dessen Unterstützung vor Schreck zusammenbrechen würde. Nie im Leben hatte er mit so einem Gespräch gerechnet. Obwohl er immer den Verdacht gehabt hatte, dass dies der Grund für das Verhalten seines Vaters war, schien es beinahe surreal, es jetzt von ihm selbst zu hören.

Stans untersetzter Körper schien sich mit neuer Kraft zu füllen. Die zusammengepressten Lippen und der entschlossene Ausdruck in den braunen Augen machten seinen Entschluss förmlich greifbar. »Aber egal, was ich getan habe, du hast nie aufgegeben. Und dafür habe ich höllischen Respekt vor dir.«

Reid weigerte sich, das Brennen hinter seinen Augen zur Kenntnis zu nehmen. Noch viel schwerer war es, zu ignorieren, wie das Eis aufbrach, in dem die Gefühle für seinen Vater so viele Jahre eingeschlossen gewesen waren. »In dieser Hinsicht komme ich wohl nach meinem Dad.«

Sein Vater schluckte schwer und blinzelte einige Male, bis das Wasser, das vorübergehend in seinen Augen aufgestiegen war, verschwand. Dann stand er auf und setzte seine inzwischen zerknitterte Kappe auf den Kopf. »Vielleicht trinken wir, wenn du das nächste Mal in der Stadt bist, ein Bier zusammen oder so.«

Ein geselliges Beisammensein mit seinem Vater? Die bloße Vorstellung war verwirrend. Als er nicht sofort antwortete, ging der Mann zur Tür und sagte: »Oder auch nicht, egal. War bloß so eine Idee …«

Reid schwang sich von seinem Stuhl. »Doch, das wäre schön.«

Stan blieb kurz vor der Tür stehen und schaute sich mit einem Gesichtsausdruck um, der fast erleichtert wirkte. Doch sofort überspielte er ihn wieder mit einem steifen Nicken in Reids Richtung. »Viel Glück heute Abend.«

»Danke, Pop.«

Reid war sich nicht sicher, wie lange er allein im Raum gestanden hatte, nachdem sein Vater gegangen war, aber es musste wohl eine ganze Weile gewesen sein, denn irgendwann klopften seine Teamkollegen, um ihm zu sagen, dass es jetzt wirklich an der Zeit war, die Handschuhe anzuziehen und loszugehen.

Um sicherzugehen, dass er das alles nicht träumte, wandte Reid sich an einen seiner Kumpel: »Los, Mann. Box mich mal.« Doch Adam zog nur fragend die Augenbrauen hoch. Also klatschte Reid ihm mit beiden Händen auf den Magen. »Komm schon!«

Adam zuckte die Schultern und verpasste ihm einen ordentlichen Schlag in seinen Sixpack. Er war darauf gefasst gewesen, aber der Typ hatte eine Faust wie ein Vorschlaghammer, daher blieb ihm trotzdem erst mal die Luft weg. *Nein. Eindeutig kein Traum.* Reid rieb sich den Bauch und ächzte: »Danke. Glaube ich.«

»Jederzeit, Mann. Bist du dann so weit?«

Reid nickte und nahm die roten Handschuhe entgegen, die ihm jemand hinhielt. Als er durch den langen Flur auf die Arena und das Geschrei der Menge zuging, kam es ihm so vor, als hätte er heute Abend bereits einen Kampf gewonnen. Sein Vater hatte ihm eine Art Ölzweig hingehalten und gesagt, er sei stolz auf ihn. Absolut unglaublich.

Jetzt musste er nur noch den Kampf mit Diaz überstehen und mit Lucie reden. Das klang einfach genug, aber in beiden Kämpfen ging es um sein Leben. Den einen zu verlieren konnte er ertragen. Eine Niederlage in dem anderen Kampf würde ihn absolut und vollkommen fertigmachen und ihn zerbrechen lassen.

Aber wie sein Vater schon sagte: Reid Andrews hatte noch nie aufgegeben, und seine Siege machten seine Niederlagen praktisch vergessen. Also würde er dasselbe tun wie immer. Er würde kämpfen, als hinge sein Leben davon ab. Denn diesmal war das wahrscheinlich sogar so.

# 19

Der Ballsaal ähnelte einer sternklaren Winternacht mitten im August. Das Festkomitee hatte sich jedenfalls selbst übertroffen, fand Lucie. Tausende winzig kleine Lichter funkelten zwischen meterlangen Bahnen weißen Tülls, der in anmutigen Bögen von der Decke hing. Dazwischen baumelten Dutzende Papierlampions.

Auf den Tischen lagen weiße Leinendecken und darauf befand sich feines Porzellan. Um die Tische standen mit Leinenhussen verkleidete Stühle, auch in Weiß. Selbst die Blumendekoration auf den Tischen und überall im Raum bestand aus weißen Rosen, ein paar Zentimeter unter der Blüte abgeschnitten und in flache Glasschalen gesteckt, bis die ganze Schale ausgefüllt war. Kein Grünzeug mehr nötig.

Die einzigen Farben im Raum waren die Kleider der Gäste. Vor dem weißen Hintergrund funkelten sie wie Edelsteine in allen Farben, mit Ausnahme der Männer in ihren schwarzen Smokings. Lucie sah zu, wie sie sich versammelten und in Grüppchen bewegten und schnaubte beinahe etwas Punsch aus der Nase, als ihr einfiel, dass sie wie Pinguine aussahen, die auf dem Eis der Antarktis herumwatschelten.

»Alles okay bei dir?«, fragte Vanessa und klopfte Lucie auf den Rücken. »Ich habe dir gesagt, dass du den roten Punsch nicht trinken sollst, wenn du ein weißes Kleid trägst. Es ist zu riskant. Du solltest lieber Mineralwasser nehmen.«

Lucie stellte den Punsch auf den Tisch vor sich und schaute

seufzend auf ihr bodenlanges, hautenges Kleid aus Satin hinunter. Im nächsten Jahr sollte sie sich mit jemandem aus dem Deko-Team anfreunden, damit sie am Ende nicht aussah wie ein Teil der Einrichtung. Nur gut, dass sie sich letztes Wochenende am Strand ein wenig Farbe geholt hatte, sodass man sie zumindest oberhalb ihres trägerlosen Kleides sehen konnte. Dennoch hatte sie das Gefühl, sich nicht von ihrer schneeweißen Umgebung zu unterscheiden, in der sie unterging, wo andere herausstachen.

Und das war doch mal wieder eine Metapher für ihr Leben.

Sie schaute zu ihrer besten Freundin, die so lieb gewesen war, als ihre Begleitung mitzukommen. Vor einem Monat hatte Lucie für Reid und sich zwei Eintrittskarten gekauft. Doch das hatte sich als voreilig erwiesen. Vanessa leuchtete natürlich geradezu mit ihrem wilden, rotgoldenen Haar, das sie in eine kunstvolle Hochsteckfrisur gezähmt hatte, und ihrem smaragdgrünen Kleid, das so aussah, als sei es genau passend zu der Farbe ihrer Augen eingefärbt worden. Sie erregte mühelos die Aufmerksamkeit jedes einzelnen Mannes im Raum. Wie immer das Yin zu ihrem Yang.

»Erklär mir noch mal, warum du nicht einfach meine Eintrittskarte dazu nutzen konntest, einen der Männer aus der Kanzlei mitzunehmen?«, fragte Lucie, während sie mutlos den Blick durch den Raum wandern ließ.

»Tja, meine Liebe. Das liegt daran, dass du unfähig bist, ›nein‹ zu sagen, und zugestimmt hast, dich wie ein Stück Fleisch auf dem Markt versteigern zu lassen«, entgegnete Vanessa ein wenig zu munter.

»Oh, richtig. So war das.«

Bei der Erwähnung der Date-a-Doc-Versteigerung vollführte Lucies Magen akrobatische Kunststückchen, die olympisches Gold verdient hätten. Bei der Versteigerung am Ballabend – bei der Gäste ein Date mit Mitgliedern des Krankenhauspersonals ersteigern konnten – kamen immer die meisten Spenden der gesamten Veranstaltung zusammen. Lucie war noch nie gebeten worden, daran teilzunehmen, und hatte es auch nie gewollt. Unglücklicherweise hatte eine der Assistenzärztinnen in der Woche zuvor Pfeiffersches Drüsenfieber bekommen, und Sandy, die Oberschwester, die so aussah, wie man sich die Frau vom Weihnachtsmann vorstellte, hatte Lucie angefleht, einzuspringen.

Das Geräusch eines Mikrofons, das eingeschaltet wurde und gegen das jemand einige Male klopfte, erscholl aus den großen Lautsprechern an der Stirnseite des Raums, wo man für die Veranstaltung eine Bühne errichtet hatte. »Darf ich um Ihre Aufmerksamkeit bitten?«

*Wenn man vom Teufel spricht.* Eine joviale Sandy in einem entzückenden, hellblauen Kleid stand in der Mitte der Bühne mit dem Versteigerungsprogramm in der Hand.

»Oh Gott«, murmelte Lucie mit auf den Magen gepresster Hand.

»Komm schon«, sagte Vanessa und nahm sie am Arm. »Lass uns nach Kyle und Eric suchen, die Bar überfallen und dich richtig schön mit Hochprozentigem abfüllen, bis deine Stunde schlägt.«

»Bis meine Stunde schlägt?«, wiederholte Lucie ungläubig, dann entspannte sie sich und verdrehte die Augen. »Ach, du meinst, bis ich an der Reihe bin.«

»Dummerchen«, kicherte Vanessa.

»Tatsächlich ist deine Wortwahl ziemlich treffend, wenn man bedenkt, wie ich mich fühle. Geh voran, oh weise Frau.«

Während der nächsten halben Stunde standen Vanessa und die Jungs mit Lucie zusammen und sahen zu, wie Männer und Frauen einer nach dem anderen auf die Bühne gerufen und gebeten wurden, dort stehen zu bleiben, während ein kurzer Lebenslauf mit ihren Interessen und Hobbys verlesen wurde wie in der kitschigen Version einer Datingshow.

Den ganzen Abend hatte Lucie es geschafft, Stephen aus dem Weg zu gehen. Nachdem Reid ihr das Herz gebrochen und ihre Theorie bestätigt hatte, dass die Beziehung von allzu unterschiedlichen Paaren zum Scheitern verurteilt war, hatte sie noch ein weiteres Date mit dem Arzt gehabt. Auch wenn sie mehr aus Ärger als aus echter Zuneigung hingegangen war, hatte sie ihr Bestes getan, sich auf Stephens gute Eigenschaften zu konzentrieren. Darauf kam es in der Ehe und im Leben schließlich an – falls sie je so weit kommen würden.

Doch am Ende des Abends musste sie sich eingestehen, dass sie jede einzelne Kleinigkeit, die er sagte oder tat, mit Reid verglich. Und wie erwartet, ließ Stephen auf jeder Ebene kläglich zu wünschen übrig. Sie hatte ihm am Ende sogar erlaubt, sie zu küssen, in der Hoffnung, dass ein Funke überspringen und wettmachen würde, was ihm auf anderen Gebieten fehlte. Aber es hatte nur bewiesen, dass ein Kuss von Stephen Mann so aufregend war, als presse sie die Lippen auf eine Rescue-Puppe, was sie außerdem daran erinnert hatte, dass sie ihre Erste-Hilfe-Kenntnisse auffrischen musste. Also war der Abend ja nicht völlig umsonst gewesen.

Obwohl es schrecklich wehtat, konnte Lucie sich nicht dazu überwinden, es zu bereuen, sich in Reid verliebt zu haben. Die Wochen, die sie miteinander verbracht hatten, waren die besten ihres Lebens gewesen. Er hatte ihr so viel über sich selbst beigebracht und sie gelehrt, wie man das Leben lebte, statt lediglich vom Rand aus zuzuschauen. Sie war jetzt selbstbewusster, fühlte sich wohler in ihrer Haut, und das alles verdankte sie ihm.

Also war sie nach einer Woche voller Tränen und Cherry Garcia Eiscreme – und nach einer Krisenintervention von Nessie und den Jungs – aufgestanden, hatte sich seelisch den Staub abgebürstet und mit erhobenem Haupt der Zukunft gestellt.

Ihr größtes Problem war jetzt, dass sie und Stephen einen vollkommenen Rollentausch vollführt hatten. Nach dem Date hatte sie ihm erklärt, dass es einfach nicht funktionieren würde. Er hatte mit großartigen Ideen gekontert, wie ihr gemeinsames Leben aussehen könnte, und sie um ein weiteres Date gebeten. Zum Krankenhausball. Genau das, was sie am Anfang gewollt hatte.

Und jetzt war sie hier, auf dem Ball, und es gab nur eine Sache, die sie sich wünschte: zu Hause in ihrem Apartment zu sein, in den Armen jenes Mannes, der scheinbar überhaupt nicht zu ihr passte.

Tja, dachte sie, während sie den Rest ihres Drinks herunterkippte. Ironie des Schicksals.

»Last but not least haben wir eine wunderbare junge Dame, die in letzter Minute für die erkrankte Stacy eingesprungen ist, Miss Lucinda Miller. Kommen Sie rauf, meine Liebe.«

Die Menge applaudierte beim Aufruf ihres letzten Opfers. Lucie funkelte Eric und Kyle an und stieß sie beide diskret vor die Brust. Mit einem falschen Lächeln, das sie sich fest ins Gesicht heftete, sagte sie: »Wenn einer von euch nicht der Höchstbietende ist, sorge ich persönlich dafür, dass ihr beide am Ende dieses Abends Eunuchen seid.«

»Ja, Ma'am«, antworteten sie wie aus einem Mund, die Gläser erhoben und breit lächelnd.

Sie fluchte im Geiste, als sie auf die Bühne ging. Die beiden nahmen sie nicht richtig ernst, aber wehe, sie standen ihr nicht bei. Sie hatten versprochen, dafür zu sorgen, dass niemand sonst sie gewann. Auf diese Weise tat sie ihre Pflicht, das Krankenhaus bekam Geld, und sie brauchte nicht auf ein Date mit jemandem zu gehen, der gruselig oder grillenhaft oder etwas anderes Unangenehmes mit ›gr‹ war.

Kurz darauf stand sie neben Sandy, die gerade einen Lebenslauf verlas, von dem Lucie sich nicht erinnern konnte, ihn geschrieben zu haben. Und dann ging es los.

»Okay«, sagte Sandy ins Mikro, »beginnen wir mit einem Gebot von fünfhundert Dollar.«

»Fünfhundert«, sagte Kyle von der Bar.

Sandy deutete in seine Richtung. »Hervorragend! Bekomme ich sieben fünfzig? Sieben fünfzig?«

Aus dem linken Augenwinkel sah Lucie einen Mann die Hand heben. »Sieben fünfzig.«

*Stephen.* »Oh, Fuck.« Lucie erstarrte und konnte sich gerade noch davon abhalten, die Hand vor den Mund zu schlagen. Sie konnte nicht glauben, dass sie das laut gesagt hatte! Ihre vom Alkohol enthemmte Zunge verfiel auf einer gehobenen Veranstaltung in Kneipenjargon. Wunderbar.

Sandy entfernte ihren Mund ein Stück vom Mikrofon und flüsterte: »Entschuldigung, meine Liebe, haben Sie eben etwas gesagt?«

»Ähm, ich sagte: ›Was für ein Glück‹.« Lucie schenkte ihr ein, wie sie hoffte, einfältiges Grinsen. »Ich hatte schon Angst, dass niemand für mich bieten würde.«

»Unsinn, Schätzchen, Sie sind eine wunderschöne junge Frau.« Dann widmete Sandy sich wieder ihrer Auktionator-Rolle und erhöhte den Preis locker auf tausend Dollar.

Während der nächsten Minuten beobachtete Lucie ängstlich, wie ihr Preis immer höher und höher kletterte, befeuert von Stephens unerschöpflichem Scheckbuch. Sie hatte den Jungs versichert, dass sie alles bezahlen würde, was ihr Budget überstieg. Aber nicht mal in ihren wildesten Träumen hatte sie damit gerechnet, dass Stephen so lange durchhalten würde.

Das Gebot lag jetzt bei zwanzigtausend, und zwar von Stephen. Lucie stellte Blickkontakt zu Kyle her und schüttelte kaum merklich den Kopf, als Sandy von ihm weitere fünfhundert verlangte. Ein weiteres Date mit dem Mann bedeutete nicht das Ende der Welt. Jedenfalls war es nicht so schlimm, dass sie dafür sich und ihre Freunde ins Armenhaus bringen musste.

Ehrlich gesagt, war ihr Problem auch gar nicht so sehr ein drittes sinnloses Date mit Stephen. Es ging viel mehr um die Tatsache, dass ihr dann klarwerden würde, was sie mit Reid niemals haben konnte.

Sandy hob neben ihr den Hammer: »Also schön, zwanzigtausend zum Ersten … zwanzigtausend zum …«

»Einhunderttausend«, rief eine tiefe Stimme aus dem hinteren Teil des Raums. Eine Stimme, die Lucie so vertraut war wie ihre eigene.

Keuchen und Getuschel erfüllten den Saal. Die Leute drehten sich fast gleichzeitig auf ihren Stühlen um. Reid kam näher, bis er in der Mitte zwischen den Tischen stand. Aller Augen ruhten auf ihm, und doch galt sein unbeirrter Blick nur ihr.

Irgendwie war Lucie zwar klar, dass sie benommen und mit großen Augen dastand, aber sie hatte in ihrem ganzen Leben noch nie jemanden gesehen, der so sexy war. Reid wirkte inmitten des Krankenhausteams wie ein Panther unter Hauskatzen. Der Smoking schmiegte sich perfekt um seinen stattlichen Körper, zweifellos eigens zu diesem Zweck maßgeschneidert, im Gegensatz zu den Anzügen der meisten Männer, die ihre schlecht sitzenden Outfits wahrscheinlich geliehen hatten.

Er war die personifizierte Perfektion. Sie saugte gierig den Anblick seines Rebellen-Looks auf, der ihn noch weiter aus dem Meer der Durchschnittsmänner um ihn herum hervorstechen ließ. Sonnengebräunte Haut und ein Teil seines Tribal-Tattoos, das sich an seinem Hals nach oben schlängelte, hoben sich gegen das grelle Weiß seines Hemds ab. Eines Hemds, das am Hals offen stand. Seine Fliege hing lose um den Kragen, als hätte er es zu eilig gehabt, sie richtig zu binden.

Sein Haar war zu dem kaum wahrnehmbaren Iro gestylt, den sie so liebte, und sein Dreitagebart ließ sie an die Hautirritationen denken, die er ihr mit seinen Stoppeln an diversen empfindlichen Stellen zugefügt hatte. Seine Unterlippe zeigte eine bereits heilende Platzwunde, und eine auffallende, rote Abschürfung betonte einen seiner Wangenknochen und gab seinem gepflegten Äußeren eine wilde Note.

Aber es war die Art, wie seine haselnussbraunen Augen sich direkt in ihre Seele brannten, die die Schmetterlinge in ihrem Bauch aufflattern ließ und die Glut ihres Verlangens so anfachte, dass sie weiche Knie bekam.

Sandy räusperte sich und quietschte praktisch: »Wie bitte?«

»Ich habe einhunderttausend Dollar für ein Date mit der umwerfend schönen Frau auf der Bühne geboten.« Dann wandte er sich zu Stephen um und spießte ihn mit einem herausfordernden Blick auf. »Es sei denn natürlich, jemand erhöht das Gebot, in welchem Fall ich meines ebenfalls erhöhe.«

Lucie biss sich auf die Lippe, während sie auf Stephens Reaktion wartete. Nachdem er sekundenlang zwischen ihr und Reid hin und her geschaut hatte, schüttelte er schließlich den Kopf. Lucie atmete erleichtert auf, als Reid zum Höchstbietenden erklärt wurde und das Date mit ihr gewann. Zumindest glaubte sie, dass es sich so verhielt. Genauso gut war es allerdings möglich, dass sein Preis in einer Reise nach Disney World bestand. Schwer zu sagen bei der schrillen und haspeligen Art, mit der Sandy sprach.

Was immer die Ursache für Sandys Aufregung war, Lucie beachtete sie sowieso nicht. Ihr Blick war fest auf den verteufelt gut aussehenden Mann geheftet, der auf die Bühne zuschritt, während die Band ihr erstes Musikstück des Abends anstimmte.

Als Reid den Fuß der Treppe erreichte, streckte er die Hand aus. Ihr Körper bewegte sich wie von selbst, als würde er von geheimnisvollen Kräften gesteuert, gegen die sie sich nicht wehren konnte.

Hastig sagte sich Lucie, dass sie damit nur eine Szene vermied. Zum Beispiel Reid einen Drink ins Gesicht zu schütten. Das wollte sie doch eigentlich tun. Oder? Aber natürlich.

Sobald ihre Hand in seine glitt, wanderte ein beinahe unmerkliches Kribbeln ihren Arm hoch und breitete sich in ihrem ganzen Körper aus. Ohne ein Wort zu sprechen, führte Reid sie auf die Tanzfläche, wo sich weitere Paare zusammenfanden. Er zog sie an sich, drückte sie an seinen Körper, als seien sie zwei Hälften eines Ganzen. Seine eine Hand legte sich in ihr Kreuz und wärmte ihre Haut durch den dünnen Stoff des Kleides. Mit der anderen umfasste er ihre Hand und hielt sie auf Schulterhöhe in Tanzposition.

Während sie sich zur Musik wiegten, kämpfte Lucie gegen das Verlangen an, ihn einerseits wild zu küssen und ihm andererseits fest auf den Fuß zu treten, um dann aus dem Ballsaal zu rauschen.

»Du hast gerade eine enorme Stange Geld für etwas ausgegeben, von dem du behauptet hast, dass du es gar nicht willst«, sagte sie schließlich.

»Ich weiß.«

Sie musterte ihn und versuchte das Rätsel zu lösen, ohne nachfragen zu müssen, aber die üblichen Hinweise fehlten. Da gab es kein selbstgefälliges Lächeln. Kein Kiefermuskel, der verärgert zuckte. Kein missbilligendes Stirnrunzeln oder auch nur das herausfordernde Hochziehen einer Augenbraue. Zum ersten Mal überhaupt war Reid Andrews' Miene vollkommen undurchdringlich.

»Warum?«

»Weil du dich geweigert hast, ans Telefon zu gehen, wenn ich angerufen habe. Und weil ich weiß, dass du zu anständig bist, um ein Date abzusagen, für das irgendein armer Tropf eine exorbitante Summe hingeblättert hat.«

Sie wandte den Blick ab und antwortete: »Also ist das hier alles Spiel und Spaß für dich. Wie tröstlich.«

»Verdammt, nein, das hier ist kein Spiel.« Er umfasste ihr Kinn und drehte ihr Gesicht zu sich. »Ich musste dich sehen. Ich habe dich vermisst, Schätzchen.«

Sauerstoff. Sie brauchte Sauerstoff.

Lucie drehte sich auf dem Absatz um und schlängelte sich zwischen den tanzenden Paaren hindurch, zu den Balkontüren, die auf eine große Terrasse und gepflegte Gärten hinausführten. Wahrscheinlich würde Reid ihr folgen, aber es war ihr egal, solange sie nur der Menge und ihren neugierigen Blicken entkam. Sie weigerte sich, vor ihren Kollegen und deren Begleitern zusammenzubrechen.

Kaum war sie durch die Tür getreten, atmete sie tief die vielfältigen Blumendüfte ein, ehe sie den Atem wieder ausstieß und zu dem großen, dreistufigen Springbrunnen hinüberging. Sie schlang fest die Arme um sich, als könne sie so verhindern, dass sie von ihren eigenen Gefühlen überwältigt würde.

Das leise Knirschen von Kies verriet ihr, dass Reid sich näherte. Schweigend blieb er an ihrer Seite stehen, während sie das herabsprudelnde Wasser betrachtete. Als er endlich sprach, umfing seine tiefe Stimme ihren Körper, wie eine liebevolle Umarmung, die ihr sofort die Anspannung nahm. »Du siehst atemberaubend aus in diesem Kleid. Du bist die großartigste Frau, die ich je gesehen habe.«

Lucie erwiderte nichts. Sie hätte nichts sagen können, selbst wenn sie es gewollt hätte. Ihre Kehle war wie zugeschnürt. Sie hörte ein leises Kratzen wie von Schmirgelpapier und stellte sich vor, dass Reid sich gerade das Kinn rieb.

»Ich habe mir meinen Gürtel zurückgeholt. Ich habe Diaz geschlagen.«

»Ich weiß«, flüsterte sie.

Sie hatte sich geschworen, den Kampf nicht anzusehen, obwohl sie in Wahrheit genau gewusst hatte, dass höchstens ein Atomkrieg sie daran hindern würde. Und prompt hatte sie sich auf ihrem Sofa wiedergefunden, mit hochgezogenen Knien, während sie wie verrückt auf ihrer Lippe herumkaute, und sich jeden qualvollen Moment angeschaut. Natürlich war es zu viel verlangt gewesen, auf einen schnellen Kampf zu hoffen. Nein, sie war fast drei vollen Runden ausgesetzt gewesen, in denen sie mit ansehen musste, wie Reid Schläge und Tritte gegen Kopf und Körper kassierte, die aussahen, als könnten sie einen Gorilla umhauen. Glücklicherweise hatte er ebenso viel ausgeteilt wie eingesteckt, und in der dritten Runde war es ihm gelungen, seinen Gegner mit einem spektakulären Tritt an den Kopf k. o. zu schlagen.

Sie war noch nie in ihrem Leben so erleichtert gewesen. Oder so stolz.

*Hör auf zu träumen und sag etwas, verdammt noch mal.* Sie räusperte sich und ergänzte, was sie für eine angemessene Reaktion hielt. »Herzlichen Glückwunsch. Du bist wieder Champion. Das wolltest du doch die ganze Zeit.«

»Nicht die ganze Zeit.« Ein Finger wanderte sanft und quälend langsam von ihrer Schulter zum Ellbogen. »Meine Ziele und Ambitionen haben sich erheblich verändert, seit damals, als ich in dein Büro gekommen bin.«

Sie schüttelte den Kopf. Das war aber nicht das, was er vor einem Monat behauptet hatte, als sie sich ihm mehr geöffnet hatte als irgendjemandem je zuvor.

»Lucie, ich hab nach dem Kampf aufgehört.«

Sie fuhr herum und starrte ihn mit großen Augen an. »Warum solltest du das tun? Du hast gesiegt.«

»Es spielte keine Rolle, ob ich siege oder verliere. Ich habe den Entschluss aufzuhören vor dem Kampf getroffen, unabhängig davon, wie er ausgehen würde.«

»Aber«, stammelte sie, »was willst du jetzt tun?«

»Es gibt noch anderes, was ich außer Kämpfen mit meinem Leben anfangen kann. Ich dachte, ich komme wieder hierher zurück und versuche etwas Neues. Vielleicht gehe ich meiner Bildhauerei nach, oder ich kaufe mir grässliche, karierte Klamotten und fange an, Golf zu spielen. Es ist mir egal, was ich tue, solange ich bei dir bin.«

Sie schüttelte den Kopf, noch bevor er ausgeredet hatte. »Nein. Das sagst du jetzt, aber irgendwann wirst du dieses Jucken spüren, dieses Verlangen, und in deiner Liga ist es schwer, wieder zurückzukommen, wenn du einmal raus bist. Du kannst nicht meinetwegen aufhören, Reid. Du kannst mich nicht so unter Druck setzen.«

»Hey, nun mal langsam, Schätzchen«, sagte er, fasste sie fest an den Schultern und sorgte dafür, dass er ihre volle Aufmerksamkeit hatte, bevor er weitersprach. »Ich gebe nicht auf, ich trete in den Ruhestand. Und ich tue es nicht deinetwegen. Ich tue es für mich.«

»Das verstehe ich einfach nicht. Du *liebst* es doch zu kämpfen.«

Reid umfasste ihre Hände mit seinen, streichelte ihr mit den Daumen über die Rückseiten ihrer Finger. »Erinnerst du dich daran, wie ich dir erzählt habe, dass ich den Sport immer lieben würde, aber irgendwann auch mal etwas anderes machen will?«

»Ja. Das hast du damals nach dem Essen gesagt.«

»Genau. Und jetzt ist es so weit. Ich bin einfach nicht mehr mit dem Herzen dabei.«

Er sah ihr forschend in die Augen, als hoffe er darin zu lesen, dass sie ihn verstand, aber sie war sich nicht sicher. »Wo bist du denn dann mit dem Herzen?«

»Bei dir, Lucie. Mein Herz ist bei dir.«

Sie wollte ihm so gerne glauben, aber irgendetwas – das damals kaputtgegangen war, als Reid sie verlassen hatte – hielt sie zurück, warnte sie vor falschen Hoffnungen. Sie brauchte mehr Sicherheit als das.

»Seit wann?«, fragte sie herausfordernd.

»Seit wann mein Herz bei dir ist?« Sie nickte. Er trat näher und umfasste ihr Gesicht mit seinen großen Händen. »Wahrscheinlich, seit ich das erste Mal dein süßes Schnauben gehört habe.« Er drückte ihr einen Kuss auf die Nasenspitze.

»Höchstwahrscheinlich, seit du mit unserem Kellner geflirtet hast.« Ein warmer Kuss auf die Sommersprosse neben ihrem Auge. »Fast mit Sicherheit, seit du das erste Mal in meinen Armen eingeschlafen bist.« Ein kleiner Kuss auf die andere Wange. »Und ganz sicher seit der Nacht, in der wir uns geliebt haben.« Endlich ein zärtlicher Kuss auf ihre Lippen.

Wie war es möglich, dass ein einziger Mann so viele Facetten hatte? Kämpfer, Styling-Experte, Profi-Verführer, Künstler und jetzt auch noch Poet. Welche Frau sollte da widerstehen? Reid Andrews war ganz und gar nicht der Mann, den sie sich gewünscht hatte. Und doch war er alles, was sie wollte und mehr.

Sie stellte sich auf die Zehenspitzen, schlang die Arme um seinen Hals und küsste ihn mit aller Macht. Seine starken Arme umfingen sie und drückten sie an sich, während er ihren Mund mit seinen heißen Lippen versengte.

Irgendwo, irgendwann später, läuteten Kirchenglocken eine beschwingte Melodie und rissen sie aus ihrem Taumel.

Als Lucie endlich wieder Luft bekam, brachte sie eine letzte Bitte hervor. »Sag es, Reid.«

Er grinste. »Du zwingst mich also, es auszusprechen?«

»Du kannst dich glücklich schätzen, wenn ich dich nicht dazu zwinge, es mit einem dieser kleinen Flugzeuge an den Himmel zu schreiben.«

Er lachte, wurde aber ziemlich schnell wieder ernst. Während er sie immer noch fest umfangen hielt, legte er seine Stirn an ihre und sagte leise und eindringlich: »Lucie Marie Maris. Ich bin total und vollkommen in dich verliebt. Und so wahr Gott mein Zeuge ist, werde ich eines Tages – egal wie lange es dauert – würdig genug sein, dein Ehemann zu werden. Denn ich kann es nicht ertragen, ohne dich zu leben.«

Mit langsamen Glockenschlägen wurde die Mitternachtsstunde eingeläutet, während Lucie die wunderschönen Worte aufsog, die Balsam für ihre Seele waren und den Bruch in ihrem Herzen verheilen ließen. Sie fühlte sich wieder ganz. Und zum ersten Mal in ihrem erwachsenen Leben bedingungslos geliebt.

Mit aller Macht versuchte sie, die Tränen, die ihr in die Augen schossen, zurückzuhalten, aber es war zwecklos. Sie rannen ihr über die Wangen, eine nach der anderen. Hoffentlich würde die Wimperntusche nicht auf ihr Kleid tropfen und es völlig ruinieren. *Dummer Mann.*

»Jetzt sieh dir an, was du angerichtet hast.« Sie schniefte, entschlossen, der Tränenkatastrophe nicht auch noch Schnodder hinzuzufügen. »Ein einfaches ›Ich liebe dich‹ hätte auch genügt.«

Er lächelte und drückte ihr einen sanften Kuss auf die Lippen. »Ich liebe dich.«

»Zu spät, ich bin bereits ein Wrack.«

»Ich finde dich zauberhaft.«

Lucie rümpfte die Nase. »Du bist voreingenommen. Ich kann so nicht wieder hineingehen.«

Er legte den Kopf kurz schief, dann lächelte er auf sie herunter. »Die Uhr schlägt zwölf, Cinderella. Ich sollte dich besser nach oben in mein sicheres Hotelzimmer bringen. Du weißt schon, nur für alle Fälle.«

Sie lachte auf, wischte mit dem Handrücken die Spuren unter ihren Augen weg und hielt die Hand dann zum Beweis hoch. »Ich bin mir ziemlich sicher, dass ich mich bereits in meinen ursprünglichen Zustand zurückverwandelt habe, aber es klingt himmlisch, raus aus diesem Kleid und hinein in eine heiße Badewanne zu kommen.«

Seine Augen verdunkelten sich und sein Kiefermuskel zuckte. Sie hatte ihre Feststellung ganz harmlos gemeint, aber nach seiner Reaktion zu urteilen fasste Reid sie offenbar völlig anders auf.

Er packte ihre Hand und knurrte fast, als er sagte: »Das sehe ich genauso.«

Ohne weiteres Zögern drehte er sich um und zog sie zur Vorderseite des Hotels mit. Er machte so große und schnelle Schritte, dass sie ihr Kleid raffen und hinter ihm herrennen musste, um mitzuhalten. Erstaunlicherweise hielt sie das Tempo wunderbar, bis sich plötzlich der Absatz ihres rechten Schuhs in einer Rille verfing. Sie strauchelte, als ihr Fuß sich ohne den Schuh weiterbewegte. Glücklicherweise reagierte Reid blitzschnell und fing sie auf, bevor sie mit dem Gesicht voran auf den Pflastersteinen vor den Terrassentüren landete.

Sie konnte nicht anders, als laut zu lachen, während sie sich abmühte, den Schuh zu befreien. Nachdem sie zweimal daran gezerrt hatte, gab der Schuh nach … doch ohne Absatz. Mit offenem Mund starrte Lucie auf den störrischen Dorn, der immer noch zwischen den Pflastersteinen eingekeilt war. »Ach, Mist. Wenn das mal nicht typisch ist.«

Mühelos hob Reid sie auf seine Arme, warf einen Blick auf ihren nackten Fuß und sagte: »Na, jetzt ist es offiziell.«

Sie schlang die Arme um seinen Hals, und ihr kaputter Schuh baumelte von den Fingern ihrer Hand. »Was ist offiziell?«

»Du bist wirklich Cinderella.«

»Also, in diesem Fall …« Lucie sog die Unterlippe zwischen die Zähne, zeichnete die gebräunte Haut nach, die sein Hemd vorne frei ließ, und machte dann einen koketten Augenaufschlag, genauso wie er es ihr beigebracht hatte. »… lass uns mit unserem *Und sie lebten glücklich bis ans Ende ihrer Tage* sofort anfangen.«

Während der letzte Glockenschlag in der sternklaren Nacht verklang, sah Reid ihr mit einem herzerweichenden Lächeln in die Augen und sagte: »Wie Ihr wünscht, Prinzessin«, bevor er sie davontrug, um genau das zu tun.

# Danksagung

Viele Leute haben eine Rolle auf dem Weg gespielt, an dessen Ende ein gedrucktes Buch mit meinem Namen darauf steht. Und da es mein erstes Buch ist, will ich diesmal alle nennen. Also muss ich um etwas Geduld bitten.

Ich möchte mich bedanken bei …

Meinen drei wunderbaren Kindern – und zwar als alleralererstes. Sie waren von meinem ersten Schreibtag an geduldig, haben mir Mut gemacht und mich gewaltig unterstützt. Ich danke euch für euer Verständnis und dafür, dass ihr euch manchen Abend damit abgefunden habt, euch selbst etwas zu kochen. Oder mir etwas zu essen oder zu trinken zu bringen, damit ich in meiner rastlosen Schreibwut nicht dahinwelkte.

Ruthie Knox dafür, dass sie keine einstweilige Verfügung gegen mich beantragt hat, als ich sie in bester Fangirl-Manier gestalkt habe. Stattdessen hat sie mich mit Superkräften ausgestattet und ist zu einer meiner besten Freundinnen und einem phänomenalen CP geworden. Ohne sie könnte ich heute nicht so schreiben, wie ich es tue.

Ella Sheridan, die eine großartige Freundin und mein anderer Wahnsinns-CP ist. Außerdem leitet sie unsere kleine Kontrollgruppe bei TMAS und sorgt dafür, dass ich ehrlich und motiviert bleibe, wenn ich es am dringendsten benötige.

Jamie Burch, meiner Mondschwester und Original-Beta-Leserin. Weil sie die Schöpferin des schönen Fußkettchens* ist, das Lucie in dieser Geschichte geschenkt bekommt. Aber mehr noch für all die Mondliebe, die sie mir im Lauf der Jahre hat zuteilwerden lassen.

Jenni Bailey, weil sie eine meiner ersten Schriftsteller-freundinnen und immer eine enthusiastische Beta-Leserin ist, selbst als ich sie *Desires of the Soul* so oft habe lesen lassen, dass ihr schließlich fast die Augen aus dem Kopf gefallen sind.

Dem Romance Man, mir besser bekannt als Remy, der vielleicht mein lange verlorener Zwillingsbruder ist, für seine Unterstützung. Und dafür, dass er mich regelmäßig so zum Lachen bringt, dass ich mir fast in die Hose mache.

Den BBLs – besonders Pat, Diane, Lexie, Kate, Michele, Nancy, Lucie und Julie. Sie gehören zu den coolsten Typen, die ich jemals kennengelernt habe, und sind die besten Cheerleader aller Zeiten.

Meinen Twitter-Freundinnen Cara, Cari, Edie, Serena, Amber, Del und Charlotte, die immer da sind, um mich mit RTs zu versorgen, mich mit ihren haarsträubenden Dialogen zu unterhalten und schäbige Bildchen zu tauschen, die einen auf allerhand halbnackte Ideen bringen.

Bill Brandl, seines Zeichens Präsident des nicht offiziellen Gina L. Maxwell Farm-Boy Fan Clubs (PUGLMFBFC), weil er die arme Verkäuferin in einem Buchladen mit der felsenfesten Behauptung bedrängt hat, ein Buch von mir sei schon vor Jahren erschienen, und sie über eine halbe Stunde lang nach diesem nicht existenten Buch hat suchen lassen.

Brock Miles, der den unablässigen Strom meiner E-Mails erträgt und mir eine höllisch sexy Website kreiert hat. Sie übertrifft meine Erwartungen bei Weitem, vor allem angesichts der beschränkten Möglichkeiten, die ich ihm dafür zur Verfügung gestellt habe.

Laura Coleman für ihr erstaunliches Können als Werbetexterin. Sie hat sich praktisch das Gehirn ausgewrungen, bis sie endlich einen Slogan für meine Website hatte, den ich nicht rundheraus abgelehnt habe. Dieser Slogan sagt alles, und ich liebe ihn.

Kim Anguiano, die mich viel schöner gemacht hat, als ich bin, und diesen Zustand mit ihrer Kamera festgehalten hat für meine Autorenfotos. Sie ist die beste Hairstylistin, die ich je hatte.

Tante Marlene, die ganz aus dem Häuschen war und nur sagte: »Mach es!«, als ich mich endlich traute, ihr von meiner verrückten Idee zu erzählen, vielleicht so was wie ein Buch zu schreiben. Und meiner Großmutter Bisbee, die mir schon vor acht Jahren erklärte, ich solle Schriftstellerin werden. Damals habe ich nur darüber gelacht – aber vielleicht war sie diejenige, die die Saat gelegt hat.

Dawn »die Traumzerstörerin« McClure für ihre Freundschaft, ihre Unnachgiebigkeit und dafür, dass sie mir die Tür gezeigt hat, an die ich klopfen musste, um meinen Traum wahr zu machen.

Meiner Lektorin, Liz Pelletier, die mir nicht nur diese Tür geöffnet, sondern mich gleich mit einer Konfettiparade in der Entangled-Familie empfangen hat. Ihr extremes Vertrauen in meine Fähigkeiten erstaunt mich immer wieder aufs Neue, und ich hoffe inständig, dass ich ihm immer gerecht werden kann.

Heather Howland, die das tolle US-Cover für mein Buch entworfen hat, Jessica Estep, weil sie meine tolle Verlegerin ist, und allen anderen Mitarbeitern bei Entangled, die sonst noch an meinem Buch mitgewirkt haben und auch irgendwie toll sind.

Und dem ganzen Maxwell-Mob. Möge unsere Anzahl wachsen, während ihr fortfahrt, alle Kräfte zur Eroberung der Welt zu sammeln. ;-)

Und schließlich all meinen Freunden, Angehörigen und Anhängern, die mich aufgebaut und weitergetrieben haben. Ihr seid die Besten, und ich bin unglaublich dankbar für jeden Einzelnen von euch.

Mit literarischen Grüßen
Gina Leigh

* Ihr könnt euch bei Jamie (Chasing the Moon Creations) selbst so ein Fußkettchen bestellen:
www.etsy.com/shop/ChasingtheMoon
www.facebook.com/ChasingTheMoonCreations

Lust auf mehr von Gina L. Maxwell?

Lesen Sie auf den folgenden Seiten einen Auszug aus dem zweiten Band der *Fighting-for-Love*-Reihe:

**FIGHTING FOR LOVE**

*Heiße Liebe*

**Vanessa MacGregors sieben Regeln**
**für ein glückliches Leben:**

7. Vernachlässige deine Pflichten nicht.
6. Lass dich nie zu einer Lüge verleiten.
5. Lass eine Affäre nie länger als drei Tage dauern.
4. Lass dich mit keinem Mann ein, der lieber die Fäuste sprechen lässt als Worte.
3. Lass dich mit keinem Mann ohne sicheres Einkommen und gute Zukunftsaussichten ein.
2. Gib nie die Kontrolle ab.
1. Verliebe dich nicht.

# *Tag 1: Sonntag*

»Jetzt lässt er mich seit genau einer Stunde warten.«

*Und Selbstgespräche in Normallautstärke sind nicht nur peinlich, sie machen auch hungrig und einsam.*

Vanessa MacGregor saß vor dem Flughafen von Honolulu auf einer Bank, Koffer und Reisetasche neben sich, und versuchte, ihren knurrenden Magen zu ignorieren. Sie hatte bereits vor ungefähr vierzig Minuten ihren Blick von der malerischen Landschaft Hawaiis abgewendet. Als ihr nämlich klar geworden war, dass der hier ansässige Bruder ihrer besten Freundin Lucie mehr als ein paar verzeihliche Minuten zu spät kommen würde, um sie abzuholen.

Ungeduldig trommelte sie mit den Fingernägeln auf die Rückseite des Handys und überlegte, ob sie Lucie anrufen sollte oder nicht. Aber sie wollte ihre Freundin in der Woche vor deren Hochzeit nicht belästigen. Lucie stand bereits unter maximalem Stress. Und nicht erst, seit ein paar Happen verdorbenes Sushi sie mit einer schweren Lebensmittelvergiftung über die Kloschüssel gezwungen hatten.

Vanessa seufzte. Es blieb ihr wohl nichts übrig, als es weiter mit Jacksons Nummer zu probieren. Nur wurden ihre Anrufe leider stets auf die Voicemail umgeleitet. Allmählich machte sie sich Sorgen. Wo steckte dieser Typ? Hatte er vielleicht seinen Wagen gegen einen Baum gefahren? Andererseits … Wenn er sich nicht bald mal meldete, würden ein paar Kratzer im Lack noch sein geringstes Problem sein.

Entnervt drückte sie eine Taste auf ihrem Handy, um den Bildschirm zu beleuchten und zum ungefähr tausendsten Mal nach der Uhrzeit zu schauen. Sie konnte nicht den ganzen Tag am Flughafen verbringen. Schließlich war sie extra früher hergeflogen, um die Woche vor Lucies Hochzeit schon auf Hawaii zu verbringen. Darauf hatte der verrückte Hochzeitsplaner bestanden. Er wollte unbedingt, dass die Trauung in dem exklusiven Ferienresort *Mau Loa* bis ins kleinste Detail durchgeplant wurde. Und dazu musste entweder das glückliche Paar selbst anwesend sein oder die Trauzeugen. In anderen Worten: Jackson und sie.

Im Grunde wäre es wohl das Beste, sich einfach ein Taxi zu nehmen. Andererseits befürchtete Vanessa, dass sie Jackson dann auf dem Weg zum *Mau Loa* verpassen würde. Seufzend starrte sie auf ihr Handy. Dann beschloss sie, es noch einmal zu versuchen. Sie drückte auf Wahlwiederholung, prüfte kurz ihre Maniküre und lauschte auf das Freizeichen, das sie zu verspotten schien.

»Sie müssen Vanessa sein.«

Beim Klang der tiefen, sinnlichen Stimme schaute sie auf, wurde aber von der Sonne geblendet. Sie blinzelte dagegen an und beschirmte die Augen, um die Gesichtszüge des Mannes vor ihr erkennen zu können. Er trug marineblaue Boardshorts und ein hautenges Muskelshirt.

*Wow. Ein echter Leckerbissen.* Seine dunklen Haare waren feucht, die letzte Rasur mindestens einen Tag her.

Von seinem linken Bizeps zog sich in schwarzer Tinte ein polynesisches Tattoo aus Meereswellen bis zur Schulter hinauf. Seine Haut war zwar gebräunt, aber hatte nicht diesen typischen Goldton, sondern war eine Spur dunkler, als hätte er schon lange hier gelebt. Das Einzige, was nicht zu dem dunklen Gesamteindruck passte, waren seine bernsteinfarbenen Augen, die sie an diese köstlichen Karamellriegel mit der dünnen Zartbitterglasur erinnerten. Mist, sie brauchte wirklich etwas zu essen, sonst würde sie noch seine Augäpfel abschlecken.

Bisher hatte sie Jackson noch nie persönlich kennengelernt, aber sie hatte etliche Fotos gesehen. Genug, um zu erkennen, dass es sich bei dem Besitzer dieser Karamellaugen tatsächlich um Lucies Bruder handelte, den Meisterkämpfer in Mixed Martial Arts. Der Klang seiner Anrufbeantworterstimme, die plötzlich aus ihrem Handy tönte, erweckte sie aus ihrer kurzzeitigen Lähmung. Hastig nahm Vanessa das Telefon vom Ohr und beendete den Anruf. In echt klang seine Stimme sowieso viel besser, schoss es ihr durch den Kopf, als sie aufstand und ihm die Hand entgegenstreckte.

»Jackson, wie schön, Sie endlich kennenzulernen.«

Er betrachtete ihre Hand mit dem Anflug eines amüsierten Lächelns, ehe er sie endlich ergriff. Seine Finger waren rau, schwielig und köstlich warm.

»Schön, endlich die berühmt-berüchtigte beste Freundin meiner Schwester kennenzulernen«, entgegnete er mit einem charmanten Lächeln.

Nun, mit ihm würde sie es definitiv aushalten. Kannten die Hawaiianer eigentlich das Sprichwort »Spar dir das Surfboard, reite den Surfer«? Wenn nicht, würde sie es auf jeden Fall in Umlauf bringen. Ob er überhaupt surfte? Sie besann sich wieder auf das Gespräch und fragte: »Ist alles in Ordnung?« Als sie seinen fragenden Blick bemerkte, fügte sie hinzu: »Sie wollten um elf hier sein, und es ist nach zwölf. Ich habe versucht, Sie anzurufen, aber nur Ihre Voicemail erreicht.«

Jackson zuckte die Achseln. »Ja, mein Akku ist leer. Ich achte nicht sehr darauf, da ich das Handy fast nur benutze, um mit Lucie in Kontakt zu bleiben. Was Technik betrifft, bin ich eine Art Steinzeitmensch.«

Aha. Und warum hatte Lucie dann gesagt, sie solle ihn anrufen, sobald sie gelandet war? Was sie getan hatte. Fünf Mal.

»Hm. Muss schön sein, so sorglos zu leben.« Sie zuckte innerlich zusammen, als sie den schnippischen Tonfall ihrer Stimme hörte. Nur weil sie eine Stunde lang hungrig in der Sonne gesessen hatte, musste sie ja nicht gleich ihre guten Manieren über Bord werfen. »Also, hatten Sie Probleme mit dem Auto oder so etwas?«

»Um ehrlich zu sein, ich war surfen und habe irgendwie die Zeit aus den Augen verloren.«

Nun, das beantwortete die Surferfrage. Vanessa schaute auf seine Handgelenke und bemerkte, dass er wohl *irgendwie* auch seine Uhr aus den Augen verloren hatte, bevor er mit seinem leeren Handyakku das Haus verließ. Plötzlich war ihr nicht mehr nach Nettigkeiten zumute. Sämtliche warme Gefühle, die sie gerade noch für diesen Mixed-Martial-Arts-Hengst vor sich entwickelt hatte, verpufften abrupt.

*Regel sieben: Vernachlässige deine Pflichten nicht.*

Sollte das etwa der pflichtbewusste Mann sein, von dem Lucie ihr immer erzählt hatte? Der Typ, der die Last der ganzen Welt auf seinen Schultern trug?

»Ich wünschte, ich hätte gewusst, dass es ein Problem für Sie sein würde, mich abzuholen«, meinte sie und versuchte angestrengt, nicht gereizt zu klingen. Vergebens. »Ich hätte genauso gut ein Taxi nehmen können.«

Er hob beschwichtigend die Hände. »Sie haben absolut recht. Ich war ein gedankenloser Idiot.«

»Ich habe nicht gesagt …«

»Und ich verdiene eine ausgiebige Strafpredigt«, fügte er mit einem weiteren Lächeln hinzu, »aber lassen Sie uns das auf dem Weg zu meinem Jeep erledigen, ich parke nämlich in der zweiten Reihe. Außerdem macht es bei einem Bier und einem Burger viel mehr Spaß, von einer zornigen Frau beschimpft zu werden. Ich bin halb verhungert.«

*Zornig?* Okay, vielleicht sah man ihr eine leichte Verstimmung an. Aber doch ganz sicher keinen *Zorn*. Dieser Mann hier war allerdings auf dem besten Weg, gleich eine Sondervorstellung ihres Zorns zu bekommen, wenn er weiter so viel Mist redete und versuchte, sie herumzukommandieren.

Ohne auf eine Antwort zu warten, klappte Jackson den Griff ihres Koffers heraus und machte sich damit auf den Weg. Ein gehaltvoller Mix aus Schock, Panik und Entrüstung kochte in Vanessas Innerem auf. Jackson war kaum zwei Schritte weit gekommen, da entriss sie ihm auch schon den Koffergriff. Er schaute verblüfft auf seine Hand, dann blickte er auf, eine Augenbraue fragend hochgezogen.

»Gibt es ein Problem, Prinzessin?«

*Prinzessin?* Sie knirschte mit den Zähnen. Zum Teufel, ja, es gab ein Problem. Mehrere, um genau zu sein. Und eins davon war die Tatsache, dass er sich benahm, als hätte er sie völlig unter Kontrolle. Vanessa konnte sich nicht daran erinnern, jemals irgendjemand gestattet zu haben, über sie zu bestimmen. Und zum Teufel, sie würde jetzt ganz sicher nicht damit anfangen.

Sie hatte stundenlang auf ihn gewartet. Dann war er endlich aufgetaucht und hatte sich einfach ihr Gepäck geschnappt – offenbar in der Annahme, dass sie brav hinter ihm hertrotten würde. Und nun wollte er anscheinend, irgendwo zum Mittagessen anhalten – was eigentlich großartig klang, aber darum ging es nicht. Die Frage war vielmehr, was er als Nächstes plante, bevor er sie gnädigerweise vielleicht endlich mal am Hotel absetzen würde. Kurz mal zu Hause anhalten und Wäsche waschen?

Nein, dachte Vanessa. Es war klar, dass sie sich mit Jackson keinesfalls einlassen sollte. Wenn sie während des Urlaubs einen Mann brauchte, der ihr den Rücken eincremte, dann musste sie sich jemand anderen suchen.

Sie seufzte. Während der letzten zwei Jahre schien sie immer die falschen Männer kennenzulernen. *Wieder einer weniger, Nessie.* Aber jetzt war nicht der richtige Moment, um darüber zu jammern, dass sie niemals ihr Happy End finden würde. Sie hatte eine Woche Zeit, dafür zu sorgen, dass Lucies Märchen wahr wurde. Und offensichtlich war ihr Bruder nicht ganz bei der Sache.

»Wissen Sie was?«, begann sie mit einem huldvollen Lächeln – so falsch es auch sein mochte. »Sie brauchen sich um mich keine Sorgen zu machen. Ich weiß, Lucie hat Sie gebeten, mich abzuholen. Nett von Ihnen, dass Sie sich so viel Mühe machen wollten. Aber das ist gar nicht notwendig. Ich nehme einfach ein Taxi.«

»Damit ich so kurz vor ihrer Hochzeit den Zorn meiner kleinen Schwester riskiere? Nein danke. Lieber kämpfe ich ohne Hodenschutz gegen einen Kickboxer. Also, kommen Sie mit.« Diesmal warf er sich den Riemen ihrer Reisetasche über die Schulter und wandte sich zum Gehen.

»Mein Gott!« Sie stemmte die Hände in die Hüften, fassungslos angesichts seiner Arroganz. »Sie können sich doch nicht einfach immer wieder meine Sachen schnappen.«

Er zog eine Augenbraue hoch und verkniff sich ein erheitertes Grinsen. Leider erfolglos. »Sie halten wohl nichts von Ritterlichkeit?«

»Es gibt einen Unterschied zwischen ritterlich und penetrant. *Sie* sind *penetrant.*«

»Penetrant?« Er machte ein Gesicht, als hätte er das Wort noch nie zuvor gehört. »Ich versuche nur, das zu tun, wofür ich hergekommen bin. Für meine Verspätung habe ich mich ja schon entschuldigt. Und jetzt …«

»Nein, haben Sie nicht«, platzte es aus ihr heraus, bevor sie sich bremsen konnte. Die Fähigkeit, sich an jedes Wort eines Gesprächs zu erinnern, konnte im privaten Kontext manchmal lästig sein, aber für die Arbeit als Staatsanwältin war sie nützlich. Und im Kampf gegen einen Supermacho sogar verdammt nützlich.

»Doch, habe ich.«

Sie seufzte. »Ähm, *nein*, haben Sie nicht.«

»Doch, ich …«

Sie verschränkte die Arme vor der Brust und schnitt ihm das Wort ab. »Ihre Aussage lautete: ›Um ehrlich zu sein, ich war surfen und habe irgendwie die Zeit aus den Augen verloren‹.«

»Wow, Ihnen entgeht wohl nichts, wie? Das muss ich mir merken«, murmelte er. Er rieb sich den Nacken und besaß doch tatsächlich die Unverschämtheit, sie unter seinen unmöglich langen Wimpern hinweg zu mustern und dabei strahlend zu lächeln. Wie ein Teenager, der hoffte, dass er sich mit seinem Charme aus einer schwierigen Situation retten würde. Nicht zu fassen. »Dann tut es mir definitiv leid, dass ich nicht ›Tut mir leid‹ gesagt habe.«

Garantiert hatte Jackson Maris in seinem Leben noch nicht allzu oft das Wort »Nein« gehört, dachte Vanessa. Zumindest nicht von Frauen. Obwohl sie wegen seiner Überheblichkeit noch verärgert war, keimte irgendwo in ihrem Hinterkopf die

Idee auf, einfach nachzugeben und zurückzulächeln. Glücklicherweise hatte sie noch genug Verstand, um diesen Keim zu ersticken, bevor er sich zu einem Garten verträumter Seufzer auswuchs.

»Vergessen wir es einfach. Ich nehme ein Taxi ins Hotel, und Sie können …« Sie wedelte mit den Händen. »… tun, was immer Sie so tun. Wir sehen uns dann beim Probedinner am Freitag.«

*Na also. Das war doch gar nicht so schwer.* Obwohl sie müde und hungrig war und enttäuscht über ihren Empfang, durfte sie dem Verlangen nicht nachgeben, schnippisch und unhöflich zu sein.

Nur weil *sie* nach bestimmten Regeln lebte, bedeutete das nicht, dass der Rest der Welt das auch tat.

Sie würde höflich bleiben. Jawohl, das würde sie. Schon um Lucies willen. Außerdem hatte sie ihre Gefühle voll und ganz unter Kontrolle. Und zwar in jeder Hinsicht. »Es war mir ein Vergnügen, Sie kennenzulernen, Jackson«, erklärte sie daher freundlich und ergriff den Riemen ihrer Reisetasche, der immer noch über seiner Schulter hing.

Er legte seine Hand auf ihre, beugte sich vor und verdeckte dadurch die Sonne. Als er sprach, wurde seine Stimme tiefer, und die sonoren Schwingungen pulsierten durch Vanessas Körper und trafen auf alle möglichen erogenen Zonen, von denen sie nicht einmal gewusst hatte, dass sie existierten. »Sie klingen aber nicht besonders vergnügt, V.« Er hielt inne und sein Blick streifte kurz ihren Mund, bevor er verführerisch lächelte. »Kommen Sie mit mir.«

Ungewollte Bilder von heißem Hawaii-Sex mit Jackson blitzten in ihrem Kopf auf und legten ihr Gehirn lahm. Gewisse Teile von ihr zogen sich vor Verlangen zusammen, während andere – wie zum Beispiel ihre Knie und ihr Unterkiefer – kraftlos nachgaben.

Entweder war ihre Sehnsucht nach einem Tête-à-Tête verzweifelter oder die Anziehungskraft dieses Mannes größer als gedacht. Wie auch immer: Für beide Probleme gab es nur eine einzige Lösung.

»Auf Wiedersehen, Jackson.«

Sie schnappte sich ihre Taschen und ging in die entgegengesetzte Richtung davon. Glücklicherweise wartete nur wenige Meter entfernt ein Taxi.

Sie hatte ihre Sachen bereits in den Kofferraum gepackt und die Hand nach dem Türgriff ausgestreckt, als er ihr nachrief: »Dann treffen wir uns eben in der Hotellobby.«

Ihre Höflichkeit verwandelte sich jäh in Wut. Bereitete es ihm irgendeine Art von krankem Vergnügen, Leute dermaßen zu ärgern? Oder war er wirklich so unbedarft? Vermutlich Ersteres. Sie drehte sich langsam zu dem Mann um, der jetzt an einer großen Betonsäule lehnte, die Hände in den Taschen, ein Lächeln im Gesicht. »Das ist nicht notwendig. Ich bin sehr gut in der Lage, alleine zurechtzukommen.«

Lässig stieß er sich von der Säule ab und kam zu ihr herübergeschlendert, bis er ganz dicht vor ihr stand. Er roch wie die Insel selbst, nach Salzwasser und Sonne.

»Das bezweifle ich nicht, Prinzessin«, sagte er. »Aber es gibt da ein kleines Detail, das Sie nicht zu bedenken scheinen.«

»Und das wäre?«

»Der Promi-Hochzeitsplaner, den Reid engagiert hat, besteht darauf, dass bestimmte Regeln eingehalten werden. Zum Beispiel, dass das Paar eine Woche vor dem Termin anwesend ist, um sich mit ihm zu treffen und alle Arrangements durchzugehen.«

»Das weiß ich. Warum denken Sie, bin ich so früh gekommen? Ich kenne Lucies Geschmack gut genug, um das mit geschlossenen Augen zu erledigen.«

Er nahm ihre Feststellung nicht einmal zur Kenntnis. »Und wegen der Promi-Klientel im *Mau Loa* darf absolut *niemand* anderes als ein angemeldeter Gast die reservierten Zimmer in Anspruch nehmen.«

Sie verschränkte die Arme vor der Brust. »Und warum bin ich dann hier, wenn ich nicht einchecken kann?«

»*Sie* können nicht einchecken«, sagte er, »aber *Lucie* kann es.«

Vanessa wollte ihn gerade fragen, ob er irgendetwas geraucht hatte, oder ob es einen anderen Grund für diese wirren Worte gab, als sie plötzlich seine hochgezogenen Augenbrauen bemerkte. Und die Wahrheit begriff.

Die völlig verkorkste, absolut grauenvolle Wahrheit.

»Oh nein«, murmelte sie und hob die Hände, um die Botschaft abzuwehren, die bereits die Reißzähne in ihr Gehirn senkte. »Auf keinen Fall.«

»Auf jeden Fall.«

»Sie haben die Falsche erwischt, Maris. Denn dafür müsste ich lügen, und ich lüge nicht. Ich spreche einfach mit dem Manager und erkläre die Situation.« Sie drehte sich um und riss die Taxitür auf.

»Das wird nicht funktionieren. Das *Mau Loa* ist die exklusivste Ferienanlage auf ganz Hawaii. Man braucht mindestens drei Arten von Ausweisen, nur um einzuchecken. Die Reichen und Berühmten mögen das, weil dann keine Paparazzi oder verrückten Fans reingelangen. Es sei denn, sie seilen sich aus einem Hubschrauber ab.«

Ihr Herz hämmerte und versuchte, aus ihrem Brustkorb zu

springen. Fühlte sich so eine Panikattacke an? »Dann steige ich in einem anderen Hotel ab und komme für die Meetings mit dem Hochzeitsplaner ins *Mau Loa*«, wandte sie schwach ein.

Eine mürrische Stimme erklang aus dem Taxi. »Hey, Lady, rein oder raus? Sie kosten mich Geld!«

Jackson beugte sich durch das offene Beifahrerfenster. »Wollen Sie das noch mal wiederholen?«

»Allerdings.« Der Fahrer war offensichtlich entschlossen, reinen Tisch zu machen. Aber sobald er den muskulösen Mann sah, der ihn herausfordernd anstarrte, verließ ihn sein Mut. Er räusperte sich, machte sich etwas kleiner und fügte hinzu: »Ich meinte, lassen Sie sich so viel Zeit, wie sie brauchen, Lady.«

»Das weiß ich zu schätzen.«

Als Jackson sich aufrichtete, fühlte Vanessa sich angesichts seiner Größe an die Tatsache erinnert, dass er seinen Lebensunterhalt mit den Fäusten bestritt. Und obwohl sie wusste, dass es ein Sport war und nicht die trunkenen Schläge, mit denen sie aufgewachsen war, fragte sie sich unwillkürlich, ob sich die kontrollierte Gewalt seines Jobs nicht auch auf sein Privatleben übertrug.

»Tut mir leid, wo war ich?«

Sie schluckte hörbar und sah sich um. Es musste doch einen Fluchtweg geben, irgendeine Möglichkeit, der Wahrheit in diesen topasfarbenen Augen auszuweichen. Sie war berühmt für ihre Schlussplädoyers. Doch in diesem Fall befürchtete sie, trotz aller klugen Worte, nicht um die Teilnahme an dieser verdammten Scharade herumzukommen. Na gut. Versuchen konnte sie es ja. Zu irgendetwas musste ihre angeblich so scharfe Zunge doch gut sein. »Sie waren im Begriff, mich weiter an Ihrer unendlichen Weisheit teilhaben zu lassen und mir zu erklären, warum ich die Woche über nicht woanders wohnen kann.«

»Zu Ihrem Glück«, sagte er und verzog einen Mundwinkel, »habe ich beschlossen, Sie für heute kostenlos an all meiner Weisheit teilhaben zu lassen.« Sie verdrehte die Augen und lehnte sich zurück, während er mit einer Hand den oberen Rand der Tür ergriff. »Der Hochzeitsplaner ist exzentrisch und dafür bekannt, Kunden fallen zu lassen, wenn er auch nur den geringsten Verdacht hat, dass irgendetwas nicht mit rechten Dingen zugeht. Wenn er herausfindet, dass Lucie und Reid erst in letzter Minute kommen, bläst er wahrscheinlich alles ab. Kein Planer, keine Hochzeit. Und wenn es keine Hochzeit gibt, schneidet Reid mir die Eier ab, ganz zu schweigen von den Schuldgefühlen, die wir beide Lucie gegenüber die nächsten zehn Jahre haben werden. Verstehen Sie, worauf ich hinauswill?«

Mutlos hob sie den Blick und füllte die großen, fetten Leerstellen aus. »Sie und ich müssen als Reid und Lucie einchecken, damit die Hochzeit stattfindet.«

»Bingo.«

Ihre Gedanken rasten hin und her im Kampf zwischen dem Wunsch, ihrer besten Freundin zu helfen, und dem Verlangen, weder gegen ihren beruflichen Moralkodex noch gegen ihre privaten Lebensregeln zu verstoßen. Sie hielt sich eisern an diese Regeln. Und das aus gutem Grund: Diese Regeln sorgten dafür, dass sie ausgeglichen blieb. Inzwischen waren sie fast zu einer Art Religion geworden. Und dies würde nicht eine einzelne kleine Lüge sein. Nein, sie würde eine ganze Woche lang ununterbrochen lügen müssen. Es spielte keine Rolle, wen es traf oder aus welchem Grund.

*Regel sechs: Lass dich nie zu einer Lüge verleiten.* Sie hatte in ihrer Kindheit von ihrer Mom und ihrem Stiefvater genug Lügen für fünf Leben mit anhören müssen.

Okay. Was jetzt? Ihr blieb wohl nichts anderes übrig, als den Plan auf Schwachpunkte abzuklopfen. Vielleicht erledigte sich das Dilemma dann ja schon von allein. »Wie ziehen wir das ohne Ausweise überhaupt durch?«

»Ich habe eine Kontaktperson im Hotel, die zumindest beim Einchecken helfen wird. Also ist dieser Teil schon mal geregelt.«

»Wie erklären wir, warum *Lucie* in der Anlage wohnt, ihr Verlobter aber nicht?«

Ein teuflisches Lächeln umspielte seine Lippen. »Netter Versuch. Das tun wir gar nicht. Wir wohnen zusammen im selben Bungalow.«

»Mit zwei Schlafzimmern.«

»Die Reservierung ist für ein Luxusappartement mit *einem* Schlafzimmer. Es gibt keinen Grund für eine Braut und ihren Bräutigam, zwei Schlafzimmer zu verlangen. Aber niemand wird wissen, dass ›Reid‹ auf der Couch schläft.«

*Denk nach, Nessie!* »Was geschieht am Ende der Woche, wenn wir nicht diejenigen sind, die gemeinsam zum Altar schreiten?«

»Am Samstag findet noch eine andere Hochzeit statt, die höher gehandelt wird. Meiner Kontaktperson zufolge muss der Hochzeitsplaner an dieser Hochzeit teilnehmen. Daher werden er und das Hotelpersonal nicht wissen, dass die Leute, die die Entscheidungen getroffen haben, nicht die sind, die tatsächlich heiraten.«

So gewandt, wie er jeden ihrer Einwände konterte, fragte sie sich, ob er vielleicht gewohnheitsmäßig andere Leute hinters Licht führte. Und warum enttäuschte diese Vorstellung sie so sehr? »Nun, Sie haben jedenfalls alle Eventualitäten im Blick«, meinte sie mit gepresster Stimme. Dann drückte sie die Schultern durch, reckte das Kinn vor und fügte hinzu: »Na schön, ich mache es für Lucie. Aber ich nehme trotzdem ein Taxi.«

Jacksons Gesicht leuchtete auf, als hätte man ihm gerade mitgeteilt, dass er einen Harem gewonnen hatte. »Das ist in Ordnung. Wir werden diese Woche noch reichlich Zeit füreinander haben. Dann bis bald, *pupule wahine.*«

»Puh-puh-lee wah-hie-nee? Was um alles auf der Welt bedeutet das?«

Er zwinkerte ihr zu und erklärte: »Es ist ein hawaiianischer Kosename.«

»Entzückend.« Es hatte sarkastisch klingen sollen, kam aber eher bewundernd heraus. Aber was machte es schon, wenn sie die Sprache der Einheimischen hübsch fand? Und was machte es, dass sie seit Ewigkeiten von allen nur Nessie oder Frau Anwältin genannt wurde? Sie brauchte keine Kosenamen. Schon gar nicht von Männern wie Jackson Maris.

Vanessa stieg in das Taxi, zog die Tür zu und tat ihr Äußerstes, das schallende Gelächter zu ignorieren, das durch das offene Fenster hereinwehte, als sie abfuhren.

Mit einem tiefen, beruhigenden Atemzug begegnete sie dem Blick des Taxifahrers im Rückspiegel. »Bringen Sie mich ins *Mau Loa*. Aber zuerst bitte in ein Drive-in-Restaurant. Ich habe es nicht eilig, und ich bin vollkommen ausgehungert.«

*Ich bin* so *ein Arschloch.*

Jackson stieß die Hände in seine Taschen und beobachtete, wie die seltsamste, bemerkenswerteste Frau, der er je begegnet war, in einer Wolke von Abgasen verschwand. Obwohl er sich etliche Gründe vorstellen konnte, warum er sich darauf freuen sollte, mit ihr diese Woche zu verbringen – volle Lippen, smaragdgrüne Augen, seidige rote Locken und ein Körper, der einen Mann veranlassen konnte, um mehr zu betteln –, war es nicht ihr Aussehen, das ihn auf Touren brachte.

Es war ihre explosive Persönlichkeit.

Er war an Frauen mit lockerer Haltung gewöhnt. Leicht zu betören, leicht zufriedenzustellen. Vanessa MacGregor war offensichtlich weder das eine noch das andere. Und obwohl er nicht die Absicht hatte, aufzugeben, hatte sie ihn fast dazu gebracht, zu kapitulieren. *Das* faszinierte ihn höllisch.

Aber es gab keine Entschuldigung für den Bullshit, den er ihr aufgetischt hatte. Dieser Quatsch, dass sie vorgeben mussten, das Brautpaar zu sein.

Während er zu seinem Wagen zurückging, spielte er im Geiste noch einmal ihr Gespräch durch. Er hatte nicht erwartet, dass seine erste Begegnung mit der besten Freundin seiner Schwester so verlaufen würde. Im Nachhinein fand er es ziemlich mies, dass er sich so sehr verspätet hatte. Sein Verhalten war ein Zeugnis des nachlässigen Lebensstils, den er sich in den letzten zehn Jahren angewöhnt hatte. Er hatte nicht bedacht, dass man nicht immer alles mit ein wenig Charme und einer Einladung zum Mittagessen wiedergutmachen konnte.

Vielleicht wäre das noch verzeihlich gewesen. Aber dann hatte er ja obendrein noch die kleine Bombe mit dem falschen Brautpaar platzen lassen müssen.

Die Wahrheit sah etwas anders aus: Reid hatte angerufen, die Situation erklärt und ihn gebeten, Vanessa abzuholen und im *Mau Loa* unterzubringen. (Wenigstens die Sache mit den strikten Sicherheitskontrollen stimmte.) Danach würde alles ganz normal weitergehen, bis eine Woche später das Brautpaar eintraf. Der Hochzeitsplaner war scheinbar wirklich ziemlich exzentrisch. Aber es war nie vorgesehen gewesen, dass Vanessa sich als Lucie ausgab. Dieses kleine Detail hatte er in der Hitze des Augenblicks wohl einfach irgendwie … dazugedichtet.

Zu seiner Verteidigung musste er allerdings bemerken, dass Vanessas seltsame Anziehungskraft ihn auch ziemlich aus der Bahn geworfen hatte. Heiß und eiskalt. Jekyll und Hyde. Und *dann* hatte sie ihn auch noch brüskiert und weggeschickt wie einen Welpen, der zum hundertsten Mal mit seinem Ball angerannt kam. Kurz: Er war von dieser Frau mehr als fasziniert. Er wollte, dass sie sich öffnete, damit er sah, was in ihr vorging. Das musste auch der Grund für dieses plötzliche Verlangen sein, im Laufe der nächsten Woche so viel Zeit wie möglich mit ihr zu verbringen. Na ja. Das und die Tatsache, dass ein Großteil seines Blutes wohl in die südliche Hemisphäre gesackt war, als er diesen Bullshit von sich gegeben hatte.

Jetzt würde er das zweifelhafte Vergnügen haben, Vanessa über seinen Schwindel aufzuklären. Das konnte ihm nichts anderes als einen Tritt in die Eier einbrocken. Also stieg er widerstrebend in seinen Jeep und machte sich auf den Weg zur Ferienanlage.

Jackson lebte erst seit ungefähr zwölf Jahren in Oahu, aber es fühlte sich so an, als sei es sein ganzes Leben gewesen. Die dreiundzwanzig Jahre in Sun Valley, Nevada, waren kaum mehr als eine Ansammlung verblasster Kindheitserinnerungen. Ob es allgemein am Verstreichen der Zeit lag oder an seinem Bemühen, einen Großteil dieser Jahre zu vergessen, konnte er nicht mit Sicherheit sagen. So oder so – obwohl er seine Schwester schrecklich vermisste, war er am glücklichsten auf der Insel. Während seiner Kindheit und Jugend hatte er sich immer wie ein Rädchen im falschen Getriebe gefühlt.

Das lag nicht daran, dass er nicht mit einem großartigen Leben gesegnet gewesen wäre. Seine Eltern waren wunderbare Menschen gewesen, die ihn und seine Schwester von Herzen geliebt und dafür gesorgt hatten, dass es ihnen an nichts fehlte. Er hatte eine tolle Kindheit gehabt.

Nur der Start in sein Erwachsenenleben war nicht so ideal verlaufen. Um es mal so zu sagen. Denn kurz nach seinem Schulabschluss waren seine Eltern bei einem Unfall ganz plötzlich gestorben.

Nach fünf schlechten Jahren hatte er seine Sachen gepackt und war nach Hawaii gezogen. Weiter weggehen konnte er nicht, ohne die guten alten USA zu verlassen. Die Wahl seines Wohnsitzes hatte eher genealogische als geografische Gründe gehabt. Aber der geografische Abstand hatte ihm immerhin geholfen, den nötigen inneren Abstand zu finden.

Sobald er sich auf Oahu in seiner bescheidenen Hütte niedergelassen hatte, den Ozean vor sich und die Berge hinter sich, war er *Team Titan* beigetreten, dem besten Trainingsclub für Mixed Martial Arts auf der Insel. Mit einer erfolgreichen Karriere vor Augen und nach einigen Veränderungen in seiner Art, das Leben zu betrachten, hatte er sich zum ersten Mal seit dem Unfall wieder frei und glücklich gefühlt.

Bei der Erinnerung an die Wochen nach dem Tod seiner Eltern krampften Jacksons Hände sich um das Lenkrad. Das Gefühl tiefer Traurigkeit, gemischt mit ohnmächtigem Zorn über den Verrat, zog ihn in einen Gefühlsstrudel, in dem er unterzugehen drohte. Er holte tief Luft, hielt den Wagen mit dem Knie auf Kurs und ließ bewusst langsam das Lenkrad los.

Die Anspannung in seinem Körper mahnte ihn, dass nie etwas Gutes dabei herauskam, wenn man über etwas Schlechtes nachgrübelte. Also dachte er stattdessen über das Surfbrett nach, das festgezurrt auf seinem Jeep mitreiste. Am liebsten wäre er jetzt zum Strand zurückgekehrt, damit die tosenden Wellen seine Muskeln und seine Erinnerungen zwangen, sich seinem Willen zu unterwerfen. Aber die gewohnte Therapie musste wohl warten.

Während er die gewundene Küstenstraße entlangfuhr, konzentrierte er sich auf die warme, salzige Luft, die ihn umwehte, und ließ sich von ihr beruhigen, wie es die Elemente der Insel immer taten.

Einige Minuten später bog er in die kunstvolle Einfahrt des *Mau Loa* ein. Entlang der Straße, die den fünfstöckigen Springbrunnen umrundete, wechselten sich riesige Palmen mit eleganten Straßenlaternen ab. Nachdem er den Jeep auf dem Gästeparkplatz abgestellt hatte, ging Jax in die Lobby, um auf Vanessa zu warten.

An der Rezeption händigte eine junge Frau einem Pärchen die Schlüssel aus und wies einen Träger an, das Gepäck der beiden zu übernehmen, bevor sie sie mit einem Lächeln und dem landesüblichen »Aloha« verabschiedete.

Als sie Jackson erblickte, verwandelte sich ihr förmliches Kundenlächeln in ein Lächeln echter Freude. Sie war schön und zierlich mit der bronzefarbenen Haut der Einheimischen und schokoladefarbenen Augen, deren Blicke jetzt ganz ihm galten. Eine blaue Hibiskusblüte lugte aus dem langen schwarzen Haar hinter ihrem linken Ohr hervor. Sie flüsterte dem anderen Mädchen an der Rezeption etwas zu, dann kam sie hinter der Theke hervor, um ihn zu begrüßen.

»Hey, Jilli.«

Mit einem unbeschwerten Lachen ging sie auf ihn zu, schlang die Arme um seinen Hals und drückte ihn fest. Er erwiderte die Geste, indem er ihr die Arme um ihre schlanke Taille legte. Nach einigen Sekunden zog sie sich mit einem Seufzer zurück.

»Aloha, Jackie. Es ist schön, dich zu sehen.«

Bei dem Spitznamen, den sie eigens deshalb benutzte, weil er ihn hasste, verzog er das Gesicht. Oder zumindest tat er so, als würde er diesen Spitznamen hassen. »Es ist auch schön, dich zu sehen. Wie geht es dir?«

Jilli bedachte ihn mit einem traurigen Dackelblick. »Wie es mir geht, seit du mein Herz gebrochen hast? Ist es das, was du wissen willst?«

Jax lachte. Jilli war frisch verheiratet und bis über beide Ohren in ihren Mann verliebt, der für einen anderen Club auf der Insel kämpfte. Ein guter Typ und noch dazu ein hervorragender Kämpfer. Außerdem behandelte er Jilli wie eine Prinzessin.

»Irgendetwas sagt mir, dass dein Göttergatte an diesen Worten Anstoß nehmen würde. Und ich mag meine Zähne zufällig so, wie sie sind.«

Glucksend gab sie die Verstellung auf. »Na gut. Das stimmt wahrscheinlich. Also, wo ist dein Ehrengast?«

»Noch mal danke, dass du mir hilfst, Jilli. Und falls sie nicht Halt gemacht hat, um unterwegs einen Schläger zu engagieren, der mich umbringt, wird sie bald hier sein.«

Jilli verschränkte die Arme vor der Brust. »Du hast das Mädchen gerade erst kennengelernt. Was hast du bloß mit ihr angestellt, um sie so schnell auf die Palme zu bringen?«

»Die Frage ist wohl, ob es irgendetwas gibt, was ich *nicht* angestellt habe.«

Ein verschlagenes Grinsen breitete sich auf ihren Zügen aus. »Ooh, das klingt gut, komm«, sagte sie, griff nach seiner Hand und zog ihn von der Rezeption weg. Als sie weit genug von möglichen Lauschern entfernt waren, blieb sie stehen. »Okay, erzähl mir, was passiert ist.«

Jackson unterdrückte ein Stöhnen. Dann berichtete er von dieser ganzen Misere, die mit einer Verspätung begann, seinem *penetranten* Verhalten weiterging und schließlich darin gipfelte, dass er aus purem Eigennutz das Blaue vom Himmel herunterlog.

Als er fertig war, bemerkte er Jillis schockierten Gesichtsausdruck. Plötzlich fühlte er sich so unbehaglich, als hätte seine Mutter ihn ausgeschimpft. Er verschränkte die Arme. »Ich weiß. Ich hab's vermasselt. Ich entschuldige mich und sage ihr die Wahrheit, wenn sie hier ankommt, okay?«

»Das ist sicher eine sehr gute Idee. Aber sei behutsam mit ihr, Champion. Sie ist wahrscheinlich erschöpft von der Reise.« Dann fügte Jilli hinzu: »Hey, du hast immer noch ein paar Anziehsachen in deinem Schließfach im Pausenraum. Warum ziehst du dir nicht etwas an, das etwas weniger nach Surferboy aussieht? Vielleicht nimmt sie dich dann ernster. Du weißt schon, als wärest du einer von uns Erwachsenen.«

»Sehr witzig. Na schön, es bringt mich wohl nicht um, für eine Weile so zu tun, als sei ich erwachsen.«

Jackson küsste Jilli auf die Wange und dankte ihr noch einmal für ihre Hilfe dabei, Vanessa an den strikten Sicherheitsvorkehrungen vorbeizuschmuggeln, die es ihr normalerweise unmöglich gemacht hätten, einzuchecken.

»Du weißt, dass ich alles für dich tun würde, Jackie. Und jetzt leg los«, fügte sie hinzu und tätschelte seine Wange, bevor sie in die Lobby zurückkehrte.

Jax schnappte sich ein paar Sachen aus dem Spind für die Angestellten, den er manchmal benutzte, und zog sich dann in dem kleinen Bad um. Er hatte gerade Cargoshorts übergestreift, als sein Handy auf dem Spülbecken vibrierte. Ohne sich auch nur die Mühe zu machen, nach dem Anrufer zu gucken, hielt er sich das Telefon zwischen Ohr und Schulter, während er das weiße Leinenhemd ergriff.

»Ja«, blaffte er in den Hörer.

»Jax.«

»Reid, Alter, wie geht es meiner kleinen Schwester? Schon besser?«

»Leider noch nicht. Solche Sachen können einige Tage dauern. Ihr Körper muss ja erst mal den ganzen Mist loswerden oder so.« Jackson konnte die Anspannung seines ältesten Freundes geradezu durchs Telefon spüren. »Wenn ich sie so sehe und ihr nicht helfen kann, möchte ich am liebsten irgendjemand erwürgen.«

»Ja, ich kenne das Gefühl.« Jackson erinnerte sich noch gut an den Monat, als Lucie in der zehnten Klasse eine Lungenentzündung gehabt hatte. Die ständige Sorge hatte ihn in den Wahnsinn getrieben. Um Reids Anspannung etwas zu lockern, bemerkte er: »Vielleicht kannst du ein wenig auf deinen Ton oder irgendwelche Steine einschlagen, um es zu verarbeiten.«

»Hör zu, du Arschloch, ich bin jetzt kein Kämpfer mehr, sondern Bildhauer. Aber ich kann dir immer noch ohne Probleme den Hintern versohlen. Ist mit Vanessa alles gut gelaufen?«

Jax schlüpfte in das Hemd und begann es zuzuknöpfen. »Du weißt doch, wie ich mit den Damen bin, Andrews.« Ein Satz, der absolut nichts beantwortete.

»Ja, tue ich. Genau deshalb frage ich ja nach. Also, wie wird dein Ego mit der Zurückweisung fertig?«

Okay, das war unheimlich. Entweder hatte Vanessa Lucie angerufen und ihn verpetzt – was er nicht vermutete, da sie wusste, wie krank Lu war –, oder die Frau hatte einen legendären Ruf als Femme fatale. »Ich weiß nicht, wovon du redest. Die Dinge hätten nicht besser laufen können.«

»Du bist fast so ein schlechter Lügner wie Lucie, weißt du das?«

Jax dachte an all die Lügen, die er vor nicht einmal einer halben Stunde erzählt hatte, und murmelte: »Sag das mal Vanessa.«

»Was war das?«

»Ach, nichts.« Jax lehnte sich gegen das Waschbecken im Badezimmer und verschränkte die Arme vor der Brust. »Hey, da wir gerade davon sprechen: Ist sie superreligiös oder so was?«

»Nicht dass ich wüsste, warum?«

»Irgendwie kam das Thema auf Lügen. Und sie bestand darauf, dass sie niemals lügt. Ich meine, wirklich niemals. Also, wenn es nichts Religiöses ist, was steckt dann dahinter?«

»Es ist eine ihrer sieben Regeln.«

Jax ging zurück zu seinem Spind, um die abgelegten Kleider hineinzuwerfen und sich eine Wasserflasche zu schnappen, bevor er sich auf den Weg hinaus in die Lobby machte. »Wie die Goldene Regel?«

»Mehr wie ihre eigenen Zehn Gebote, nur nicht so altmodisch. Lu zufolge verstößt sie niemals dagegen.«

»Niemals, huh? Interessant.«

Der Seufzer seines Freundes schallte laut und deutlich durchs Telefon. »Hör zu, Maris, wenn du weißt, was gut für dich ist, lässt du die Finger von ihr. Ich habe sie in Aktion gesehen. Sie verwandelt selbstbewusste Männer in zerstörte Wesen, die sich in der Ecke einer Bar ihre Wunden lecken. Und du bist nicht einmal *annähernd* ihr Typ.«

Er lächelte über das Bild, das Reid zeichnete. »Tja. Eigentlich hätte ich ja gern mal *deine* Schwester verführt. Ale Revanche für die Sache mit Lucie. Aber da du keine Schwester hast, ist in meinem Terminkalender noch viel freier Platz. Außerdem klingt es nach Spaß.«

Na klar, so wie der Versuch, dem Löwengehege im Zoo zu entfliehen, während einem Steaks um die Taille gebunden waren. Aber andererseits hatte er ja auch nie behauptet, normal zu sein.

»Hey«, konterte Reid, »wir wissen doch beide, dass du froh warst, wie das mit Lucie gelaufen ist. Zumindest als sich der Staub erst mal gelegt hatte *und* meine Nase verheilt war. Du wärst doch komplett durchgedreht, wenn ein anderer Mann versucht hätte, ihr nahezukommen.«

Da hatte Reid nicht ganz unrecht.

»Und zweitens, ich meine es ernst, Jax. Ich brauche deine Hilfe, damit bei der Hochzeit alles glattläuft. Du hast gesagt, dass du die Reservierungsrichtlinien umgehen kannst. Also konzentriere dich darauf. Ich weigere mich, Lu zu erzählen, dass ihre Traumhochzeit – die sie nach all dem Ärger mit diesem Scheißkerl von Exmann wirklich verdient hat – ins Wasser fällt. Kapiert?«

»Ja«, antwortete Jax mit stahlharter Stimme. »Hab's kapiert.« Die Erinnerung an das Arschloch, das Lucie vor Jahren derart betrogen hatte, reichte, um ihn sofort wieder auf den Boden zu bringen. »Ich würde um nichts in der Welt zulassen, dass die Hochzeit meiner Schwester abgesagt wird.«

Ein Teil von ihm wollte Reid gerne sagen, dass die Hochzeitsfeier *garantiert* hier stattfinden konnte. Als Mitbesitzer des *Mau Loa* konnte er das schließlich bestimmen. Aber aufgrund seines Vertrags durfte er weder Reid noch irgendjemandem sonst von seiner Rolle erzählen. Einige Jahre zuvor hatte Jax nach einer Möglichkeit gesucht, für die Zukunft vorzusorgen, und seine Preisgelder in das *Mau Loa* investiert. Doch noch war er Kämpfer. Und da er nicht in Verruf kommen wollte, einfach nur ein reicher Playboy zu sein, hatte er darum gebeten, als stiller Teilhaber behandelt zu werden. Jilli wusste nur deshalb Bescheid, weil sie beim Putzen über den Vertrag gestolpert war. Sie hatte geschworen, niemandem davon zu erzählen, und daran hatte sie sich bisher auch gehalten.

Jax machte es sich an der Rezeption bequem und öffnete seine Wasserflasche. Er nuckelte die eiskalte Flüssigkeit und hörte Reid zu, der ihm ein Ohr darüber abkaute, dass mit der Hochzeit auch ja nichts schiefgehen durfte, als Vanessas Taxi plötzlich in die Einfahrt bog. Obwohl er gerade die halbe Flasche getrunken hatte, spürte er, wie sein Mund plötzlich knochentrocken wurde. Es war so weit. Der Kampf hatte begonnen. Unwillkürlich stellte er sich ein Ringgirl vor, das durch den Garten stolzierte und ein riesiges Schild mit sich herumtrug. Darauf stand in dicken fetten Buchstaben RUNDE 1.

Genau in diesem Moment traf er die Entscheidung zu warten, bis Vanessa sich eingerichtet und etwas entspannt hatte, bevor er ihr die Wahrheit sagte. Vielleicht würde er sie auf einen Drink einladen und es ihr dann erzählen. Es war weniger wahrscheinlich, dass sie ihn hasste, wenn sie erst die Sonne auf dem Gesicht spürte, den Sand zwischen den Zehen und den Alkohol in ihren Adern. Richtig?

»Keine Sorge, Alter«, versicherte er Reid, während er die

langbeinige Rothaarige beim Aussteigen beobachtete. »Ich hab alles unter Kontrolle.«

Reids Fluch war nicht sehr ermutigend. »Warum habe ich so ein schlechtes Gefühl dabei?«

»Keine Ahnung. Muss Schluss machen.« Jax drückte auf den Ausknopf und stieß sich von der Rezeption ab. »Meine Verlobte ist hier.«

**Katy Evans**

# Real

## Nur für dich

Roman

**Wunderbar, gefühlvoll, mitreißend!**

Die junge Physiotherapeutin Brooke wird von ihrer besten Freundin zu einem Boxkampf mitgenommen. Dort begegnet sie dem Boxer Remington Tate – und ist augenblicklich von ihm fasziniert. Doch Remy ist wie Feuer und Eis: mal unnahbar, unberechenbar, gefährlich, mal leidenschaftlich, fürsorglich, romantisch. Er überwältigt Brooke, stellt ihre Welt auf den Kopf. Sie will Remy, nur Remy, für immer. Doch der verbirgt ein dunkles Geheimnis – ein Geheimnis, das ihre Liebe zerstören könnte …

»Wunderbar, gefühlvoll, mitreißend, stark – ganz einfach außerordentlich!«
*Sinfully Sexy Book Reviews*

Band 1 der Serie
384 Seiten, kartoniert mit Klappe
€ 9,99 [D]
ISBN 978-3-8025-9386-4